从白大褂
到病号服

探索医疗中的人性落差

IN SHOCK

MY JOURNEY FROM DEATH TO RECOVERY AND THE REDEMPTIVE POWER OF HOPE

DR. RANA AWDISH
[美]拉娜·奥迪什 著

郑澜 译

民主与建设出版社
·北京·

谨以此书献给我的丈夫兰迪

前　言　不去同情的医生们

医学就像一面能够用来观察人体的神奇放大镜。它将光束聚焦于一堆杂乱无章的症状之上，然后有条不紊地得出综合性的诊断结论。如果一个发烧的孩子同时出现舌头红肿症状，医生就会建议患儿进行心功能检查，并最终确诊为脉管炎。再如，只有当一名男性患者胃部不明原因的烧灼感被确诊为胃炎后，医生才能找到病因，对症下药。

医学之所以有这种力量，是因为医生会在诊断过程中通过不断提问来挖掘真相，而不是一味听信患者的一面之词。如果说"同理心"是一种换位思考、感同身受的能力，那么医学可以说是"同理心"在细分科学领域的一种体现形式。真正关爱患者的医生，必然要超越医患之间的心理边界，带着一种到访者的谦逊，尽管可以选择忽略很多细节，却始终坚持站在患者的角度看问题。医生与患者，其实拥有互相治愈的能力。

五岁那年，听着母亲通过电话向儿科医生含糊地描述弟弟的症状时，我第一次有了从医学视角看世界的体验。摇篮中的弟弟匍匐着，身体前倾，流着口水，看上去不像在呼吸，好像只在大口吸气。电话那头的儿科医生认为弟弟得了会厌炎——

一种发生于呼吸道的致命肿胀。医生用冷静但紧迫的口吻让母亲赶紧带弟弟去急诊室，他会在那里候诊。他那种将数种症状转化为诊断结论和治疗方案的能力，还有用知识和倾听技巧救命的力量，不仅使我佩服得五体投地，也让我意识到，医生是我能想象到的最美好的职业。

进入医学院就读，就像是加入了一个秘密团体。里面的人有自己的语言、工作服和社会准则。我们学习解读基因编码和序列，它们合成的蛋白质正是人体器官的组织基础。我们对他人捐赠的遗体进行解剖，牢记每个用拉丁文或希腊文写就的构造名称。整整一年，我们都沉浸在人体这具造物主的杰作之中。到了第二年，我们开始学习病理学，在教授的指导下了解疾病发生的原理，学习了依赖宿主的寄生虫、导致先天性心脏病的基因缺陷和无限增殖的癌细胞等方面的知识。教授告诉我们，我们正是在了解病理的过程中找出治疗方法的。医学知识让我感到沉醉。我就这样在学院的安排下修习着一门又一门课程，相信自己终将在知识的洗礼中焕然一新，成为一名救死扶伤的医生。

但我怎么也没有想到，即使接受了这些专业医学训练，我仍旧兜兜转转回到了原点。我在训练后经历的住院医生与专科医生实习阶段，不过是我自己编织的谎言，而最终拆穿这个谎言的，正是我诚实的身体。此前，我从来都不知道，即使完成了全部的医学训练，又哪怕见识过再多、再严重的疾病，我仍旧不知道"生病"真正意味着什么。大概是为了给我上这一课，我的身体患上了严重的疾病。只有当我自己也成为一名病人并经历了一段漫长而痛苦的恢复期后，我才体会到了这个词真正的意思。虽然病魔差点蚕食掉我的生命，但当我最终逃离魔爪后，看着脱胎换骨的自己，我不禁怀疑，之前的那个我是否真的存在过。

每个病人都渴望痊愈，这种渴望有种蛊惑人心的魔力。没有人不恐惧一场能够将人摧毁的重病，就算疾病最终有可能痊愈。疾病被我们视为一种异常状态，就像驱车回家路上需要穿过不愿逗留的一个小镇。我们咬着牙，像对抗风暴一样扛过疾病而没能在迎面而来的闪电中发现启迪心智的美。然而，正是那一个个折磨我们肉身的痛苦时刻，使我们得以体悟平时难以察觉的智慧。

躺在重症监护病床上，我反而占据了一个有利的观察位置。我开始在一团混沌中察觉到它中央的黑洞，而这团混沌不清的东西，正是人们眼中高度专业的医疗服务。一开始，我对这个黑洞只有一种笼统的感觉，有时好像能窥见一点端倪，视野随即却又变得模糊不清。为了看清它，我不得不刻意训练自己，就像学着看一幅油画上的阴影部分。在与疾病做斗争的若干年间，我终于参透这样一个道理：尽管医学知识具有神奇的治愈力量，但它同时也是一个谎言。

医生不能凭空治愈患者，他们需要的是与患者建立联系。

每位病人迟早都会有这样一种感觉：以前习以为常的事物，突然间全部土崩瓦解了。我们不得不在这样一种脆弱的环境中艰难求生。即便不敢相信这突如其来的重大打击，我们身边也没有人愿意与我们开诚布公地谈论这种感觉。所有病人都渴望被他人了解,被他人关注,并向他人诉说自己的体验和感受。生病时,我们尤其渴望从别人口中听到对于我们人生中种种际遇的解释和意义,然后通过这些见解反观自身,使自己继续坚守生而为人的信念。四肢健全、身体健康时,我们相信仅凭自己的力量就能主宰人生。生病后,在失控的人生面前,面对未知的恐惧,我们终于意识到自己有多依赖他人,并因此变得谦卑。这种转变为我们开启了前所未有的感知渠道。换作平常,习惯了日复一日单调生活的我们,是不会有这种感受的。

当我们意识到这些开敞的渠道,并在此基础上全面地建立起联系时,真正的疗愈过程也就由此开始了。我们只有事先下定决心,才能感他人之所感,痛他人之所痛,因为这是件很不容易的事,有时甚至可以达到令人难以忍受的程度。要想做到与他人感同身受,我们从一开始就得做好准备,承诺将在整个过程中与其同在。或许我们刚开始会想当然,认为这只是一种不费吹灰之力即可萌生的同情心,但到最后,当我们提醒自己,任何形式的爱都需要付出努力与坚定的承诺时,我们这才意识到,这必然是一种经过事先深思熟虑后下定的决心。

然而,作为科班出身的医学生,我们一直学习的不正是如何规避那些感知渠道吗?一旦这些渠道被打开,我们知道该做什么吗?

我生活在一座繁忙的都市里,这里每天上演着各种各样的故事。我在市中心的一家大医院就职。被救护车和直升机送到我们医院来的,通常是其他地方已经束手无策的病人。我就职的这家医院拥有收治疑难杂症病例所必需的临床实力、准备和团队协作，远远超过了我在读书与实习期间待过的其他几家医院的水平。能够在这样一个优秀的机构就职，对我而言是无上的荣幸。当初，我之所以在专科医生实习期满后选择留在这里，就是因为看到周围的同事都在朝着共同的目标辛勤工作，我为身为医院的一分子而感到自豪。

有时，我们也会失败，但大家总能对此表示理解，并将其归结于某些原因。毕竟，医疗是一项无比复杂的工程，哪怕在最好的医院里，失误也在所难免。但在我看来，我们有别于其他医院的是，我们愿意公开承认自己知识储备有限，而正是这种不断学习的态度，使我们在每次失败发生时——无论在沟通还是给药环节——看起来都非常坦诚。我们承认失败，努力确定治疗过程中究竟哪个环节出了问题，再着手解决这个问题。我们之所以这么做，或许是因为清楚每个做大事的机构都难免偶尔失误，而我们已经学会培养面对逆境的韧性。哪怕失误再小，我们都不会容忍这种情况继续。失误总能使我们变得更好。

这就是我们治疗患者的方式。

最近，我在我之前病危时入住的那一间ICU查房。作为主治医生，我领着一群求知若渴的医学生，轮流观察住在病房里的一名危重患者，并就其病情发表见解。这位患者已在这间病房里住了数月，目前正等着接受肺移植。几年前我就见过她，那时她刚转入我们院，检查心脏瓣膜是否存在闭合不全的问题。

一名实习住院医生讲完后，轮到负责这间ICU的护士向我们汇报患者昨晚的情况。此前，她已多次负责护理这名患者，长期的相处使她对这位患者的了解比那名实习住院医生要深入得多。她身穿淡绿色护士服，膝盖附近的布料上有一块字迹。原来是检验科早些时候打电话来，她由于一时找不到纸，不得不在膝盖附近的衣料上草草记下检验科提供的患者的血钾值。作为一个平日里习惯了东奔西走的人，此刻面对着一群站立不动听她汇报的实习住院医生，她不禁显得焦躁不安。她将棕色的头发高高扎起，刻意用尽量简洁的语言脱稿汇报。

"昨晚她的病情出现反复，目前正接受15升高流量吸氧治疗。"护士说，"今早，她一直在听神父的布道音频。今天的她跟往常不太一样，要我说的话，我觉得她是真的很害怕。"

听到这话，在她之前表示患者情况稳定的实习住院医生不禁皱起了眉。他满脸疲态，眼里布满红血丝。我注意到他的前额上方有一小撮头发竖起，证明他在昨晚值班期间打了个盹。这不禁使我联想起我儿子前额上的一小撮卷毛，我好不容易才把想帮这名医生抚平那撮头发的母性压制下去。这名医生套着白大褂，里面穿着一件连帽卫衣。在长达30小时的值班过程中，通常在第20个小时左右，实习住院医生就会套上这样一层衣服。毕竟，要持续保持如此长时间的清醒状态，调节人体体温的激素水平必然会发生紊乱。正因如此，我们总是在值班结束后的第二天早晨变得畏寒。

我本人也曾亲眼见证这位患者的病情反复。事实上，我们院的许多医生都和我一样。病情反复的表征通常是心力衰竭加剧。虽然这位患者每次都扛了过来，但这种反复为她带来了严重的情绪负担，仿佛她的身体已经接受了死亡的现实可能。支撑这位患者与恐惧搏斗的只有希望和祈祷，因此她全身心地沉溺其中。

"我问过她的呼吸情况，但我并没有发现她很害怕。"那名实习住院医生歉疚地说。

"每个人听到的故事都不同。"我提醒他，并继续解释说，"即便她告诉护士的事情与她告诉我们的不同，也没什么好奇怪的。"我知道，那位患者会对不同人说不同的话，而我们每个人和她的交情深浅不一。"但这并不意味着她告诉你的事情就是一文不值的，只是不同而已。"我补充道。

这时，我看见实习医生的白大褂口袋里插着一张空白的索引卡。

"那是她给你的吗？"我问。

"是的，她想让我在卡片上给她写一段鼓励的话，然后把卡片贴在墙上。"他仿佛泄了气的皮球，"坦白说，我不太想给她写这样一段话，因为我觉得她撑不到移植手术那天。术前检查结果显示，她体内的抗体太多，难以找到合适的配型。"实习医生停顿了一下，继续说，"如果我写下鼓励的话，就好像在自欺欺人一样。"

他的表情中流露出一种我在不确定的情况下也感受过的不适。我看见了幻想破灭后的疲惫，这是一种与现实肉搏后的副产物。随后，我们变得能够面对现实，并更加坦诚地代表现实与自己和患者对话。我们试图理解何时该保持乐观，但在如乌云般遮天蔽日的真相面前，我们的这种尝试竟是如此无力。到头来，我们很难界定真正的希望在哪里结束，而哪里又是盲目乐观的伊始。

"确实让人不好受,我们不知道未来会发生什么。"我一时找不到合适的字眼来表达。

"我懂你。"我继续说,"你不想让她空欢喜一场,的确难为你了。但如果我们换个角度想呢?你觉得她需要从我们这里获得什么?"

"我们得为她提供悉心的医护服务,以便她随时能够接受器官移植手术。进手术室前,我们得帮她联系检验科,确保她有静脉麻醉药可用。此外,我们还得给她滴注药物,保证她的体液平衡。"一名实习医生答道。

我点点头。"这些都没错,也都是我们要做的事。但这真的是她此刻的需求吗?"我问。

在场的人都默默地耸耸肩,仿佛在说,这些就是他们知道的全部,他们已经极尽所能了。

"让我们看看别人给她的留言吧。"我提议道。

我们走进患者病房,故意没有开灯。这位患者正在休息,她的身体正在努力从昨晚的折腾中恢复过来。即使醒着,她也因为严重的肺病而无法说出连贯的句子,只能一次吐出一两个字。今天早些时候,我来病房探视过她,听她诉说了自己对呼吸越发困难的忧虑。最近,她即使坐着也觉得难受,白天花在祈祷上的时间越来越多。我静静地坐在她身旁,知道她的日子已经所剩无几。我想向她挑明这残忍的现实:每过一天,她接受器官移植的希望就变得更渺茫一些,而有关死亡的种种设想,反倒日渐真实起来。现在,我觉得是时候告诉她真相了。她与我四目相对,面带微笑,表示自己对新来的实习医生还没给她留言卡片而感到失望。"我只是想知道他们和我一起心怀希望而已。"她说。我垂下头，避开她的视线，因为在内心提前给她判了死刑而愧疚不已。

她在病房里挂了许多全彩照片，相框被她擦得锃亮。照片中的她骄傲地与家人站在一起。这些照片是整个医疗小组进门后最先看见的东西，它们仿佛在向所有人灌输着主人公的自我意识：这才是我，你们在病床上看到的那个人并不是真正的我。

我转身看向那面深蓝色的墙，墙上装饰着一张张白色卡片，卡片上写着各种各样鼓励的话。我静静地读着这些话："你与病魔抗争的意志、力量和信念令我肃然起敬。感谢你让我与你同行。"

"你是我所认识的最勇敢的人。"另一张卡片这样写道。

"希望你早日出院，在这堵墙外自由地呼吸新鲜空气。"又是一张卡片。

我们一边走出病房一边努力消化刚才读到的字句。只是给一个濒临死亡的人希望真的合适吗？当我们想尽一切办法为患者提供她所需要的高科技医疗服务时，难道给她希望才是更迫切的事吗？我想，答案是肯定的。正是那些肉眼可见的卡片，让每个进入病房的人都不得不承认，这才是一个患者想告诉我们的故事版本，她想让我们与她的痛苦和恐惧同在。通过写下鼓励的话，我们其实是在和她一起畅想未来的无限可能，而不仅仅是告诉她可能出现的结局。

其中一位实习医生萌生了一个想法，认为给她卡片实际是在同她进行一种交换。"我明白了，我们给她她需要的东西，然后她就——"

还没等他说完,那名昨晚值了班的实习医生就迫不及待地接过话茬。

"——不对,她希望我们来看她。虽然她病得很重,但她希望自己在我们眼中的形象是正在康复中。"他简洁而优美地点明了我们对她的照料如何让我们更好地理解她。他接着说:"那些卡片使希望仿佛近在眼前。"

"哇!"我被他说服了,"大家试想一下,正如我们今天做的一样,假如最后希望成真了……"没能继续想下去。

"那可算是个成功。"那名护士点头补充。

"前提是她得顺利进行移植手术。"一名实习医生接道,语气中显露出一丝同情。其他人立刻笑了,看上去就像一帮恶作剧得逞的孩子。但我知道,他们心里其实五味杂陈。

谁都想实现治愈疾病的目标,谁都渴望胜利,可一旦进入满是痛苦的灰色阴影地带,我们就感觉如坐针毡。我们擅长看似轻松地用复杂、精准的医术为患者看病,有时却不知该如何向患者表达共鸣。记得有一次,一位病人哭着问我:"为什么这种事情会发生在我身上?"于是,我从人类基因组与外界环境、自身行为及生活习惯之间复杂的相互作用机制出发,试图从科学角度解释为什么这些因素的共同作用最终导致了疾病的产生。作为一个科班出身的医生,我坚信所有问题都能用数据说话。因此,我既没有察觉这位患者心中的恐惧,又没能参透这个问题的本质。直到几年后,我才懂得了这个问题背后的潜台词。可在那个时候,即使我意识到这是一个与患者心灵相通的机会,我仍然不相信单纯地陪伴某人经受痛苦的行为竟能产生如此强大的疗愈力量。毕竟，当时的我对这种虚无缥缈的东西不以为然，也不怎么愿意与病人感同身受。

正统的医学教育使我和自己的病人渐行渐远，而如今，我的团队又在重蹈覆辙。我在医学院的导师们向我灌输了正统的医学模式，其中一位导师甚至建议我与患者刻意保持距离，因为走得太近会使人迷失，会让医生感到幻灭和筋疲力尽。就好像我由一些数量既定的部件构成，而一旦把这些东西给别人后，我就会被掏空。直到生病前，我一直对这些话深信不疑，从未想过自己有可能做个不受束缚的倾听者和付出者。那时的我不理解，一旦那些心灵渠道被打开，我的心灵不仅不会被掏空，反而还将被填满。那时的我也不理解，人类的共鸣必然是双向的。

所幸，我的人生因为一次九死一生的经历而有了改观。

目录

第一章
我失去了孩子 / 1

第二章
谁才有资格倾诉 / 24

第三章
走向衰竭 / 54

第四章
语不成句 / 72

第五章
当科学已然束手无策 / 89

第六章
信任、关爱与同理心 / 115

第七章
发现真相 / 138

第八章
人非机器 / 161

第九章

转化与洗涤 / 177

第十章

新生命 / 200

第十一章

与患者同在的医生们 / 211

第十二章

破裂的圣器 / 239

附　录　让我们做得更好的沟通技巧　262
致　谢　274

第一章　我失去了孩子

死亡是镜子背面的涂层，没有它，我们将看不见任何东西。

——索尔·贝娄（Saul Bellow），美国作家

回忆起来，所有痛苦都已变得模糊。没有人能够通过记忆重新唤起与过去同等强度的痛楚，这个事实不免让人松了一口气。此刻，我一边坐着一边回忆第一次把我送上病床的疼痛。虽然我仍能大致描述那种痛感，但它已离我而去。正如不断重复同一个词会让我们对这个词的意义感到生疏一样，持续的疼痛也会让人产生一种感官上的饱和。在第一次疼痛发生的一刹那前，我虽然知道疼痛是美好人生的大敌，却对"痛"这个字眼的真正含义一无所知。以前我理解的"痛"，在那次袭来的"痛"面前，简直是小巫见大巫。我像个被处以极刑的人一样，经历了难以忍受的、撕裂般的痛苦。

直觉告诉我，如果这种强烈程度的疼痛持续下去，我肯定会活活疼死。

我在医院产科候诊室的滚轮推床上疼得翻来覆去。候诊室的

四面水泥墙上铺满了医院常用的灰绿色瓷砖。我将头别到右边，表情狰狞的脸凑近了墙上一块正方形的凹槽，渗入墙体的消毒液气味一下子钻进了我的鼻孔。我顺着瓷砖向天花板上看，发现那里被设计得便于保洁人员清理溅到上面的血迹。想象着接下来可能出现的场景，我开始瑟瑟发抖。医院在设计候诊室时就已预料到墙上的瓷砖必须易于清洗的这个认知让我不禁打了个寒战。这就类似以前在《日界线》①（*Dateline*）中看到播放的监控录像显示，犯罪分子在行凶前去五金店买了一卷管道胶带，这是暴风雨来临前的宁静。

疼痛是在一小时前突然开始的。当晚，我没顾得上吃晚饭。要不是突发疼痛，这将是再平常不过的一天。然而，回头看看，正是这样一个平淡无奇的日子，却成了我一段人生经历的起点。

"那是一个再平常不过的日子。"

我经常从重病康复后的患者及其家属口中听到这句话。他们回忆生病后的每一天时，都不约而同地感慨，原来病魔来袭的前一天竟是那样平淡无奇。就像是一个人溺死前感受到的静水深流，或是坠机前看见的万里晴空。好莱坞电影和小说总是在大事发生前埋下伏笔，而疾病的爆发却是那样毫无预兆，以至于我们总是叹息，为什么一切不事先有所征兆，好让我们有机会预测结果，甚至让我们有机会扭转命运的齿轮。

那时是早春时节，阳光明媚，夏天仿佛即将悄然而至。背阴处，空气依旧刺骨，但只要看看周围的阳光，就感觉不那么冷

---

① 美国全国广播公司（NBC）放送的一档新闻调查类节目。——译者注

了。结束了一天的工作后，我打算在晚饭前把一些杂事处理掉。我报了一门针织课，得在课前准备好所有必需的材料。一想到我就要去上感觉没什么用的针织课，我就觉得好笑，但这或许正是我报名的原因。这么多年来，我每时每刻都在读书、学习和照料病人，而如今，我竟然有时间去上针织课，这不免让我油然而生一种轻松愉悦的感觉。此外，为即将出生的孩子亲手织一件东西，甚至是她长大后也能一直保存的东西，也是我日思夜想的事。

但在采购针织材料前，我得先去买一双能塞下我这双肿脚的新鞋。此时的我已经怀胎七月有余，身体因为妊娠而浮肿。我早就完全抛弃了外形亮丽的鞋子，就连目前这双棕色的平底软皮鞋也在穿了一个上午后感觉相当磨脚。于是，我走进一家大型鞋店，直奔平底鞋区。

走在过道上，我隐约感觉有些站不稳。这时，我突然想起，自己好像没有开车来。我环顾四周，一瞬间不确定我是不是被谁送过来的。不对，我是自己一个人来的，而且开了车。我怎么会突然像失忆了一样呢？难道是最近缺少睡眠的缘故吗？过去一个月来，我一直在 ICU 里忙个不停，每隔四天就要值一次夜班，而且只要坐在任何一个稍微舒适点儿的地方，我就会控制不住地打瞌睡。我甚至怀疑，自己是不是在刚才开车来这里的路上悄悄进入了一次微睡眠状态。我摸了摸自己的大肚子，仿佛在向里面的孩子道歉。为了孩子，我真该多关心自己的身体。

我找到平底鞋区，这里的货架上摆着一双双不好看但实用的鞋。就在我认真思考该买哪双时，我听到一名试图从我身旁经过的女性在说"麻烦让一下"，声音的分贝因为恼怒而越升越高。显然，她说的前四次"麻烦让一下"我都没听到。我回过神来，发现自己一直盯着手中的两双鞋，浑然不知自己挡住了别人的去路。最后，我只好尴尬地假装自己有选择困难症，然后将两双鞋一起拿去结账。

我以为买完鞋后应该径直回家，却在路过一家杂货店时停了下来。我总觉得自己好像需要买些什么，思维却变得越来越飘忽。下车后，我才走了几步就开始气喘吁吁，仿佛正在一段陡峭的山路上骑行。我的反应变得很慢，混沌的想法好像远在天边，中间与我隔着大团大团令我如堕雾里的死寂。我怎么也记不起为什么要来这里，最后莫名其妙地带着一小罐香草味糖果离开了杂货店。今晚，我要和同样身为医生的朋友达娜一起吃饭。说不定她能帮我想想，为什么我会如此心不在焉。

晚饭间，一阵剧痛排山倒海般地向我袭来，转而又如风卷残云般迅速退去。我的第一反应是，"好吧，看来这不是我的幻觉，而是我的身体真出问题了"。看着餐桌对面的达娜，我说："我恐怕吃不下了。"但我的表情已经完全向她出卖了我内心的真实感受。我小心翼翼地站起身来，唯恐任何一个小动作又会使剧痛卷土重来。我走出餐厅，紧张不安地在人行道上慢慢踱步。

之前那阵剧痛引发的肾上腺素飙升，已经令我的头脑完全清醒过来。我知道自己得赶紧利用好现在这个时机，否则未来很难说会发生什么。镇定下来后，我给丈夫打了个电话："兰迪，我感觉不舒服……胃……很奇怪，不知道哪来的……痛……不过没关系，孩子没事。"

我对自己佯装无所谓的样子感到悚然。为了让丈夫放心，我表现得过于镇定，却因此没能正确地向他表达出一种紧迫感。于是，我改口道："我可能需要你带我去医院。"我本想试着解释一整天心不在焉的原因：在鞋店里的愣神，还有在杂货店里的上气不接下气与迷茫感，可最后只是补充了一句"我应该开不了车了"，希望这个不争的事实至少可以加强他的紧迫感。我的丈夫兰迪是城里一家律所的律师，他给我的回复是"尽快赶来"，但还莫名其妙地加了一句"等我回完最后一封邮件"。显然，我终究还是没能向他传递出我这边的紧迫感。

透过餐厅的窗户，达娜看着我假装镇定地打着电话。她十分了解我的性格，知道我天生就不是一个喜欢大呼小叫的人，而通常只是认为事情一定会有转机，便不想让丈夫过于担心。相比之下，兰迪与我结婚还不到一年，对我的了解还不及我的老朋友达娜。就在我挂掉电话的一瞬间，多亏达娜来到我身边，重新拨通了我丈夫的号码。她说："我不知道她刚才跟你说了什么，但你赶紧回家，就现在。我先开车送她回家，然后在家里和你碰面。"

兰迪照做了。直到今天，他仍然一口咬定自己当初真的没有"回完最后一封邮件"，但我对此有所怀疑。回过头来，他要是当初知道会发生什么，肯定不可能再在电脑前多待一秒。据他回忆，他当时是跑着去停车场的。

达娜载着我，回到了两个街区外的家。走进房门，我一眼就瞥见了厨房柜台上放着的烘焙苏打粉。这使我突然想起，我的胃当天早上就一直反酸，于是我从冰箱里取了牛奶和苏打粉出来，试图用自然的方法中和胃酸。为了保证胎儿健康，我一直避免服用任何化学制剂，甚至连没什么副作用的抗酸药也尽量不用。我不禁想，之前那阵剧痛是不是因为胃酸腐蚀了胃壁，流进了腹腔血管。和其他医生一样，我也倾向于自我诊断，但诊断结果很少让我觉得可信。虽然意识到胃穿孔可能是那阵剧痛的原因，但这种假设其实并没有什么用，因为我至少还能按严重程度列出其他15种可能的病因。正是因为眼前摆着如此多的可能性，我一时感到无所适从。

达娜陪我走进卧室。十分钟后，兰迪也赶到了。我跪在地上，用枕头紧紧抵着肚子。为了缓解疼痛，这是我在一系列奇怪而扭曲的动作后采用的最终姿势。最后我发现，如果趴在皮沙发右边的扶手上，用扶手抵着肚子，同时右手在地上支撑身体，痛感就会稍稍缓解。这时的我哪里知道，原来沙发扶手抵住了我的肝部，在一定程度上减缓了肝血管向外喷血的速度，而再过不到两小时，我的动脉、静脉和心脏里的血就会全部流干。当时的我竟然天真地以为，如果以这种姿势可以缓解疼痛的话，或许我可以先观察一下，不用急着去医院。

"这样趴着感觉还行。"我自豪地宣布自己终于找到了一个有效的姿势。

达娜和兰迪摇摇头，不仅对我的新发现不以为然，反而为究竟是该开车送我去医院还是叫救护车而争论不休。叫救护车看上去是一种更稳妥的选择，但是就没法确定我会被送到哪家医院了。我十分想去自己工作的那家市区医院，这倒并不是因为我会在那里获得更好的医护服务，而是因为那里就是我工作的地方。我工作的医院太大了，我的同事们很多都互不相识。但在过去从事重症监护工作的五年间，我每天都在见证自己的医院能够为患者提供怎样高质量、复杂且安全可靠的医护服务。

以病人的身份进医院，对我来说是一个艰难的抉择。尽管理智告诉我情况不容乐观，但我依旧抱有幻想，认为自己的病情仍有可能处于可控范围内。不知怎么，我感觉要是连自己也不认为自己的病情可控，那我的病情会真的失去控制。于是，我打算就这样呈"U"形趴在卧室沙发上，直到疼痛过去。

在接下来的若干年间，我一直对这个沙发挑三拣四。我既不喜欢它棕色皮革的橘黄色调，也不喜欢它笨重的设计。兰迪对此持保留意见，他表示自己可是花了大价钱才买下它，而且皮革还是特别定制的，况且棕色皮革本来就要偏橘黄色调才像样。在他看来，我对沙发的嫌弃是对他之前光棍生活品位低下的控诉，毕竟他在那几年间添置了大量棕色的皮制家具。但其实我心里明白，自己虽然一直对沙发嫌弃个不停，却从未开诚布公地与丈夫解释过，它之所以让我如此反感，是因为它总能勾起我对那一晚的痛苦回忆。尽管心怀不满，我仍旧试着接纳这个沙发，到最后却发现，自己无论如何也不愿再勉强自己。就在今年，在一时冲动之下，我将这个笨重的沙发推进了车库，表示自己再也不想在家里看到它。兰迪在车库里发现了沙发后摇着头说："你不会是一个人把沙发搬到这里来的吧？"他又问："你为什么之前没告诉我你这么讨厌它？"

第一章　我失去了孩子

"我告诉过你,"我提醒他,"我一直很讨厌它。"不过,这话并不完全属实。有那么一个晚上,就在我的身体快要被疼痛掏空时,正是这个沙发解了我的燃眉之急。

回到那天晚上,听见我痛苦的呻吟,达娜和兰迪急得想赶紧送我去医院。"够了,你不能一直这样趴在沙发上,咱们去医院吧。"他俩应该同时被我拖延时间的行为激怒了,其中一人直接通过表情向我发出了严重警告。就在他俩帮我站起来的过程中,痛感发生了变化。我先是觉得恶心,然后开始不断呕吐,眼前直冒金星。我感觉我的视力越来越弱,最后好像只能看见几个细小的光圈。与此同时,我的右腹开始刺痛,痛感渐渐扩散至全身。我闭上眼睛,却仍能看见光,好像光束能射穿我的眼睑一样。我转过身,痛得大叫,根本无法站直身体,只好把双手撑在膝盖上,发出痛苦的呻吟。我这是怎么了?事到如今,不能再等下去了。还是达娜有先见之明,料到我一路上会吐个不停,把我家的几只塑料垃圾桶带上了车。我躺在车后座上,没有回头看我的家一眼。

兰迪和达娜决定送我去急诊室。车以每小时160千米的速度飞奔,争取尽快把我送到医院。我知道,自己体内一定有什么东西破裂了,但我不确定疼痛的根源究竟是胃穿孔还是其他什么问题。我想起在医学院时曾听说过,存在于胰腺中的一种消化酶一旦被释放,就会像电瓶水一样腐蚀内脏,使人体机能整体陷入瘫痪。眼见我体内的疼痛有增无减,并一直向外扩散,我感觉自己的内脏正在逐渐溶解为一团湿漉漉的糨糊。看来,手术是不可避免的了。在急诊室门口,我被保安架上一台轮椅,兰迪问我要不要拿一只塑料桶放在腿上备用。

看着我这样吐个不停的孕妇，一名保安问我已经怀孕多久了。"大概七个月吧？"我一边嘴上回答一边在心里想，为什么医院保安需要知道这些个人信息？我原以为自己会被带到一楼的创伤治疗中心，谁知却被保安静静地送进了妇产科。保安解释说："这是医院的规定，妊娠六个月以上的孕妇都要进妇产科。"听到这话，我彻底无法可施。我们医院严格按规定办事。要想提供优质、可靠的医疗服务，医院必须实现标准化管理。很大程度上也正是因为这一点，我们才一直能为患者的生命安全保驾护航。话虽如此，我好歹也积累了这么多年的医学经验，当我推测自己的腹部需要赶紧动手术，并因此需要首先让手术医生对我的病情进行评估时，仅仅是医院的一项规定就彻底否决了我的判断。与此同时，医院保安在短短五秒钟内就做了决策，他不仅大致知晓了我的身份，还因此判断出我需要什么样的医疗服务。我看着丈夫，用脸上的表情对他说："你可得做好心理准备，我可能就是因为这个保安的决定而死的。"

到达妇产科后，我被扶着站了一小会儿，医护人员为我穿上病号服。我的情况很快就剧烈恶化了，这让我不禁庆幸自己此刻已在医院。我的视野越来越狭小，最后只剩下中央的一个焦点。脑子一团混乱，好像它背着我刚参加完新年倒数狂欢派对回来似的。一种病态的好奇心驱使我短暂地集中了一会儿注意力，随后我便意识到，原来这就是对休克的第一手感觉。我知道自己之所以会有这种烂醉如泥的感觉，是因为脑部供血不足。平躺时，血液循环系统能够轻松地挤压其他地方的血液，然后将汇集起来的血液输送至我的脑部。但当我站直时，循环系统的动力根本不足以与重力对抗。还在我血管里流淌的那一点儿血液完全集中于脚部，从而使我的脑部处于供血不足状态。

这时，某人的一只手进入了我狭小的视野范围，向我递来一只有橙色盖帽的小取样瓶。我都这样了，还能帮他们采集尿样吗？只要想想这个过程中需要付出的努力，我就摇了摇头。我勉强转头看向身边的几位妇产科护士，一心地希望她们能看看我肚里的胎儿情况如何。

"孩子……没事，"我断断续续地说，在剧痛的作用下语不成句，"但我……有事。请……呼叫手术室。"我话音刚落，护士们就开始听胎儿心音，并试图将一台胎儿心率监测仪连在我那敏感的大肚子上。由于腹部再也受不了任何额外的压力，我一直扭动着，想挣脱绑在我肚子上的探测带。护士们抓着我，不约而同地向我投来一种严肃的谴责表情。"别乱动！你要干什么？"一名护士惊诧地喷了一声。鉴于我无法通过"简单的方法"采集尿样，她们只好将一根导管直接插进我的膀胱。接着，她们又拉来一根吊针，猛地扎进我那不羁的静脉血管，好让它老实下来。

听着胎儿持续而稳定的心音，护士们不禁面露微笑。她们一边绘制胎儿心电图一边发出满意的咕哝声。血压计在我的手臂上越裹越紧，艰难地测量着低到不行的血压。静脉注射液一点一滴地向我体内输送着生理盐水，低效地补充着我的血容量。我用没有扎针的另一只手偷偷地调了吊针的阀门旋钮，以让静脉滴注的速度满足我升高血压的需要。

就在我盯着那些可怕的墙壁瓷砖发呆时，今天经历的事情默默地在我脑海中倒带。我越想越惊恐。原来在短短一天内，我的情况就已恶化至此。而且，不知怎地，我开始在平淡无奇的事件中寻找能够打消我内心焦虑的证据。我本来是想去买纱线的，却先去鞋店买了两双我现在能穿下的大码鞋。每个孕妇的脚都会肿，这并不是什么新鲜事。后来，我去了杂货店，买了香草味糖果。接着，我去吃晚餐。我打算点三文鱼，它富含的Omega-3脂肪酸有益于孩子的大脑发育。再接着，疼痛开始了。那是一个万里无云的美丽春日。

几名男医生闻讯赶来。最先赶到的是一名实习住院医生，接着是一名产科医生。

"她是我们医院的医生。"其中一人告诉其他同事，"我记得是ICU的。"

听到这话，我的精神为之一振。我以为终于到了自己大显身手的时候，试图以医生兼患者的身份与他们相处。我搜肠刮肚地找出此刻还能想起来的医学术语，尽量简洁地向他们介绍我的病史。我努力向他们传达出一种紧迫感，但体内的疼痛让我变得结结巴巴，每次阵痛发作都迫使我不得不咽下嘴边的话。看着他们的脸，我试图从中找寻一种认同感，然而我看到的只有因为怜悯而扭曲的表情。在他们眼中，我只是一个病人，一个孕妇，我的疼痛也被认为肯定与妊娠有关。他们一致将关注重点放在一个地方：我肚里的胎儿。

产科大夫叫人去拿吗啡，这个举动引起了我的注意。我心想，天啊，他们竟然要给我用吗啡！平时，我们几乎从不给孕妇静脉注射效力强劲的精神药品，因为这类药品很容易为胎儿带去生命危险。像我这样白天连非处方的抗胃酸药都不愿服用的人，晚上竟然要接受静脉注射吗啡了？我试着说服自己，情况危急如我，用吗啡也是合情合理的，却怎么也甩不掉担心吗啡损害胎儿健康的恐惧。医生们给我打了一针吗啡，我等了一会儿，看它能否有效镇痛。结果证明，一针吗啡没有一点儿用。于是，医生们又给我打了一针。

手术医生终于被叫来了。但来的只是一名实习医生。

他走了进来，年轻的面孔上写满真挚。他手里拿着一张空白表，准备填上我的病史和体检结果，好拿去与更资深的住院实习医生讨论工作。我不知道他凭什么认为现在还有闲工夫填表？

实习医生把表放在小桌板上，咔地按下了手中的圆珠笔。他将我腕带上的姓名和病历号与表上的相应信息对比了一下，然后问我："疼痛是从哪里开始的？"

我一时感觉无言以对，最后只挤出一句话："叫带你的主治医生来。"

他仍不死心，坚持要完成例行的填表工作："疼痛会因为什么加重或减轻吗？"

我缄默不语。

他叹了口气，看上去沮丧不已。知道这样下去不是办法后，他呼叫来了比他更资深的实习住院医生。虽然这位医生只比他早来 12 个月，但她一看见我痛得全身僵硬，再加上不稳定的生命体征，就知道确实不能再耽搁一秒了。她能有这种认识，我已经很知足了。"负责带你的主治医生是谁?"我问她。

当晚负责值夜班的手术医生是我以前在 ICU 手术室共事过的人,我叫他"G 医生"。G 医生思维缜密,心细如发,而且技艺精湛。我让眼前这位更资深的实习住院医生叫 G 医生赶紧到妇产科来,并告诉他患者是我。这位医生虽然对我的情况一知半解,还是照做了。她在电话中对 G 医生说:"我不知道患者出了什么事,但她是你认识的人,而且她病得很重。"一般来说,由于手术医生的专业领域要求非常精确,他们不大能容忍自己的下属以这样含糊的方式汇报患者情况,听不得别人说"我不太确定"和"我不知道"。正常情况下,只有当前期工作完成后,检验科与影像科出具了完整的分析结果,手术医生才会来到患者身边。在他们动手前,应该有人准备好了诊断结果、分析报告和治疗方案,最好连手术时间也要事先安排好。他们宁愿你在审慎思考后犯错,也不愿听你直接说"我不知道"。要是换作其他手术大夫,或许早就将这位实习医生骂了一顿。然而,G 医生感觉到了她的担忧,于是没说什么,立刻赶来了。

G 医生看了我的化验结果,眉头紧锁。他一边摇头,一边开始罗列各种可能病因:"爆发性肝衰竭、胃穿孔、阑尾破裂……"

我听着这些病名,心想:"不会吧,要是真得了这些病,我倒还不至于死得那么快。我的情况比这些病都糟。虽然暂时还不知是什么引起的,但就是更糟。"尽管 G 医生列出的这些病因都不足以匹配我病情的危重性,我却因为至少有了几个可能的解释而感觉如释重负。我想知道疼痛的根源在哪里,然后对其进行修复。我不想假装对疼痛的根源视而不见，只是一味地用吗啡做表面上的缓解。身处妇产科候诊室，我担心他们会优先保胎，再考虑我的安危。

　　十年的临床经验下来，我见过的场面足以使我预测目前这种局面可能出现的后果。在我接手过的患者中，既有孕妇痛失孩子，也有孕妇死亡但孩子活下来的情况。而我更害怕后一种情况出现。试想，一个新生命从死亡的母体中降临人世，这是一种多么扭曲的局面啊！孩子的生日被迫成为母亲的忌日，一边是庆生的气球，一边是生母的坟墓。我摇摇头，避免自己胡思乱想。

　　我抬起头，发现我母亲不知何时来到了床边。她的表情难掩忧虑，嘴唇紧闭，眉头深锁，一看就是之前接到了所有母亲最害怕接到的电话。对她而言，这原本是再平常不过的一个夜晚，电话铃声骤然响起。她听出了电话那头我丈夫的恐惧，于是在黑夜中驱车50千米赶到了市中心的医院。

　　"你怎么给我妈打电话了？"我没好气地质问兰迪，完全不记得他曾经离开我身边半步，找时间给我母亲打了个电话。

　　"他就该给我打电话。"我母亲替兰迪答道。

　　我躺回床上，一种气馁的感觉油然而生。我之所以生气，并非因为我不希望母亲在场，而是因为这样显得我病得很严重，重到我挚爱的亲人会为此难过。

　　"我也不知道这是怎么了。"我一边道歉一边为自己无法让任何人放心而自觉很没用。

　　不知何时，导尿管中充满了血。

"可能只是肾结石，"我母亲转而对在场的医生们说，"她爸爸以前就有很严重的肾结石。"

他们又给我打了更多吗啡，疼痛却有增无减。护士将情况汇报给当晚负责值夜班的产科实习住院医生，医生却回复说："如果她要的话，就给她再加点儿吗啡。但如果要引产的话，胎儿可就要遭罪了。看她怎么说吧。"

"看她怎么说吧"，这句话还真是微妙啊。

我从未指名要用吗啡，只想找到根源后止痛。令我震惊的不只是这位产科实习住院医生的轻率态度，还有他竟然蠢到将治疗责任推卸到我这个病人身上的行为。现在的我肯定不能以医生的身份指导治疗，但我明白他说"胎儿可要遭罪了"是什么意思。注射进我体内的所有吗啡也会进入胎儿体内，从理论上说，如果今晚就要引产胎儿，那么胎儿将可能因为吗啡的作用而窒息。也就是说，如果现在的我忍不住疼痛而使用吗啡，将来的我就会因此失去自己的孩子。

到现在，护士已经给我注射了共计 50 毫克吗啡，先是每次加 2 毫克，而后是每次加 4 毫克。这种剂量的麻醉剂足以抑制人体呼吸中枢，进而置一个正常人于死地。但由于疼痛始终未散，我的身体几乎对吗啡感到麻木。吗啡未能缓解我的疼痛，也不会缓解我的疼痛。

"吗啡不是对孩子不好吗？"看着护士将又一管吗啡注射进我体内，我母亲忍不住问我。

"可能吧。"我只好承认。说实话，此时的我再也无法把肚

第一章 我失去了孩子 15

里的孩子放在首位了。要是我在一间陷入火海的房间里醒来，我的第一反应是自己先逃出去，别人的事情我可管不了。

在是否应该送我去放射科做CT扫描这一点上，医生们的意见出现了分歧。有医生认为这样有助于发现疼痛部位，放射科医生考虑到我的孕妇身份，不愿冒险为我照CT。G医生则不愿在没有CT扫描结果的情况下为我动手术，因为这样不利于他们预测手术中可能存在的风险，更别提为防范风险提前做准备了。僵持到最后，医生们仍然没有定论，但风向似乎倾向于送我去放射科。就像通过稀薄的空气嗅到一场逼近的暴风雨一般，我知道的事情是，我的情况太不稳定了。

"我觉得……不能让我走来走去。如果你们送我到楼下的放射科去，我会死的。"我痛得上气不接下气，但还是忍不住打破了医生们的僵局。

送来的第二次化验结果证实了我的直觉：我的整个腹部几乎全部失去了供血。听到这个结果的一瞬间，我竟然有种爽快的感觉，就像一个急于证明自己的医学生做出了连主治医生们都搞不定的疾病诊断。我原以为，这下他们总该意识到为我找出疼痛根源和动手术的必要性了吧？谁知，讽刺的是，医生们看着化验结果，却只是更担心起胎儿来。随后，他们将一台便携式超声仪推到我床边。

"我还不太会读这些仪器，请见谅。"产科实习住院医生向我发出警告，一只脚缠在超声仪上插着的各种电线里。

他不会读也无所谓。此刻，我还算是个医生。自超声仪显示的第一帧磨砂状图像起，我就能看到胎儿那小小的心脏已经停止了跳动，仿佛一个分成四格的池子，慢慢被飘落的雪覆盖。"已经没有心跳了。"我用尽力气吐出了这句话。

"你是从哪儿看出来的呢？"他问。

这句话来回撞击着我眼球后方的空腔。我听见自己大口喘着粗气，在一阵剧痛中浑身颤抖。胸腔和腹腔之间的横膈膜仿佛随着呼吸发生小幅振动，却因此撕开了某个刚刚愈合的喷血口。在上气不接下气之时，我盯着询问我的这个实习医生，一脸难以置信。难道我还要教他如何在超声图上看出胎儿已经死亡吗？之前我为孩子精心准备的小衣服，现在还挂在家里的客厅。我甚至还没抽出时间打点孩子的房间，她的那些小袜子和连体衣就已经成了遗物。我才刚刚开始准备迎接她的到来啊！

一种空虚感从内向外将我吞噬，这是一种源自思考的恐慌。我们一家人在脑海中想象过的孩子，至少曾经是那样真实，现在竟然就这样死去了。在所有人的注视下，我感觉自己也快死了，这个房间里有一群医生，却没人能抓住救我的最后一根稻草。

"麻烦你告诉我，你是从哪里看出胎儿死亡的呢？"

我回过神来，意识到这名实习医生在这一点上非常坚持。我在脑中想象自己从床上坐起，先是用食指在超声图上勾勒出胎儿那完美的椭圆形轮廓，最后指向胎儿已经停止跳动的心脏，按他的要求教他看胎儿的生理解剖结构。他这个冷血的问题令我震惊。我在他眼前就像透明的一样。

他的冷漠揭示出一个令人不安，却在很多时候被忽略了的现实问题。医学教育让我们只关注病理，却没有教我们如何关

第一章 我失去了孩子 17

注患者。我们拿着柳叶刀和镊子，努力地从纷繁、复杂的人体组织中找出埋藏在深处的病灶。在导师的带领下，我们小心翼翼、抽丝剥茧，一次又一次试图揭露病因。因此，真正建立起来的关系，是医生和疾病之间的。与这些疾病再次狭路相逢时，我们会向这些值得正视的敌人打招呼。它们的再现让我们回想起它们上一次在患者身上扩散时造成的惨重损失。然而，患有疾病的个体却从头到尾都成了一种附属品，就像一个再普通不过的带菌者。

就在我满脑子回荡着这名医生的问题时，我在他的声音中突然察觉到一丝发自内心的好奇。我这才不悦地意识到，在他眼里，我的确不是一个人，而是一则病例，而且充其量只是一则同时遇上了腹痛和死胎的有趣病例。于是，我紧紧地盯着他，希望他能真真正正地看到我这个人。

我要他看到我。直觉告诉我，如果他眼中没有我，如果他不能与我产生心灵上的共鸣，他将无法帮我脱离险境。孩子已经因为胎盘早剥而在我体内死亡，这是一种严重致命的情况——胎盘从子宫壁上完全剥落，胎儿因此完全失去了供血来源。后来，他们解释说，可能是当时我体内的大出血造成了全身缺血，进而导致了这种情况。无论如何，当时我也快要死了。我可以料到，眼前的这位产科实习住院医生今晚可能面临两种不同的结局。一种是，他将彻夜无眠，一边不停地向血库要求补给更多血液，一边巨细靡遗地监测着化验单上的每一个数值，同时还得监督输氧设备正常工作，并期待我病情好转。但这种情况需要他承担太多的责任，因此他更有可能选择另一种结局：

非常抱歉，患者病情过重，因医治无效而死亡。

　　胎儿的死亡反倒令我之前乞求进行的手术变得简单起来。我被迅速推进手术室，输液架在运输过程中不小心撞到了那位产科实习住院医生的脸。他至今从未正视过我，仍在试图解读仪器屏幕上的那张超声图。

　　尽管我一直坚持要求动手术，但我其实从未觉得自己能在手术中活下来。我听到医生们一遍遍严肃地读着我的化验报告，知道自己的血几乎已经流尽，血红蛋白水平降到仅剩3g/dL，具有凝血功能的血小板几乎降至零。现在已经没有时间安排交叉配血试验了，更来不及输血，因此这些血液功能指标在短时间内将不会有什么起色。我知道自己已经处于休克状态，血压低到几乎监测不到。像我这样的患者，在手术后存活的概率几乎为零。

　　一直以来，对于人死前突然拥有信仰这件事，我都认为这不过是一个人为了洗去生前的罪孽而走的捷径。但现在，我突然对这种行为有了更深层次的理解。垂死挣扎之际，我发现自己还有一些刚刚成型的信念有待日后进一步琢磨。虽然我也曾偶尔感知到生命中的确有某种真正神圣的东西在起作用，但由于它太过抽象，我无法为之建立有形的结构，更不用谈敬仰它了。它就像一阵从我指缝间穿过的柔风，虚无得让我无法全身心被它包覆。

　　作为一名医生，能在手术室里去世，我死而无憾。同时，我也不觉得临死前向亲人煽情地道别会给任何人带来任何好处。我相信，人们自然会在应该伤心的时候伤心，因此没必要让他们为了未来的事预支伤心。于是，在进手术室前，我既没有告诉家人最坏的结果，也没有刻意地对他们说暖心的话，而只是说："唉，真是折腾。"就这样，我被推进了敞开的不锈钢手术门，门后是一个亮到刺眼的手术台。

要想使某些往事重新浮现于脑海中，我们需要重温事件发生时的情景。回忆绝不是一种全然被动的行为。不同于我们从壁橱里取出一只马克杯这样单纯的行为，回忆这一行为还改变着神经突触网的结构本身。当我们试图回想往事时，这张突触网也会在此过程中得到重塑。它就像是一只用柔性黏土做成的杯子，表面能被我们有温度的双手捏出不同的形状。当我们下次再回忆时，我们实际上回忆的是上一次的回忆，即已经被我们留下印记的那只杯子。正是利用着这种必要但有缺陷的记忆机制，我们不断构建着关于自我身份的记忆。而我们无数次改写人生的过程，也就由此展开。

我记得那间冷酷的手术室，身着蓝色手术服的模糊人影摩肩接踵，行色匆匆。他们戴着口罩说话的样子，使我想起冬天戴围巾的孩子。我记得墙上如雪片般的正方形瓷砖、酒精挥发出的凉气、手术台上的不锈钢板以及地上的排血道。负责消毒的技师将聚维酮碘倒在我的腹部，以此作为开刀前的简易处理。这种液体冰得像汽油，当我在它的作用下开始进入麻醉状态时，只听一旁传来麻醉师的声音："她快不行了……收缩压只有60。"

原本在意识边缘游走的我，被这句话一把拉回现实。我快不行了？我试着搞清状况。集中精神，我对自己说。

"她快不行了。"

不知是这句话一直在我耳畔回荡,还是他们又说了一次同样的话?

"伙计们!她快不行了!"

我心想,你们知道我听得见。

我挣扎着不让自己失去意识,拼了命与一股神秘力量对抗,不让它把我拖向深不见底的黑暗。我的双臂像灌了铅一样,既沉重又僵硬,连一毫米也抬不起来。我两眼发黑,喉咙发紧,感觉自己沉进了如水银般浓稠的水面以下。一个浪向我拍来,加速了我的下沉。

突然之间,我感到一阵释然和轻盈。虽然还分不清东南西北,但视野里的手术室已显得无比清晰。不过,这种景象其实是种错觉,某种程度上就像飞行员盯着地平线看太久后,有时会误以为海平面是天空。我的方向感上下颠倒,整个人像是在往上飘。我看见自己躺在手术台上,周围摆着一堆体征监测仪,沮丧的麻醉师正在摆弄输液设备,产科医生小组备好工具,准备随时从我腹中取出胎儿。

没想到他们说的竟然是真的:我真的不行了。如果我能看见我自己,或许表示此刻我已经死了。

我什么也感觉不到,疼痛奇迹般地消失了,恐慌感也随之消散,这应该是止痛药的效果。我感觉自己很渺小,轻飘飘的。我怀着一种轻松的心情,静静注视着眼皮底下发生的一幕幕情景,对任何结果都漠不关心。

我已经死了。

直到一年后,几名当天在场的手术医生才用神圣的口吻向我描述了当时手术室里发生的一系列灾难性事件。据说,当时我身上同时出现了所谓的外伤"死亡三要素",即体温过低、酸中毒和凝血障碍。简单来说,"死亡三要素"彼此间互为因果。当血液温度太低、酸度太高时,血液将无法凝固。此时,患者的失血情况会进一步加重。接受体外输血后,血液温度又会进一步降低,酸度进一步升高,最终形成一种不断恶化的自杀性循环。他们还向我绘声绘色地描述,当时我失了多少血,他们又疯狂地给我输了多少血,有些血还在输进我体内前被引流至加热器,以减轻输血带来的体温降低问题。此外,他们还说,我的肾脏在某个时刻衰竭了,血钾迅速累积,使我的生命体征进一步恶化。最后,就连我的心脏也在充满毒素的环境中渐渐衰竭,先是心律不齐,然后彻底停止了跳动。

他们每说一件事,我就拿出自己记忆中的情景与他们分享。我记得麻醉师坐在手术室一角的电脑前,也记得手术医生们被紧急叫停,转而换上更多急救科医生,以更快的速度为我输血。所有人都在拼命寻找我的出血点。

"你根本不可能记得这些事,"他们对我说,"你用道听途说的信息对事实进行了加工。"

"不,我就在现场。虽然原因无法解释,但我就在现场。"

那种有如死后的冰冷感,术后几个月来一直缠绕着我。我的体温怎么也升不起来。医生们怀疑是 ICU 里的暖气设备有问题,叫来了维修工。最后,就算每个进病房的人都被热得不得不脱掉外衣，我却仍要盖上好几层毯子。药液必须被事先温热才能注射进我体内。可即便如此，彻骨的寒冷依旧不肯散去。几年后，美国中西部地区出现了名为"极地漩涡"的气候现象，寒风导致密歇根州的气温降到了约华氏30度[1]以下。那年冬天，站在户外的冰天雪地里，我不禁纳闷，为什么这种程度的冷也可以被称为冷。英语中描述环境的冷和描述内心的冷是同一个词，这可真够奇怪的。于我而言，真正的冷是从内心持续散发出来的。面对这种冷，你根本不知道春天是否还会到来。

---

[1] 约合零下1摄氏度。——编者注

第二章　谁才有资格倾诉

　　我重新浮出水面,一阵恐惧随即向我袭来。我感到自己在呼吸,但呼吸的动作不是我主动为之。意识到这件事后,我不禁打了个寒战。这就好比你想将头伸到车窗外呼吸,却因为迎面风太猛而几近窒息。原来,此时的我已经到了完全依赖机器才能呼吸的地步。我明白这意味着我的情况有多严重。我下决心靠自己呼吸,于是抗拒着呼吸机送来的强劲风力,想靠自己的力量吸一口气,却不料引发了呼吸机的警报。很快,我就感到精疲力竭,连呼吸需要的那一丁点儿清醒的力气也无法维持。随着时间的流逝,我开始习惯了现状,恐惧也渐渐平复。最后,我失去了意识。

　　接下来,这样的循环不断往复:我恢复意识,由于突然意识到周遭环境而充满恐惧。随后,我感觉近乎窒息,于是努力呼吸,却又因为无法摄入充足的氧气而陷入惊慌。接着,我放弃主动呼吸,转而接受呼吸机的摆布。经过这样一番挣扎,尽管呼吸机过于一致的节律有些奇怪,但它送来的氧气反而让我感到释然。每隔六秒,我就能听见自己呼出的气打在氧气面罩上的噗声。最后,我又会感到疲惫,意识渐渐模糊。

后来，我才知道这些循环出现的场景原来是所谓的"断奶试验"。每天早晨，护士都会将镇静剂和止痛药停掉一小段时间，让呼吸科专家评估我能否在几乎没有呼吸机帮助的条件下自主呼吸。患者通常不会被事先告知将进行这样的试验，而只能在停药导致的剧痛和焦虑中被迫惊醒，由此一次次陷入惊恐和黑暗的循环。

白天时，药物的镇静效果不算强，外界的声音偶尔能钻进我所在的无声黑暗世界。人们说的话从天上掉下来，慢慢沉到我所躺的深处。药物影响了我的正常思维，在混沌一片的思绪中，我努力保持长时间的清醒，把外界传来的线索一点点拼起来：人们话语中的颤抖、我肿胀的身体，还有我肺部积液流动的声音。在我的记忆尚未完全恢复的这段日子里，我一直有种快要溺死的感觉。一边是来自他人的一袋袋血液，另一边是我那不争气的肾脏，它根本无法将多余的体液排出。积液灌进我的肺，使之成为两块厚重的湿海绵。我无法自如活动的身体，为了弥补此前失去的大量血液，也在一夜之间积压了 45 磅[①] 多余体液，并因此肿胀。此时的我面色苍白，全身浮肿，像是刚被人从湖底打捞上来。

趁着清醒的时候，我扫视着病房，无声地恳求在场的人告诉我，到底发生了什么。他们的视线遇上我的，随后又移开了。我想说话，但喉咙里插着的呼吸管让我说不出来。我想用活动受限的手比个手势，想把问题写下来。

---

① 1 磅约合 0.45 千克。——编者注

"别费劲了,好好休息吧。"一个声音传来。

我也想,但这恐怕不太可能。

此前,我突发中风,掌管视觉和平衡感的脑区因此受损。我看到的一切都影影绰绰的,人影在我眼前摇晃,令我感到眩晕。直到几周后,医生们注意到我行走极度困难时,才意识到这也是此次中风的后遗症之一。体液积压导致淤血,进而使我的听力受损,语言表达和理解能力也出现障碍。我听见自己以前当医生时常对患者家属说的一句话:"虽然她活下来了,但我们不能确定会留下什么后遗症。"也不知这些字句究竟是从我的潜意识深处浮了上来,还是从外面沉入了我脑海里。

ICU 里没有镜子,于是我只能根据人们走进病房的反应推测自己的样子。医生同事们原本万年不变地挂着一种似笑非笑的表情,现在见到我也会倒吸一口凉气,有的还会哭出声来。可想而知,我的状态究竟是有多差,才会引发那样的反应。想到这里,我反而开始庆幸自己视力受损,外加病房里没有镜子。

当医生们认为我不再会贸然将各种各样维持生命体征的管子拔掉时,他们解除了对我手腕的束缚。我触摸着自己的身体,像个雕塑家一般,试图用手感知身体的情况。我发现自己的身体竟变得如此陌生,每处大静脉都被粗粗的针管扎过,留下坑坑洼洼的皮肤。我的脸和脖子肿大了好几圈,更加接近枕头的边缘。大腿布满纹路,除了圆形的膝盖外,上下都像极了干瘪的布。我的肤色黄中带灰,体表到处是大块的淤青。我的腹部一共缝了29针。如果用食指轻戳一下膝盖周边的皮肤,它可以陷下去几小时不反弹。

一个看上去像我哥哥的人走进病房，却在瞥见我的样子后迅速扭头离去。我觉得那不可能是我哥哥，这并非因为我怀疑自己的视力，而是因为他住在波士顿。不过，我对时间的感知能力变得很差，不知道过了多少天。莫非在我神志不清的这段时间内，我哥哥已经从波士顿赶来了吗？我不知道。

我在一名男子的声音中醒来，只见儿时的神父在我身上画了个十字架。作为一名平常在ICU工作的医生，我只在患者临终前才会见到神父。我匆匆地环顾四周，寻找预示着自己即将死去的蛛丝马迹。我哥哥也在病房里，和其他人一起心怀敬畏地低头祈祷着。整个房间里弥漫着一种悲伤的氛围，但也不至于极端沉痛。我打量着自己的身体，继续寻找证据。尽管我感觉很冷，但我的手指既没有淤青，也没有出现尸斑，证明我只是血液循环不畅而已。护士们在为我调整吊针的滴注速度，如果我真的没救了，她们肯定不会白费工夫这么做。我注意到床头被调高了30度，而不像给临终患者降至水平的通常做法。至此，我终于确定自己可能并不是即将去世，于是再次沉沉睡去。

再次睁开眼时，我发现重症监护部的同事都集中在了这间病房里。他们不停地议论着我接受的治疗措施，比如呼吸机和注射的药剂。其中一名同事正在就可能的策略发表意见，其他人要么盯着地面，要么望向窗外。

"她都这样了，我们不该在这里盯着她看。这样不对。"其中一人好像在对所有人说，但好像没人听进去。

"你告诉她了吗？"说话的这个人是我的导师，我认得他的声音。被提问者好像在我的右方,从手的触感来看,我知道那是我丈夫兰迪习惯坐着的位置。

"还没有,我想等到她不需要呼吸机的时候再说。等到那时,她的记忆力应该已经恢复了。"兰迪的语气中透露出一丝隐忍。

"你要是说不出口,我来告诉她。我已经习惯宣布坏消息了。"

他们以为我听不见他们的对话。

一名同事建议所有人离开,我向这个声音传来的方向看去。这名同事和我一样,也曾大病一场,因此对重症病人应该获得的尊重有切身体会。

"我们走吧,让她好好休息。"他把同事们轰了出去。

我的导师并没有和其他人一起出去。他凑近我,向我保证说:"你会好起来的。我们看过了,你的心脏没有问题。我明天就得动身去阿根廷,等我回来时,你就康复了。"从他的语气来看,我一时分辨不出他的最后一句话究竟是一个承诺,还是一种祝福。

然后,他转向手术组的同事们,开始交代他们需要注意的事项,好让我早日恢复自主呼吸的能力。

他们刚才说要告诉我什么?我真的想象不出还有什么事情是我不知道的。

我静静地看着窗外的黄昏。负责值夜班的护士已经换好了岗,进来查看我的情况。她听了听我的心肺活动,检查了每条静脉输液管,确定没有功能障碍或感染问题。随后,她从尿袋中取出积存的少许尿液，并对尿样进行了检测。她喂我服了药，还问了几个我无法回答的问题。如果她的动作加重了疼痛，我会回以皱眉或瑟缩的动作。除此之外，我没有其他表达自我的方式。她将抽吸管插进我的呼吸管里，以此清理我肺部的积液，我痛苦地发出啊啊的呻吟声。我想告诉她我冷得不行，身体却好像怎么也不听使唤，甚至连一个发抖的动作都做不出。于是，我只能看着她，假想自己对着她摇头，耸着右肩。

当兰迪在我床边的椅子上睡着时，我知道夜已深了。他总能在任何噪声环境下睡着，这种能力令我羡慕不已。连绵不绝的噪声加上持续的疼痛使我难以入睡。每过一小会儿，某台监测仪就会哔一声发出警报，不是这袋输液结束了，就是那根输液管卡住了，要不就是我的心率太高，或是血压太低。几乎不曾间断的仪器噪声，外面过道里的人来人往，还有广播通知系统不时播报的医生工号，都让我感到度日如年。仪器大约每发出1000次哔声，护士就会来采血，以便第二天一早拿到化验结果。再有几次哔声，就会有一名困倦的手术医生进来，为我做个粗略的全身检查，再将今晚的检查结果汇报给整个手术组。破晓时，几名放射科技师会来叫醒兰迪，让他离远一点，以拍下只有我的X光片。这些技师神似兰迪以前在家设置的懒人闹铃，要是拍不醒他，他们就会摇他的枕头，不断提高声音分贝，直到叫醒他为止。

这天早晨，我的呼吸管被抽出来了。虽然我还得吸氧，但这可谓第一次肉眼可见的里程碑式事件。我真的又能自主呼吸了,不过我总得特意提醒自己要呼吸才行。用久了呼吸机,我的脑子早已养成了"不用自己呼吸"的惯性思维。然而,我很快发现,我只有在全神贯注的前提下才能呼吸,而一旦有其他任务需要同时完成时,我就会很容易地无暇兼顾呼吸。例如,仅仅是在床上翻个身的动作就会让我因为无意识地憋气而筋疲力尽。

"我真的很冷。"我非常急切地说,语气中带着一种不可名状的悲伤。

护士帮我多拿了几条毯子来。

兰迪捏了捏我的手,试图用他的手为我暖手。他的脸上阴云密布,流露出一种痛苦的表情。

"我有件事想跟你说。"他开口道。

想必这就是之前他们说要告诉我的事。我看着兰迪,顿时明白这件事与孩子有关。看来他们还不知道,对此我早已有了心理准备。

"孩子没能活下来。"

泪水盈满了我的眼眶,不是因为孩子,而是因为心疼兰迪。我知道,他费了九牛二虎之力,才试着以尽可能缓和的方式告诉我这个噩耗。原来,他们之前讨论的是谁应该告诉我这件事以及什么时候告诉我,甚至还可能包括如何向我开口。

此前,我从未想过孩子还有活下来的可能。连我都差点丧命,孩子当然不可能存活。但此刻看着兰迪的脸,我莫名觉得自己应该陪他演完这出戏。于是,我沉痛地点点头。

"我真的很难过。"他又加了一句。

在一根喉部插管的刺激下，我几乎发不出声，只能用气声说：“没事的，只要我还活着，我们以后还可以再要孩子。”

兰迪对着我微笑，看上去松了一口气。

"我真的觉得很冷。"我重复道。这种感觉总能勾起我对病发当晚的回忆。在我忘了或死了之前，我得告诉兰迪，自己当晚到底经历了些什么。

"我能看见我自己。"我试图解释，当晚在手术室里，在死亡边缘挣扎的我突然感觉不到疼痛了。我清了清嗓子，努力挤出声音："什么痛都没了。就好像只要我希望，我就总能让痛苦消失似的。我总是可以让自己不再痛苦。虽然我也搞不清自己为什么知道，但我知道当时我得做个选择。你能明白我的意思吗？"我急于向他解释，却苦于找不到合适的措辞。我观察着他的表情，确定他理解了我的意思后才继续。我必须专心吸气，呼吸和讲述无法同时进行。

"但你选择了活下来。"兰迪面带笑意，就好像这种关于濒死体验的话题是我们平时拉的家常。

"是的，"我感谢他竟然能从我那模棱两可的描述中理出头绪，于是用左手握住他的手，继续说，"不过当时我并不知道自己得在生死之间做出选择。真奇怪，就好像有人向我发出邀请，请我离开当时那个痛苦不堪的局面似的。但我知道，如果我接受了这个邀请，我就真的离开人世了。虽然我不知道我当时是怎么想的，但我就是选择了活下来。"

"你当时感觉如何？"兰迪问。

"就是感觉十分安心。我变得无所畏惧，自己好像变得很大很大,身体的边缘变得模糊,与周遭世界融为一体。同时,我也感觉自己变得很小很小。总之就是无所畏惧。"我停顿了一下,希望兰迪体会我当时感受到的平和。"真的,我当时什么都不怕了。"我不再说下去,知道自己听上去像个疯子。我瞥了一眼输液架,各种各样的压力泵和滴注器挂在上面。我心想,肯定是这些精神药品把我变成了这样。

"谢谢你。"兰迪说。

"为什么?"我一头雾水。

"谢谢你决定回到我身边。"他一边回答一边将护士抱来的几床毯子盖在我身上。

当时正值外科住院医生早间换班期间,我无意中听见一名医生在走廊里呈报我的病情。"33 岁,女性,患有 HELLP 综合征[①]。妊娠期间,胎儿因外力撞击致死,患者为取出死胎接受剖宫产手术。术中伴随肝被膜下血肿并发症,目前是术后第 4 天。"这名外科医师口中的"HELLP",是"溶血、转氨酶升高和血小板减少"(Hemolysis, Elevated Liver Enzymes, and Low Platelets)的首字母缩写。这种病通常会危及生命,其发病机理却尚未得到充分研究。罹患该病的女性在妊娠期妇女中占比不到 1%。患者的血液被绞成一块块丧失正常功能的小碎片,肝功能衰竭,带有凝血功能的血小板数量大减,导致患者很容易因失血过多而死亡。从医生的谈话内容来看,他们不仅诊断我患

[①] 妊娠毒血症的一种,实为可危及生命的肝功能紊乱。——译者注

有 HELLP 综合征，还认为我的肝区周围存在出血病灶。直到这时，我才明白引起我肝区剧痛的原因究竟是什么。不过，医生们后来推翻了这一诊断结果，因为他们通过 CT 扫描发现有一个肿瘤鬼鬼祟祟地长在我的肝区。因此，真正导致我肝区剧痛的其实是这颗肿瘤，但这些都是后话了。

"输血 26U 后血红蛋白水平达到 7。体重上升 45 磅，少尿。"那名外科住院医生继续道。我大致算了一下，我接受的输血量足够让我全身换血三次。此外，我的肾功能听上去似乎也不太好。真是坏事全凑在一起了。

"她差点放弃了。"

"哦，不。"我心里越想越气。

不，我不想放弃。尽管表面上可能看不大出来，但我内心有着极强的求生欲。虽然我暂时还没清醒到能够用准确的词来描述我内心的想法，但他就这样把责任推卸给我，让我切实地感觉自己是他的一颗眼中钉。倘若连我的主治医生们都对我没有信心，那我还有什么希望可言？我感觉自己如履薄冰，而脚下的冰正在分崩离析，带我漂走。

这时，一些不那么好的回忆向我袭来，令我难堪起来。曾几何时，还是一名接受培训的住院医生的我也说过同样的话。"他要放弃了"，这种话经常被我下意识地挂在嘴边。天啊，这句话又何尝不是许多医生的口头禅呢？同样的一句话，传达出的总是同样的现实问题：我们将责任推到患者身上，粗暴地将他们扔向死亡。我们自视为横在患者通往死亡之路上的障碍。死亡就是患者的终极目标，虽然没有哪个患者会亲口说出来，但医生们总觉得这是不言而喻的。在我们的潜意识里，医生和患者在某种程度上就是互相厌恶的关系。回想起来，每当我在重症监护病房里独自待命一夜，等到次日白天同事过来交接工作时，我只会感到松了一口气。有时，我会祝贺自己，"他们都没死在我手上，我在这里的工作已经完成了"，然后懒洋洋地靠在椅子上休息。另一些时候，我的内心活动则显得幸灾乐祸：他可能活不过今天了，但至少没在我当班的时候死掉。事实上，每次交接工作时，医生同事间的对话都会变成这样。你时不时就能听到一名医生对另一名医生说类似的话，以表明挽留某人的生命有多么不易。

这时，前来换班的住院医生将我从回忆中一把拉了回来。他在走廊那头看着我，耸了耸肩说："那就给她用来喜妥锭[①]吧。"

他主张用药帮我排出体内的水肿，但这种方案能解决的问题，不过是我所面临的众多问题中很小的一个。乍看之下，这可能是最显而易见的治疗方案，但这名医生的判断其实是错误的。整个医疗团队都没有立即意识到的是：在我休克期间，是我的双肾因为供血不足而发生功能障碍，进而导致我出现了少尿症状。一旦使用来喜妥锭，我的肾脏负担将进一步加重，甚至可能因肾功能恶化而发展成肾衰竭。从某种意义上讲，这些都只是理论上的推断，真正的后果只有在实际用药后才能观察到。然而，在这个节骨眼上选择给我使用哪种药物，实在可以说是医学赋予医生的一项主观权力。随意的判断可能会导致过

---

① 一种强力利尿剂。——译者注

失,医生便会将责任归咎于医学这门并不完美的学科。只要严加审视,就能发现医生这种看似好心的举动非但没有使患者的病情有所改善,反而对患者造成了伤害。随意判断的后果有时固然不堪设想,但在更多情况下,慎重的决策也是引发可怕后果的帮凶。医生们对临床决策通常慎之又慎,在确定看似最合理的治疗方案前,总是展开无休无止的讨论甚至争执。他们总是想"万一我们错了怎么办",却经常因为犹豫不决而耽误了最佳治疗时机。关于这个问题,我在几位导师的谆谆教诲下已有自己的答案:"只有患者能够证明我们是对是错,他们的身上自有答案。"

有一个专业术语像是医生的保护伞——双重效应原则,指的是医生好心办坏事的情况。正如其名字暗示得那样,双重效应原则指的是一种行为可能导致两种截然不同的结果,其中一种是预料之中的良好结果,另一种则是预料之外的不良结果。这种效应常出现于临床用药实践中,医生针对患者的一种症状使用某种药物,药物的副作用却引发了另一种疾病。例如,被剧痛折磨的患者使用吗啡后,将可能出现严重恶心与皮肤瘙痒的副作用。在这种情况下,医生的本意是为患者减轻痛苦,而恶心与瘙痒则是医生不愿看到的不良后果。如果医生故意用吗啡为患者带去副作用,这是道义上不可饶恕的恶行;但如果医生出于好意使用吗啡,却为患者带去了可预见的副作用,这就成了可以原谅的行为。作为一名医生,我能接受某种程度的风险。在某种意义上说,只要是医生,就得承担风险,有时风险大得甚至可能让我们感到恐惧和犹豫。然而,站在病人的角度,

第二章 谁才有资格倾诉 35

我却发现自己变得更不敢承担每个医疗决策伴随的风险。对我而言，正是那位主治医生给我用来喜妥锭的决定，才导致了我肾衰竭。

我自知不能纵容事态继续恶化下去。我想看到自己的病情稳步好转，哪怕进度很慢，也不能再出现倒退的情况。为了让自己安心，我用新数据大致估算了一下风险。以前在ICU工作时，这是我们向患者家属提供患者疾病预后状况的例行工作。器官每衰竭一次，患者死亡率就会上升20%。我开始心算起来：肝衰竭1次，肾衰竭2次，接着是肺衰竭3次，最后是凝血障碍4次。万万没想到，我的死亡风险竟然上升到了80%！我尽量少算了几次器官衰竭，生怕看到100%这个触目惊心的数字。

身为医生的我，早已在头脑中把各种潜在致死因素想了个遍。置我于死地的究竟会是一次用药失误、一次术后并发症、一次在医院中的继发感染还是这几种情形的不幸组合？一旦我意识到医疗失误可能发生，那些被我想象过的结局立刻变得现实起来。我预期压死自己的最后一根稻草，就是某位医生的一个小疏忽。正是在这些胡思乱想的时刻，我才第一次体会到，焦虑本身根本没有什么逻辑可言。当我们焦虑时，一长串看似可能发生的情形就会凌驾于我们的理智和判断之上。我们无法对任何事物做出预判，一切似乎变得皆有可能。

我有时担心自己会死，有时又担心自己会变得半死不活，这两种担忧都让我感到害怕。刚住进ICU的那些日子里，我最害怕的莫过于生死之间的中间地带。在这样一座炼狱中，有人拿来一袋营养液，用鼻饲管喂给我；有人每四小时就会来一次，帮我吸掉不必要的分泌物；还有人会不厌其烦地帮我翻身，以防我长褥疮。在一个漫长到时间似乎停滞的夜里，为我报时的只有机器不时发出的哔声与轰鸣。我害怕轻微的后遗症和操作不当就会直接把我送过那片中间地带，也害怕医生在没有掌握大局的前提下擅做决定，更害怕他们的一个小错就可能使我终身必须依赖透析生活。

我对母亲说，我可能需要做血液透析。她点点头，早已默默学会坦然接受这些突如其来的坏消息。我不知道她是否见过终身半死不活的人，只是单纯觉得如果自己最终落得这个下场，那还不如一死了之。我母亲未必会同意这个观点，相比之下，兰迪倒是更现实一些。

我觉得自己有义务让他做好心理准备。结婚一周年纪念日那天，我让他把我之前买好的卡片带到病房来，又请一位护士帮我在卡片上题字。卡片上提前印好的祝福语原封不动，我只让护士在卡片边缘的空白处写道，孩子的去世是大多数婚姻的终点，并顺便祝他好运。护士通读了一遍卡片上的字，皱着眉看我。我耸耸肩，一把从她手中夺回卡片。我知道自己天生没什么浪漫细胞，但我相信卡片上的字完美地诠释了当前的局面。这是我的用意：正是因为爱自己的丈夫，我才要给他提个醒。

我这么做，相当于毫无愧疚地指着门，让他离开ICU，离开这个久卧病榻的世界，在夫妻沦为照顾者和废人的关系之前及时止损。我知道，爱与悲痛固然能让我们心连心，却也可以说是在浪费他的生命。

兰迪从我手中接过装在信封里的卡片，表情变得温柔起来，

第二章　谁才有资格倾诉 | 37

以为我在目前这种情况下，竟然还不忘纪念我们结婚一周年。他打开信封，默默地读着卡片。每晚，他都在我床边的椅子上睡。为了照顾我，他严重缺觉。某天清晨，放射科的技师们来病房为我拍例行的 X 光胸透时怎么也叫不醒他。我用病房里的遥控器打他，他依旧纹丝不动。最后，技师们不得不给他盖上一条防辐射围裙，好让他继续睡。他只知道傻傻地为我奉献，而我有责任为他安排好出路。

"卡片湿湿的，是因为我把口水滴在上面了。"我补充了一句，试图以此暗示我的立场。我猜，体液之类的东西肯定能把他恶心走。

他微笑着，没有丝毫动摇："我们和别人不一样，可以一起战胜任何困难。"

我心想，随你怎么说，到时候可别说我没提前警告你。

对我身体出现的任何异样，兰迪从未觉得反感过。事实上，那些我以为会让他恶心的事情，却令他加倍心疼我。在他眼里，我那失去光泽、青一块紫一块的皮肤，反倒证明我为了和他在一起而经受了种种煎熬。还有横跨我整个腹部的术后缝合伤口，虽然结了痂，却展现出我对疼痛的巨大忍耐力。我亲眼见证了他对我的感情由同情渐渐转为崇敬。对着我这具虚弱不堪的病体，他却展现出了敬意。他被人体的复原力震撼，尽管这种愈合的过程可以拖得很长很长。站在他的角度，他对我的同情和尊敬反而让我从中看见了另一个自己。无论我的外表如何，无论我感到多么虚弱和无助，兰迪总能直视我的内心，聚焦于我心中那股势不可当的力量。当我知道自己在他眼中是怎样的一个人时，我也情不自禁地渴望成为那样的人：性格坚韧，在康复之路上走得无比自信。

那些日子里，总有医生和护士在我的病房里进进出出。多数时候，我能认出他们，靠的仿佛是上辈子的记忆。不过，隔三岔五，总有些新面孔出现。在我的肾因为不当使用来喜妥锭而恶化后的某个清晨，那位之前做病情汇报时被我无意中听见的外科住院医生走进病房，为我检查身体。他是个胸怀大志的家伙，处世圆滑，梦想是成为一名整容外科医生。外科领域本就竞争激烈，更别提其中最炙手可热的整容外科了。于是，他努力工作，让上级医生对他保持好印象，并始终希望自己的能力和决心受到他们的认可。毕竟，每年申请去整容外科实习的名额少之又少，有时还是内定的，因此他需要上级医生的支持。我拿起离我最近的一小根塑料管，朝他扔了过去。这根管子原本是我用来鼓励自己做深呼吸，好让肺泡保持充气状态的小工具。我的准头实在是差得可以，管子完全偏离了既定方向。虽然他没必要躲，但他还是下意识地做了个躲闪的动作。此刻的我视力模糊，虚弱无力，不可能真打中他。

"你凭什么觉得给我用来喜妥锭是个好主意？"我问他。

"这不是我的主意。"他试图逃避我的发难。

"但处方是你开的。"我提醒道。我对医院内部的运作流程再熟悉不过，即使是主治医生决定的治疗方案，也是由资历更浅的住院医生开处方。

"话虽如此，但那是主治医生吩咐的。我知道这么做不好，我也不想啊。"他解释说。

我想问他为什么明明对主治医生的决定有异议，到最后却什么也没说。但我不用问也知道答案：让他噤若寒蝉的根源，是医疗团队的组织架构。一个医疗团队的成员通常包括：一名医学专业在读生；一两名刚从医学院毕业的实习医生，为更资深的住院医生充当苦力；几名住院医生，通常已从医学院毕业五六年，需要在这个阶段工作的年限取决于医院培训项目的具体时长。此外，医疗团队里可能还包括一名专科医生，相当于住院医生的升级版。专科医生已经完成了住院医生的训练阶段，并进入细分专科（如心胸外科）的临床培训中。就我个人而言，我先是在内科做了三年住院医生，之后在呼吸科与重症医学科完成了长达三年的专科医生培训。团队中的受训医生都由一名主治医生管理。主治医生负责指导、监督临床实践，传授相关学科知识，并为每位受训医生的表现打分。团队内部通常以一个月为周期，为受训医生提供轮岗机会。在轮岗过程中，受训医生学习相关学科内容，证明自己的知识水平，并努力获得主治医生的首肯，才算"表现良好"。

我知道，即使眼前这名住院医生在给我使用来喜妥锭一事上负有一定责任，但这件事最终肯定还是由主治医生拍板的。医疗失误这一概念通常意味着权力分层，本质上是相关人员地位悬殊而导致的沟通不畅。在医院严格的层级制度下，这名住院医生习惯了自己的角色，因此即便知道这种权力结构的存在，也不觉得自己有权质疑主治医生的判断。此外，出于对自己职业发展的考虑，这名住院医生更加容易对主治医生言听计从。

这种情况下，医院层级制度的影响力尤其显著。

想到这里，我的气消了不少。"没关系，我相信你。"我补充道，表示自己理解他的境遇。

由此，我开始反思我们的医师培训制度。经过几十年的发展，这种制度的规则、模式及对各阶段医生的期望已经深入人心。即使是在不同地方接受培训的住院医生，也有几乎相同的体验。此外，尽管这种制度没有明文规定对各阶段医生的期望，但每个身处其中的医生都默认有些事情能说，有些事情不能说。只要观察周围人的处事方式，你就知道下次该如何在类似的情况中做出反应，并知道反对行为将给自己带来何种后果。这种培训制度要求其中的每个人服从权威，经验和地位的价值被强加在我们身上，使我们无法坚持自己的判断。这样一种强制服从而非鼓励意见交流的制度，不禁令我怀疑它是否真的可靠。有没有可能，我们已经被制度同化到纵容而非致力于防范医疗失误的发生？我们是否无意中建立起了一种阻碍沟通、对失误不加检视的制度呢？

想到这里，我突然顿悟，在这样的医师培训制度下，我的肾注定了会衰竭。

某天，一名身穿手术服的女性走进我的病房，慵懒地靠在窗台上小憩。此时的我刚经历过一场中风，在后遗症的作用下，在逆光之中，我看不清她的样子。她说自己是隔壁新生儿ICU的护士，在我"临盆"那晚正巧也在手术室里。于我而言，"临盆"这个词听上去就像一个错误的说法，仿佛已经离我的人生无比遥远。起初,我还以为她认错了人,但当她开始从自己的视角描述当晚发生的事情时,我才明白,她确实是当晚帮我接生的护士,现在来到我的病房,是想为我提供关于当晚事件的第一手信息。

她告诉我,胎儿当时被吸出子宫时,还被包裹在羊膜囊中,胎盘却与之完全分离。这种突然完全停止妊娠的情形,可谓最糟糕的一种。她的言外之意是,当天晚上更早的某个时间点,胎盘其实已经从子宫壁脱垂,由此彻底切断了胎儿的血液供给。因此,胎儿被吸出体外时,其实已经死亡。他们虽然成功地给她插进了一根呼吸管,但依旧回天乏术。死去的胎儿体重还不到一磅。护士的表述十分精确,叙述过程中表情肃穆,使我不禁联想起下基层慰问士兵遗孀的军官。

"你想见孩子吗?"

我想起最后一次见到孩子,还是在产科候诊室的超声仪上,当时我看着她的心脏停止跳动。

现在她问我,想见孩子吗?

"不想。"我僵硬地答道。

"好吧,那可真是太遗憾了。"她掩饰不住失望。

我被她的反应惊呆了,一时不知怎样回答她之前的那个问题才算正确。

我解释说,自己在进手术室前就知道孩子已经没有了。而且,我自己作为一名医生,见多了生老病死,不是一定要见到死胎才会感觉到悲痛。讲到这里,我突然愣住了,不明白自己为何要向一个陌生人解释这么多。要我去抱一个已经在我心中死去几天的孩子，既残忍，又多余。

"但你现在不见，以后恐怕都没有机会了。"

这是何等话术，我心想，和威胁有什么区别？不过是她一厢情愿地想给一位流产的孕妇最后的心理安慰而已。她好像想为自己辩解，补充道："我不想告诉你太多细节，只是过不了几天，死胎的皮肤就会变得非常脆弱，然后开始……分解。等到那时，你再想抱可就晚了。"

她期待地看着我，显然希望我给点儿回应，但我一时说不出话来。

我告诉她我绝不会改变主意，并请她离开。

她用一种遗憾的表情看着我，就像大人看着一个一气之下摔坏心爱玩具的小孩。"每个孩子都值得被母亲抱上一次。"

我瞪着她，向她发出"请你离开"的沉默暗示。从头至尾，我自认一直极力避免与我死去的孩子有任何接触。对"每个孩子都应该被母亲抱抱"的原则，我基本赞同，但前提是孩子还活着。但在目前的情况下，孩子已经不在人世，她与母亲的所谓互动也只会是我们的想象，而孩子并不会因此获得任何好处。这位护士似乎自作聪明地想让我感到自责，却没有意识到这无异于让我揭开自己的伤疤，而她既不愿也不能使这个伤口愈合。

我流产那晚，兰迪抱过孩子。他说，他手上戴着的结婚戒指，差不多能套在孩子的腿上。我的脑海中一直存留着他将戒指套到孩子大腿上的景象，我不知这是自己根据他的描述进行的想象，还是我亲眼见到他当时真这么做了。在等待医生宣判我的死活的时间里,我母亲也抱过孩子。我觉得,我们一家人已经经历了太多事。光听他们说起当时在候诊室里的经过就已足够,我不需要再与孩子发生任何肌肤接触了。

讽刺的是,这位努力想给我心理安慰的护士,最后在我脑中留下的印象,只有一个皮肤腐烂的孩子。

我知道这并不是她的初衷,也相信她是出于好心。她到我的病房来是有目的的,她发自内心地认为我有必要抱抱孩子。她似乎认为自己能预知我的未来,于是提前干预我的行为,以防我日后因为今天错失良机而后悔。她秉持着"每个母亲必须不惜一切代价抱抱孩子"的教条,要我遵循她既定的计划,却不料因此帮了倒忙。然而,她的计划既没有考虑过我的需求,也不尊重我的价值观,而只是一味地将她认为正确的东西强加于我,这恰恰是错的。

医护人员将所谓的"正确"观念强加于患者的做法由来已久。尽管这种"医生说得都对"的家长式做法,在我读医学院时已逐渐转变为医患双方共同决策的模式,但医生意见的分量仍然大到了起决定作用的地步。包括我在内的年轻医生一直被灌输的观念是:我们利用自己的专业知识为患者提供几条可能的治疗路径,但具体选择哪条路径,将由患者自主决定。这个观念的言外之意是,的确存在一个"最佳"治疗方案,如果患者没有选择它,就表明医生没有尽力向患者推介这种方案。也就是说,如果医生知道"最佳"治疗方案是什么,不可能不向患者推荐它。

因此,我们接受的医学教育,从来都没有教我们如何倾听患者的声音。

我们学会的只是向患者提问，引导他们做出决策。我们没有清醒地意识到，原来我们只是在按照自己的喜好，以提问的方式诱导患者做出选择。我们学会了用这些提问筑起一道道栅栏，意在防止某些答案的出现，并最终使患者的选择处于我们的可控范围内。反过来，我们给予患者的答案，早就完全落在我们的预料之中。

"我最近觉得胸口不舒服。"患者先开了口。

"请你描述一下，你感受到的胸痛是一种压痛还是一种刺痛呢？"

"应该比较像压痛……"

"已经持续多久了？"

"不一定。我如果在休息，就不会痛多久，但如果我——"

"疼痛通常持续几秒还是几分钟？"

"有时是几分钟。"

我们之所以这样做，是为了以一种标准的形式向主治医生汇报说"该患者主述胸部压痛，痛感持续几分钟，可经休息缓解"。在未充分了解前因后果的前提下，我们就快速堆砌起了冷冰冰的数据。我们警惕着，不容许患者纯粹出于好奇问出那些宽泛的开放式问题。比起与患者建立信任、坦诚的关系，我们更崇尚效率。对于他们的故事，我们不在乎。

如果不打断患者，听完患者的自述，我们将在丰富的上下文环境中了解到什么呢？"自从我丈夫的帕金森氏症加重后，最近我就一直觉得胸口不舒服，而且疼痛发作得更频繁了。现在

第二章 谁才有资格倾诉 | 45

的他再也无法像以前一样,我得帮他做很多事,比如洗澡、穿衣和下车,而他对我来说真是太重了。我背着他的时候,开始感觉到胸口有压痛。对此,我感到害怕,因为万一我有什么事,谁来照顾他呢?我们膝下无子,一想到有可能失去他,我就觉得自己快要突发心肌梗死了。"

用心倾听患者的声音,要求我们主观上摒弃对患者的控制欲,哪怕我们会面对随之而来的风险。我们应当允许患者提出未知的问题,任凭信息自然地涌现,这样才能使患者背后真正的病史浮出水面。这种用心聆听的谦卑态度,要求我们抛弃自己的预设,从而使真相的出现成为可能。真相可能比我们预想中更糟,却能让我们从患者自身的价值观和生活背景中看到一个更为立体的患者形象。为了尊重患者提出的问题,我们需要建立起一种鼓励患者提问的医院文化。

不过,真正的秘密在于,通过聆听患者发自内心的问题,并对这些问题进行反思,医生本身也将从中获得成长。试想,面对一名刚确诊的癌症患者,作为医生的你需要建议该患者做化疗、放疗或选择临终关怀。你知道每种治疗方案的利弊及其可能引发的副作用与并发症:化疗令人难以忍受,最多能延长患者三个月寿命;放疗虽然让人好过得多,但最多仅能让患者多活一个月;若不进行任何医疗干预,患者最终将缓慢而痛苦地死于呼吸衰竭。此时,你可能发自内心地感到矛盾,不知该向患者推荐哪种治疗方案。身为医生的你很可能下意识地沿袭自己过去的经验和做法,以这样一个问题开始向患者发问:"我知道这个诊断结果让人难以接受,但你愿意和我讨论一下延长寿命的治疗方案吗？"接下来，无论患者拥有怎样的价值观，每个人都将听到同样的建议：要说最能提高存活率的方法，还是化疗。

相反，如果医生一开始的发问是这样的："我知道这个诊断结果让人难以接受，也知道我们已经讨论过癌症的预后情况，但你愿意和我说说，你想如何度过从现在到最后的这段时间吗？"一名患者的回答可能是："我希望家人知道，我已经尽一切可能与癌症做过斗争。如果接下来有任何新药临床试验，哪怕有1%的机会能让我活下来，请让我参加，我不畏惧过程有多艰难。"另一名患者则可能做出这样的回应："当初我的母亲就是因为癌症去世的。看着她在治疗过程中饱受折磨，我时常默默希望她干脆一走了之。于我而言，我希望最后的日子过得平静祥和，而不想让家人看着我痛苦。"只要问对了问题，医生就能向每位患者建议符合其价值观的治疗方案。只有通过这种富有同情心、以患者为中心的提问方式，医生给出的建议才有可能使每位患者获得真正意义上的疗愈。

与别人家带着新生儿出院不同，我们家是带着一只小盒子离开医院的。盒子里装着三件东西：一张黑白相片，上面是小到不可思议、呈半透明状的孩子；相片旁边摆着一只小到能做圣诞树装饰的泰迪熊玩具；最后还有孩子按下的一只小脚印。这只盒子里的东西是为了纪念已经不在人世的孩子，却同时证明了她曾经存在过的事实。失去孩子的母亲抱着玩具熊，就像抱着小到不可思议的早产儿一样。

两年后，我坐在新生儿 ICU 里，看着早产的儿子在面前的恒温箱里熟睡。负责照顾他的护士对我说："你第一次生产的那晚，我也在场。"

我看着她的脸，往事顿时涌上心头。原来她就是那天靠在我病房窗台上休息的护士，逆光让我没看清她的模样。

"那可真是个糟糕的晚上。"她说。

是啊，那可不，我在心里想。

"这次情况比上次好多了。"她长舒一口气，向我保证，仿佛许愿后吹灭蜡烛的寿星。

我一边想着"能这样当然最好"一边暗自祈祷我早产的儿子能早日恢复肺功能。他一出生便住进了恒温箱，我甚至还没有机会抱抱他。当时是圣诞节前夕，因此有一只小小的圣诞老人玩具挂在恒温箱上。这只小玩具只比我儿子三磅重的小身体大一点点。我注视着红色的圣诞老人，不禁想象着两种截然不同的情形：它要么被我们挂在家里的圣诞树上，算是对这段时光的留念，要么被放进盒子里，作为对早夭婴孩的悼念。

在我住院期间，陆续有许多人来到我的病房，向我表示我差点死掉的那晚对他们而言同样是一个难熬的夜晚。我流产一个多礼拜后的某一天，一个人走进我的病房。看着他淤青、浮肿的右眼，我突然记起了他当时被输液架打到脸的场面，这才想起他就是那晚为我接生的产科医师。

"麻烦你告诉我，你是从哪里看出胎儿死亡的呢？"同样印象深刻的，还有他当时说的这句话。

他在病房的一角坐了下来。

"那天晚上，对我来说真的……太艰难了。"他的语气有点迟疑，刻意的停顿显然是为了让自己能把眼泪忍回去。看着他紧咬嘴唇、大口吸气的样子，我真不明白，当时在场的人那么多，为何偏偏只有他需要强忍眼泪。

"刚进医院的时候，我在神经科接受住院医生培训。后来才转入产科，因为我以为帮孕妇接生总归是一件快乐的事。"

我叹了口气，感觉被他打败了。料想到接下来的对话将使我非常痛苦，我按了一下"患者自控式止痛给药系统"的按钮，给自己来了一点儿吗啡。流产后的头几天里，我不仅对自身境遇没有一点儿自怨自艾的意思，反而十分庆幸自己大难不死。发病前，作为一个在医院里对痛苦司空见惯的人，我觉得自己的痛苦并没有那么夸张，并真心觉得自己是个幸运儿。但现在，看着眼前这个人，我在心里快速盘算了一下，发现他经历的痛苦比起我经历的，实在是小巫见大巫。

包括他在内的一些医生们违反了"圆环理论"的基本原则。我是在《洛杉矶时报》上第一次读到这个理论的，它来自苏珊·西尔克（Susan Silk）和巴里·高德曼（Barry Goldman）发表的一篇文章。这个理论告诉我们的是，在危机期间如何抱怨才是得体的。想象几个同心圆，最中心的圆环代表患者（也就是我），更外层的一个圆环包括患者最亲近的家人（也就是我的丈夫和母亲），他们也因患者的这场病而受到影响或损失。再外面的一个圆环是至亲以外的亲朋好友，这些人可以根据与患者的亲疏程度进一步分层，直到最外层的圆环为平常偶尔联系的熟人为止。处于中心位置的患者最为脆弱,因此有权在任何时候对任何人说任何想说的话。身为患者,能享受到的好处仅此而已,外层的人则不应向患者提出任何抱怨。他们可以表达自己的感受,也可以谈及患者生病为自己带来的影响,但倾诉对象仅限于位置比自己更靠外层的人。文章将这条原则概括为一句话:向内安慰,向外倾诉。

例如,作为一个病人,我有权突然埋怨起自己:"大家本来都很期待孩子的降生,我觉得我辜负了所有人。"

但如果某个家庭成员对我说"我们本来很期待孩子的降生,结果没想到出了这么可怕的事",那么这种行为就是不合适的。

然而,在我生病的日子里,周围的每个人好像都在向我倾倒情绪。

"你不是一个人。"这位住院医生继续侃侃而谈,"那天的前一个晚上也出事了。孕妇死了。所以你还算走运的。"

在吗啡的作用下,我的情感反应近乎麻木。于是,我将目光投向身旁的丈夫,发现他差点想和这位医生干上一架。他后来告诉我,当时他看着这位医生脸上的伤,自我安慰他已经被人揍了一拳,才强忍着没有动真格的。

"不是每次生孩子都是以悲剧收场的。总体来说,好的时候多于坏的时候。"没人安慰我,反倒是我主动安慰起这位医生来。这并非因为我无私,而只是因为我看着他,感觉就像在公路上看见一头傻了眼的小鹿。他的话只会挑起我们之间的冲突,而且我知道他脸上那副表情的意思:那是一种拒绝承认失败的表情。作为一名医生,我也有过同样失败的经历。这种时候,我总是自然而然地有了一种倾诉欲。记得有一次,我没好气地对一位病人说:"昨晚你可真是吓死我了。"回想起往事,我仿佛看到一张由自我中心织就的大网在我面前被生生撕裂。

"你可真是吓死我了。"

"那晚真是把我折腾得要死。"

这些话,我再也不会对自己的患者说了。

那位住院医生点点头,离开了我的病房,双肩比刚进来时稍微放松了一点。兰迪终于忍不住发起了脾气,不敢相信世上竟有如此粗鲁的人:"他凭什么觉得有权向我们抱怨?"我耸耸肩,摇摇头。

过了好长一段时间,我才能发自肺腑地理解这位住院医生。但在当时,我无论如何也想不到自己竟然也会有理解他的一天。在我能够理解他之前,我曾找到他的上级领导,投诉这位住院医生没长脑子。其中一位听我长篇大论抱怨的领导是个目光炯炯、性格和善的中年男子。他认真地听我讲,其间还不时点头。我原以为他点头是表示赞同,并以为他明白这位年轻医生究竟有多么不称职,但出乎我意料的是,他开始滔滔不绝地批评起我们的医师培训制度有多么不完善,以及可想而知,这样的制度能培养出怎样的医生来。他还说,这种制度让受训医生经受了太多不为人知的折磨,我们对年轻医生施加的压力和对他们不切实际的期望,逼迫他们不得不像超人一样工作。听完这些,我意识到他说得完全不在点上。我想听到的是他批评那位住院医生的个人能力,谁知他不仅只字不提这方面,反而对那位住院医生充满同情,并鼓励我也这么做。离开他的办公室后,我买了些教人冥想和感恩的书。当时的我并不能体会这位中年医生的立场，我认为从事医疗工作的人当然得承受高压，因为让我们成长、把我们塑造成称职医生的正是这种高压环境。医生怎能因为自己受的委屈而向患者吐苦水呢？我们的工作性质不允许我们变得脆弱，我们的患者需要我们强大起来。

我们批评他人身上的某些品质，殊不知我们自身通常也具备同样的品质。我们最讨厌在别人身上看到的错误与缺陷，往往也是我们最厌恶自身的点。那位产科住院医生容许自己伤感，而这种伤感正是我一直极力强迫自己不能表露的情绪。或许来我的病床前哭诉并不是一个好的情绪出口，但他的确在试图寻找一个宣泄的途径。他受到了打击，而且远比我更早敢于承认这一点。当时的我还不懂得如何通过他人反躬自省，但随着生活阅历的加深，我也渐渐能够站在他的立场上，并由此发现我俩之间的相同点远多于不同点。我不仅欠他一次宽容，也欠我自己一次。

接下来的三年内，这名年轻的住院医生反复出现在我的人生中。他就像一只浮标，时刻提醒我自己在人生的汪洋大海中航行了多远。当我再次计划怀孕时，我见了几位擅长应对高危妊娠的医生，却发现他正好是轮岗过来的住院医生。当我们一家人认为找代孕或许是最保险的做法时，他又正好轮岗到生殖内分泌科来，简直可以说是一只永不沉入海底的浮标。他虽然有时会假装不认识我们，但更多时候总会讲起那个可怕的夜晚，或再次展现出完成医师培训的坚定决心。我们一家人要是哪天在领养机构遇到他在做社工，肯定都不会感到惊讶。儿子出生时，我们并没有看到他的身影，我不禁庆幸自己终于摆脱了阴影。能够不再与他相见，证明我一直以来的努力没有白费。

但我怎么也没想到，我身上的诅咒还没有消失。

第三章　走向衰竭

外科流传着这么一种说法："所有流血最后都会停止。"第一次在手术室里听到这句话时，我还是个初出茅庐的医学生。当时说话的是一位专攻直肠手术领域的手术医生，他一边说着这句话一边用止血钳钳住一根向外喷血的血管。我以为这位医生意在用这句短小精悍的话显示自己医术高超，以此达到给自己打气的效果，却怎么也无法理解他在口罩下的坏笑究竟有何用意。直到某一天，当我以主治医生的身份帮一名患者止血时，我复述了一下这句话，这才意识到它的背后竟然包含着如此邪恶的意味。流血会停止的，要么是医生控制住了局面，要么是患者因医治无效死亡，这时流血也就自然而然停止了。

住进ICU一周后，我无意中得知了第三种止血方法：加压止血法。之前，我的出血部位较为固定，仅限于肝部周围包裹着的纤维囊。由于流体动力学原理同样适用于血液，因此随着该部位血量的不断增加，血压也相应升高。血压升高有利有弊，益处是当这块区域的血压高于我的动脉血压时，就能对血管构成止血压力，即所谓的加压止血法；弊端在于，这块区域淤积的黏稠血液已使我的肝脏发生移位，血液的重量将肝脏的尺寸压缩到仅剩十分之一大小。在血液的反复冲击和淤积下，我的肝细胞开始死亡。更不凑巧的是，肝脏是凝血因子产生的部位，功能衰竭的肝脏将无法正常产生凝血因子，导致血流不止。尽管这种情况极其险恶，但人们给它取了个颇有诗意的名字：压迫性肝损伤外加消耗性凝血障碍。这些美好的发音组合在一起，读来抑扬顿挫。但只需稍加理解，你就能知道它背后的含义：肝脏正在衰竭，我随时可能因为出血过多而死。

一大清早，就有一位医生走进我的病房。他穿着皱皱的白大褂，衣服上还沾着点点墨迹，边走边嚼着某种食物。

"你好，我在器官移植部工作。"他如此介绍自己，嘴里散发出一种类似于洋葱面包圈的难闻气味。他在白大褂上揩了揩手，然后向我伸出手来。

我在病床上虚弱地动了动手。他有些尴尬地收回了手，为了让它不至于白白伸出，转而用食指推了推架在鼻梁上的眼镜。这一系列动作衔接得如此自然，却更突显出他的不专业。他那无力、细长的镜框往上挪了挪，最终在鼻梁上的某个位置落了下来。

"鉴于你存在肝衰竭的情况，负责为你做手术的同事特意咨询了我们部门。从目前的情况来看，我们得给你找个新肝脏，否则你这辈子恐怕都得住在医院里了。"他蹩脚的幽默宣告失败，只有他自己心不在焉的哼笑勉强捧场。

我身旁的兰迪一脸不可思议的表情："你说什么？"

这位医生开始向我们解释淤血对我造成的肝损伤，接着又开始自言自语般说道："我觉得可以尝试把肝部的淤血抽掉，也不知之前是否有医生提议这么做。"他转头向后瞥了一眼，仿佛在向病房外的同事求助。

"我还以为……我还能活着，就是因为肝包膜完好无损？"我脱口而出，因为慌乱而颤抖的声音，把我自己都吓了一跳。

他愣了一下，好像也被我害怕的样子吓住了。"你说得没错。抽掉肝区的淤血的确可能导致你死亡。"

"请你以后不要再提出可能导致患者死亡的治疗方案了。"兰迪的语气不容置疑。

"行，确定最终的治疗方案前，我肯定会和器官移植部的同事们讨论一下的。我现在只是在讨论可能性而已。"他突然结巴起来。

我怒视着他。他向病房门口退去，并从口袋里掏出剩下的一半早餐。

"我晚些时候再来。我先回去和组里的同事们讨论一下，然后和他们一起过来。"他边说边在空中挥舞着半个面包圈，像是做着某种怪异的道别。就这样，他离开了我的病房，留下我和丈夫回味着他冒失的提议。我记得我以前还在接受住院医生培训的时候，有位和我一样职位的同事在临床实践中出现了重大决策失误，负责管理我们的主治医生只说了这样一段话："这些患者值得你全情投入。他们是医院里病得最重的人，甚至可能是整个城市里病得最重的人。因此，他们有权获得我们全心全意的投入。你要时刻要求自己做到最好，因为他们承担不起你的任何一次失误。我们对他们有责任。"我们的患者值得我们全情投入。

洋葱面包圈医生的上级主管，即器官移植部的主治医生，晚些时候来到我的病房，替他向我道歉。事实证明，洋葱面包圈医生擅自向我提出了一种未经论证和批准的治疗方案。这位主治医生向我保证，如果我需要做肝移植手术，相关手术方案将由他亲自组织细致的讨论。我们虽然对年轻医生的失误表示谅解，却仍然难以相信，哪怕是在同一个医疗组里，竟也会产生如此严重的沟通不良情况。我将他们视为活命的依靠，他们却好像辜负了我的信任。

他们离开病房后不到一小时，我的右手腕部血管突然爆裂。血喷向房门，仿佛为肝衰竭下了最后通牒。护士闻讯赶来，用一只桶接住我喷出的血。原来是我腕部动脉的一根塑料插管突然断裂了，因此心脏每泵血一下，就有血液从我的腕部动脉喷出。

这时，一个当了很多年医生的朋友正好来病房探视我。他高高兴兴地走了进来，手里还牵着一只气球，却正巧撞见面色苍白、血流不止的我。这位朋友曾主持过许多创新性的医疗制度改革项目，对患者的安全抱有深深的关切。护士一个箭步冲到他跟前，放下一块写有"地面湿滑"的警示牌，然后冲出病房去找值班医生。我看了一眼这位朋友，提醒他说："这些动脉插管都是经过你们审批上市的吧？"

"真是不好意思，我们的确收到了一些有关这类插管断裂的不良反应报告，但医院还是想采购比较便宜的……"他的声音渐渐小了下去。他先是看了看血流成河的地面，又看了看自己手中的气球，显然觉得这样的自己很可笑。

第三章 走向衰竭　　57

自从生病以来,我成了一个脆弱的患者。从患者的视角来看,我眼中的一切都发生了变化。哪怕是再小不过的选择,也能对我的人生产生无限大的影响。我暗自庆幸,这位朋友正巧在我血流如注的时间点来探视我。

"我不知道你病得这么重。早知如此,我就不带气球来了,真是抱歉。"他把气球放在病房的角落里,看着我怒气冲冲的样子,勇敢地坐在了我的床边。

"我得告诉你一件别人根本不会对你说的事。"我在镇痛剂的作用下变得口无遮拦起来。我的朋友正襟危坐,准备听我数落他在这件事情上向成本低头、置患者生命安全于不顾的决策失误。然而,我说的是:"你都这么大岁数的人了,以后可别再戴这种带有卡通图案的领带了。"

看着我一脸严肃的表情,朋友大笑起来,我也跟着笑了。他万万没想到,都到了必须用桶接血的节骨眼上,我还在一本正经地和他说领带的事。一想到他的确在工作上有所失职,但又确实戴了可笑的领带,我俩的笑就止不住了。我们聊了聊这种新式动脉插管明显存在的问题,我这位朋友一副被训话的样子,一字不落地听着。他将我的情况反映给医院管理层,管理层的人答应重新清点存货,并采购更贵的动脉插管。后来,他再次来病房探望我,并自豪地向我宣布,我的情况得到了上级的重视。这一次,我看到他换上了一条新领带。

虽然把每件事都看得很重的做法难免天真,但只要想一想,即使是一个再小不过的决策,也能对一位患者产生莫大的影响,这种做法就并不像我们想得那么不切实际了。人们常说要以大局为重，却往往会在细枝末节上出现失误（比如为了省四美分而购买劣质动脉插管的行为），而导致全盘皆输。

人们只要一走进医院，就会少了一份自在、尊严，多了一份对人生失去控制的风险。医生做决策时几乎不会考虑患者的想法，患者只能被动接受决策，努力用自己有限的知识去理解它。很少有患者像医生一样了解究竟存在哪几种治疗方案，以及目前这种治疗方案为何能够脱颖而出。肝衰竭爆发前，即使我已经积累了这么多年的专业经验，也无法与主治医生进行讨论。换言之，即使是身为医生的我，成为患者后也不得不依靠其他医生。

由于无法参与医疗决策，以及没有受到医生的充分重视，患者自然可能对医生产生一种不信任。就拿我来说，我无法信任那位来自器官移植部的住院医生，也无法信任医院管理层对动脉插管的采购决策，但我除了信任他们之外别无他法，因此最后只能对他们抱着一种将信将疑的态度。

面对复杂的医疗决策（例如是否为患者进行器官移植）时，医生们需要进行大量细致的讨论。为了省事，医生有时容易犯过度简化的错误，常常将诸如"你可能需要换个新肝脏"之类的一句话甩给患者，而懒得讲述这项建议的来龙去脉。对我这种重症病人，医院可能需组织跨学科专家团队，结合我的化验结果，共同讨论我的病情，对所有潜在的并发症进行预测，最后提出几种针对不同情况的应急方案。他们将慎重权衡各种方案的利弊，例如，肝区淤血被抽掉的同时，肝包膜也可能因此受损。

我也曾自信地向患者宣称某种治疗方案就是最好的，但现在反思起来，我发现在这种姿态背后的是一种不安全感。我不愿在患者面前承认自己考虑了多种选择，担心自己的谦虚反而被患者解读为优柔寡断，谨慎被视为缺乏权威。在我读书的那个年代，导师们一直教育我，真正医术超群的医生本身就有一点高傲。因此，我总是以导师们为标杆，学着像他们一样拿出自信。每个人都有自我意识，而自我意识与外界对我们的看法息息相关。为了建立自我意识，我们总在潜意识中避免自我怀疑。然而，如果放任自我意识发展，并将它作为一种自我保护机制，我们不仅会对自己的弱点视而不见，还会误以为弱点就是强项。

随着我对医生的不信任感日益加深，我发现自己反倒更愿意信任轮流照顾我的几位护士。她们每天和我共处的时光比任何一位医生都要多，因此也只有她们最了解我的真实情况。此外，让我欣赏的还有她们谦虚的态度。为我做检查时，她们不掺杂任何动机，只是客观地记录我的检查结果，并和医生们讨论自己的发现。当事实与结果有出入时，她们会请医生重新更细致地审查结果。我最喜欢的那位重症监护护士叫我"亲爱的"。我一般不喜欢医生或护士如此亲密地称呼我，但我乐意听她这么叫，因为我能感受到她发自内心的温暖。她总是值夜班，而我在白天的大多数时候都在睡觉，因此我们在一起度过了很多时光。我在床上行动不便，她便帮我洗澡，还美其名曰"水疗时间"。她有一种我至今学不会的本领——在我躺着的同时利落地为我换好床单。她会先把我翻到右侧,让我扶着病床上的栏杆,并在此过程中铺好干净的新床单。她还总是及时按掉呼吸机的警报,用最小的动作为我换好氧气瓶,以免影响我休息。

一天,她表情严肃地看着我,说:"亲爱的,你翻个身不该喘成这样。医生们今天怎么说?"

"真没说什么。我的化验结果没什么变化,手术伤口看上去愈合得还行。我不知道,应该没什么好说的吧。"

"他们发现你气喘了吗?"她接着问。

我摇摇头:"他们进来的时候我刚好坐着,所以呼吸正常。"

于是,她立刻将我的情况转告给值夜班的实习医生,并敦促我明天与主治医生讨论一下这个问题,因为她说自己实在不太敢将希望完全寄托在一个实习医生身上。我同意了,并问她能否请工人来调高暖气温度。她微笑地看着我:"亲爱的,屋里已经太热了。"边说边假装在前额上擦了一把汗,然后补了一句:"好的,我叫人来。"

到了次日清晨,我的气喘问题果然恶化了。所幸医疗组的同事重视她的反馈,为我预约了胸腔X光。结果显示,我的右肺已经严重积水,这是一种身体上的创伤反应。

"我们再观察观察。"医生们说。鉴于我的凝血障碍非常严重,他们觉得有必要通过肺穿刺为我抽掉积液,并不觉得这一过程中会有什么风险。"你在静息时呼吸一切正常。如果有必要抽掉积液,我们就做,但目前还得先观察一下情况。"他们显然没忘记之前究竟费了多大劲才止住我的腕部动脉出血,于是提醒我可能的消极后果:"你想,如果这次换成肺动脉出血,那按

第三章 走向衰竭 61

压止血法可就没用了。"

没想到，上天并没有给我们太久的等待时间。次日一早，一位新护士来到我的病房，准备为我做例行检查。她将我的床位放平，清点了带来的物资，发现自己忘了带某样东西，于是转身离开病房去取。

我平躺在床上，体内其他地方的积液突然开始流窜。它们经由肉眼看不见的淋巴管和静脉，流向我的心脏和肺。每过一分钟，我的肺部就因为积液的回流变得更重一些。我大口喘着粗气，啊啊地叫，嘴里像被人塞上了一根用来浇灌草坪的水管。我上气不接下气，呼吸频率像伸着舌头散热的狗一样快，却仍感觉快要窒息了。我试着坐起，却感到浑身无力，胡乱挥舞的手不小心将呼叫护士的遥控器推到了地板上。"完了，看来今天就是我的死期。"我心想。这时，呼吸机的警报声响起，令我顿时感到一线生机。然而，住院这么久，护士们早已对仪器的警报声习以为常。毕竟，在ICU工作久了的护士，时不时就会听到仪器的警报声响起，以至于根本分不清哪些是真正紧急的警报，哪些又只是仪器监测到轻微异样而发出的哔声。我病房里的生命体征监测仪总是发出警报，有时是因为监测到过高的心率，有时是氧气瓶余量太低，但很少是因为我真的出现了什么紧急情况。护士们深知这一点，因此没有一个人在听到警报后赶来。

垂死挣扎之际，我的视野变得越来越窄，最后只缩成一个小点。这时，床头上方一个小小的蓝色方形按钮突然引起了我的注意。医院病房里都有这个"抢救"按钮，只要按下它，就表示有病人处于危急状态,会唤来抢救团队。我艰难地抬起手臂,按下按钮。短短几秒钟之内,就有几个正巧在隔壁查房的医生冲了进来。最先赶到的两位医生面面相觑,其中一人问道:"是谁按的按钮?"话音刚落,看到我的样子,他立刻意识到,救人要紧。

他们当即干净利落地用一根插管为我的胃部减压,调高供氧水平,并用一台便携式X光机为我拍了胸片,最后默默地达成共识,决定为我抽掉右肺部的积液。不一会儿,一根粗粗的针头扎进了我的前胸,针头连着一个真空瓶。我就这样眼睁睁地看着泛着血的泡沫状液体被抽了出来,一升接着一升。

那位去取东西的护士终于回来了。虽然震惊了一小会儿,但她二话不说,立刻加入了抢救工作,为我抽血化验,并提供其他需要的协助。

几分钟后,我又能呼吸了。

"是我按的按钮。"这时的我终于能回答他们之前提出的问题了,"因为我当时快要窒息了。"

"你自己按了'抢救'按钮?"

我点点头。

他们笑了,一脸难以置信的表情。完成抢救工作后,他们开始一个接一个地走出病房,继续之前未完成的查房工作。

"我差点死掉。"这句话既是说给他们的,也是说给我自己的。我有很多话想说。刚才发生的事件值得进一步讨论,我们应该反思如何杜绝这类情况再度发生。

"但你现在已经没事了。好好休息吧。"最后一个离开的医

第三章 走向衰竭 63

生说。

我请他留下，害怕病房里只剩自己一个人。

"没什么好担心的，有护士在这儿陪你。而且你看，你身上连着这么多监测仪，我们就算不在这里，也知道这里每分每秒发生的事。"他边说边笑着离开了。

但他的话并不能使我安下心来。就在半小时前，这些监测仪还根本派不上任何用场，现在我又凭什么相信它们会有用呢？这些医生根本不能体会我之前的感受。不知是因为体内肾上腺素突然飙升，还是因为产生了创伤后应激障碍，总之我就是确信自己所处的环境不安全。我研究了每一台监测仪，查看了每一条输液线，情不自禁地想象着接下来可能发生的事。

"今天我的血小板水平如何？"我问护士。

"差不多50的样子吧。"她一边回答一边在电脑前坐下，准备登录操作系统。她从电脑中调出我的化验结果，说："没错，是45。"

这样的血小板水平未免也太低了。在血小板如此低的情况下，他们刚才竟然给我做了肺部穿刺？有人事先想过要看看我的血小板水平吗？我坐在病床上，眼前仿佛出现了胸腔内血流不止的场景。于是，我不放心地又看了一次监测仪。虽然仪表盘上显示目前供氧正常，但我仍然坚信自己随时可能倒下。

"氧气瓶正常吗？我怎么觉得没有氧气出来。"我取出鼻套管，放在鼻孔前感受气流。"几乎没有氧气出来，你来感觉一下。"我试图将鼻套管递给护士。

她径直走到墙边，旋了旋调节钮，将供氧量开大到我能感受到的强度。"看到了吗？氧气没问题。好好休息吧。"

但我怎么能休息好呢？此刻我满脑子想的都是在前方等待我的灾难。

由于视力尚未完全恢复，我看不清电脑屏幕上的小字，只好请护士帮我打印出详细的化验结果。后来，我觉得单看一个个孤立的数据点还不够，便又请护士帮我打印出过去一周的化验结果，以从中观察相关数据的发展趋势。我把打印出来的一堆纸整齐地摞在病床上的小桌板上，埋首于散发着新鲜墨水气味的数据报告中。我闭上双眼，想象自己正身处一间远离导尿管和血样的办公室，在一张干净、有序的桌上伏案办公，一手拿起又冷又重的订书机，将重要文件订在一起，感觉真是好极了。

患者的情绪隐藏在其实际行为中。我们很容易就知道一个哭泣的人很悲伤，却难以从像我这样的患者身上看出焦虑的端倪：事无巨细到有如强迫症一般，详细记录每项化验结果，并内行地问护士用了什么抗生素。我自认已经良好地适应了当前的坏境，它要求我时刻保持警惕，并总是预感会有什么灾难发生。其他人身上展现出的无所谓与平和，在我看来却天真得可怕。每当有人让我好好休息时，我内心都会涌起一阵鄙夷。只有我自己知道，如果真的放松戒备好好休息的话，我可能会死。在我看来，自己的安危只能由自己负责。

在这样一座大名鼎鼎的医院里，身处其中的ICU，即使被24小时轮班当值的专业医护人员环绕，我仍然觉得只能靠自己。在背后驱动我的，就是焦虑。

第三章　走向衰竭　65

由于觉得医生们为我做的检查太粗略,我经常自己检查身体。一天,我在右腿根部发现一块淤青。它就像滴在一块湿布上的墨迹,渐渐扩散开来,仿佛预示着一场即将来临的暴风雨。看来,原先一直淤积在肝包膜里的血液突然找到了出口,悄无声息地从我的组织间隙中杀出一条血路,并从筋膜里逐渐向外渗出,像一把液体手术刀般切割着我的身体。我盯着这块淤青,琢磨着它的意图。虽然我早已基于一些事实,预料到有某种灾难在前方若隐若现,但当我真的探查到这个灾难时,我却发现自己无法面对它。我用病号服迅速地罩上了它,手指紧压嘴唇,生怕自己忍不住向别人说起这件事。

查房的医生们来了,主治医生和我简单探讨了一遍今天的治疗计划。他思路清晰、有条有理且口齿伶俐,制定计划前想必仔细考虑了我的每项化验结果。作为曾与我在ICU共事的同事,他对自身失误的零容忍态度至今令我印象深刻。我只见他犯过一次错,自那之后,他不仅改变了自己做临床决策的方式,还改变了倾听患者的方式。目前,我的各项血液指标均有所下降,但这可能只是频繁化验的结果,并且还没降到危及生命的程度。因此,医生们计划给我再输点儿血,把我的血液指标"往上提一提"。做完肺穿刺后,我的X光胸片结果看上去比之前好了一些。听主治医生介绍完我的情况后,我张开嘴,小声说:"有个东西想请你看一下。"我拉开病号服,给他看大腿根部的那一块淤青。

"你是什么时候注意到这块淤青的呢?"他的语气不无担忧。

"就在刚才。"我骗了他,其实我对着这块淤青震惊了至少一小时。

他叹了口气，眉头紧蹙，点了点头。看来，他得改变原定的治疗计划了。

接下来的那天，医生们匆忙为我安排了一次静态CT扫描。扫描仪以2毫米为间距，为我的全身拍摄了一组图像，最后合成了胸腔、腹腔和骨盆的虚拟造影图。自从那次大出血后，我的生命体征尚未稳定到使我能够亲自下楼去做CT扫描的程度。医生们从我手术期间的肝脏边缘形态以及后续的一系列化验结果推断，我的体内应该是一片混乱。现在，从CT扫描图上看，我的真实情况远比他们预想得还要糟糕得多。

我腹腔内的淤血已经滚成了一个球形血肿，大小和每间小学教室里都有的那种地球仪差不多。随着血肿的膨胀，我的腹腔结构也被迫发生改变。肝脏被严重挤到一旁，成了一片细细的月牙。胃容量缩到仅剩一汤匙那么大。右肺的大小变得不足原来的二分之一，周围的空间也已被污浊的液体重新填满。最糟糕的是，医生们注射进我的体内的造影剂不仅能够进入我的静脉，还能从血管渗入仍在膨胀的血肿。从CT扫描结果上看，原先深色的血肿上还有一小块白斑。也就是说，我的内出血还没停。

检查进行到这里，整个病房的气氛都变了。护士们的动作变得更快、更高效，做起事来更有目的性了。病房外的走廊里会聚了各色专家，不时传来焦虑的谈话声。他们在讨论应对策略，有些受到大家的一致认可，有些则当即被否决。这种感觉就像是一副纸牌被扔到空中，所有人都在与时间赛跑。

第三章　走向衰竭

最后，我的主治医生走进了病房。他面色严峻，语气沉重。我知道这副表情和这种语气意味着什么。以前，当我知道医疗团队已经无力回天时，就会以这样的姿态出现在患者面前。最后，医生们为我制定了这样的治疗方案：如果流血依然不止，我就会被送到手术室，再做一次腹腔切开手术。医生们将为我清理血肿，试图找到出血点，并将厚厚的纱布垫敷在肝区附近，然后就这样保持腹腔切开的状态。保持腹腔切开的状态！手术进行到尾声时，他们并不会直接为我缝合创口，而是会将一块类似食品保鲜膜的东西盖在我暴露的器官表面，静待或好或坏的结果显现。他们要观察我是否还会再出血，并是否会遭受任何感染。待手术结果最终确定后，他们会帮我将移位的器官归位，并缝合腹腔。

这是一个最糟糕的治疗方案，但也是目前唯一可行的治疗方案。虽然所有医生都不认为我能安然无恙地离开手术室，但他们别无他法。之前也有几位女孩接受过这种手术，不过她们都因此离开了人世。最后，医生们只会遗憾地表示，他们已经尽力了。

所有医生都认为，出血点位于我的肝脏表面。这是HELLP综合征导致的一种恶性并发症，发病人群仅限于孕妇。但这只是医生们的假设，而他们也不能在开腹手术的过程中直接阻断出血的血管。那时，没人知道我的肝部其实长了两个血管瘤。出血原因是其中一个血管瘤发生破裂，致使大量血液喷进腹腔。由于看不见血管瘤的供血来源，医生们不能贸然为它们做栓塞。这两个血管瘤就像一对变色龙，狡猾地隐匿于肝脏组织之中。

后来，我们终于察觉到血管瘤的存在，于是掐准了注射染料的时间点，通过造影成功锁定了血管瘤的位置。接下来，虽然医生们能够对两个血管瘤做栓塞处理，但这还需要很长一段时间。与此同时，我的大出血看起来丝毫没有要停止的迹象。

医生们依旧指望着大出血能够自发停止。这样，等血止住后，他们就能为我输血，以此为我的机体多提供一些凝血因子。虽然血肿带来的压力有增无减，可医生们不知怎么就是假定我的肝功能正在恢复。按他们的计划，在我接受输血后，我的肾脏能够完成排除积液这项艰巨的任务。

导火索已经点燃。接下来让我们拭目以待。

作为输血的副作用之一，积液以更快的速度在我的肺部积聚起来。我严重营养不良，进食量一次不超过一汤匙，体内的蛋白质水平因此下降。在渗透压的作用下，积液从静脉渗进组织，使之变得又软又黏。病情发展到现在，我已经具备了对胸腔积液重量的感知能力。当其重量累积至2~3升时，我就会请医生帮我把积液抽掉。这种解决方式看似相当简单，也的确使我在一定程度上得以控制病情进展。直到大约两周后的某天，医生们将穿刺针头扎进我的胸腔，却只抽出来一点儿积液，而我则感到一阵剧痛。

"情况不太对劲。"我提醒他们。这种程度的剧痛还是第一次出现，我确信他们用针头刺伤了我的肺组织。

"我都没抽出多少积液。有人能帮我把超声仪拿过来吗？"一名呼吸科专家请求说。

第三章　走向衰竭 | 69

随后，他把超声仪的探针放在我背上。我盯着显示屏，看见自己的胸腔存在大量积液。不用看，我都能直接感觉到它的存在。屏幕上的图像显示，除了积液进一步压迫我那已经萎缩的肺部外，一种新情况出现了：一条条纤维组织在积液中摇曳，像极了长在海岸边的水草。

"积液已经形成了包被。"呼吸科专家盯着屏幕说。

原来，积液中的蛋白质成分逐渐沉积下来，结成了硬硬的条状物，就像我们小时候用冰糖做实验时看到的那样。这些条状物将积液隔成一个个小块，因此医生再也无法用针头一次性抽出所有积液。

"抱歉，这下我们可抽不出积液了。"

我努力去理解这话意味着什么。如果积液抽不出来，那我就会一直这样呼吸困难下去。由此，我得依靠呼吸机生活，被慢性疾病拖垮，永无康复之日。

"不可能。"我反驳道。作为医生，我知道每种治疗方案都有其局限，也明白有时候就是没有办法。但作为患者，我真的接受不了这个现实。我心跳加速，紧握双拳，指甲刺进掌心，努力压抑着快要哭出来的冲动。

"那我们该怎么办？"兰迪替我问道。

"要想清除包被，除了手术之外别无他法。而且即使做了手术，也未必能保证成功。不管怎样，她现在的身体状况并不适合做手术。所以，她恐怕只能忍受胸腔积液的长期存在了。"

我恐怕只能忍受胸腔积液的长期存在了？就这样忍受下去，直到体内再次出血。我简直不敢想象这种生活，如果真是这样，我可能会被逼疯。

  一种伴着惊恐的绝望感在我心底油然而生。同时出现的还有一种怀疑。这种情绪，我也曾在自己那些重症晚期的患者脸上见到过。我这才意识到，正是在这种怀疑的驱动下，患者们才甘愿冒险接受疗效未经证实的替代疗法。此刻，我感觉自己可以完全豁出去了。我回想起了自己的患者。在最后的日子里，他们离开子女，前往外地的癌症治疗中心，接受尚处于试验阶段的临床治疗。他们将毕生积蓄花在购买维生素注射液、提纯后的草药及各类补品上。甚至还有一位患者病急乱投医，从唐人街买来一种专供有流产史的女性服用的保胎茶，却因为过量饮用而中毒。但在此时此刻，他们所有人的行为，我都能理解了。

第四章　语不成句

人们通常会在下午来看我。为了躲避他们,我学会了装睡。有些人带着花来,但那些花无一例外被护士狠心扔掉了。有些人给我带了礼物,但任何可能引发感染的礼物都不得被带进ICU。还有些人给我送来了我读不了的杂志,或是不能吃的食物。但每个来探视我的人都带着一肚子问题而来,他们的问题又将引发更多我回答不了的问题。一开始,护士们帮我在病房门口摆了块标志牌,上面写着"进门前,请先移步护士站",或"病人正在休息,请勿打扰"。通常情况下,人们都会直接忽略这块标志牌。因此,我每次需要休息时,都会让兰迪亲自候在外面,向每个前来探视的人真诚地致歉,并向他们解释说,今天我的情况不大好,因此不接受探视。

在身体状况尤其差的日子里,我会让兰迪直接把访客轰走。

"别担心,亲爱的,我会像头公牛一样,把他们都赶走的。"兰迪总是说到做到,把亲人和朋友一视同仁地赶走。

极少情况下,有些探视者能够忍耐死寂,安静地陪伴在我的病床边。后来我才知道,他们只是想看看我,亲自确认我还活着。他们总是静静地来,又静静地去,一言不发地用行动证明着,他们想要的只是和活着的我待在一起。

我拒接任何电话。哪怕别人将手机递到我耳边,我也会摇摇头,表示拒绝。

这并不是因为我想一个人待着,也不是我不知道感恩,只是吐字对现在的我而言,竟成了一件费力的事。为了说话,我得刻意调整呼吸,使声音正好借着呼气发出。同时,我还得时刻收紧腹部,然而横膈膜以下的部位早已因血肿的存在而备感压力。此外,由于肺部受积液挤压,我一直存在呼吸困难的问题。即使腹痛和气短我都能忍受,却仍有一个问题有待解决:找到合适的措辞。一个个单词在我够不着的地方飞来飞去,我就像个小孩一样,玩着瞬时记忆游戏。我越想抓住这些词,它们就消散得越快。

"你需要我从家里带点儿什么来吗?"母亲问我,"我明早可以给你拿过来。"

我做了个"笔"的手势,示意她拿支笔来。对现在的我而言,写要比说容易得多。

我提笔准备写字,却迟迟无法下笔。兰迪和母亲一直盯着纸面,期待我即将写下的内容。一瞬间,我不禁怀疑自己还能否写字。不知是否存在某种标准,给组织语言的时间确定上限,一旦超出便属于非正常水平。过了好几分钟,我还是下不了笔。如果那种标准真的存在,那么我恐怕早就不正常了吧。

"我什么也不需要。"我边说边把笔放下。

"你要什么尽管跟我说。"母亲仍不放弃。

我看着她,发现自己连这都做不到。我只是不知道自己想表达什么,仿佛很大一部分自我被藏了起来。曾经的我是那么酷爱文字，头脑清晰，口齿伶俐，摆弄起文字来就像转动滚珠轴承，能轻轻松松地让那些理想的表述完美地穿过中央的小洞。一想到这样的我如今已不复存在，我不禁泪流满面。

"你怎么哭了？说说你需要什么就行。"

我沉下心来，看见我想说的话在脑海里显得格外清晰，却又令我感觉无比陌生。我就像一个快要溺水的人，挣扎着向水面以上探出头，到头来只发现周围空荡荡的。原来的那个我，究竟有多少已经永远在水面下沉寂了呢？

最后，我想说的一个词终于完全成形：鞋。这并非一个简单的词，不仅是针对母亲提问的回答，也暗示着我在潜意识深处依赖许久的一种关系。

"把我的鞋带来吧。"我深深地呼了口气。

母亲点点头。她知道，尽管医生还没打算让我做物理治疗，但我想提前做好准备。

"穿上鞋好走路。"我补充道，暗自希望母亲别再追问需要带哪双来。

"没问题。我给你带那双棕色的平底鞋来，应该还是合脚的。"

她果真没再追问，我不禁为此感到庆幸。

奇怪的是，一个人陷入全然的恐慌时，却会发现这种状态是不可持续的。对此，我已经很努力地尝试过了。机体分泌了大量激素、肾上腺素和皮质醇，准备随时抵御即将到来的危险。但当机体发现周围并没有真正的威胁或引发灾难的因素时，它高度警戒的状态便不会维持下去。我疲于继续做惊弓之鸟，疲于想象可能发生的每种最坏的情况，疲于在脑海中演练每种可能的应急方案。时间一天天过去，我最害怕的事情并没有发生。于是，我萌生了一种感觉：或许这些焦虑和担忧都是没用的。毕竟，除了死亡以外，它们无法帮助我应对任何事。倘若我真的死了，所有的焦虑和担忧自然也就烟消云散了。明白这个道理后，我开始不去计较任何后果，不再认为担忧能促成任何改变，并学会了静静等待。很多时候，我欣喜地发现，在新的一天里，我的身体总能出现一点小小的好转。

我一直很期待理疗。卧床几周后，我的全身肌肉变得又酸又无力。医生们知道，我得慢慢恢复体力，他们对我的恢复速度不抱什么期望。他们让我做一些基本的肢体活动，以防关节僵化。在我看来，医生们之所以让我做这些，正是因为他们觉得我有康复的希望。因此，我要证明给他们看，他们对我的信任是一个再明智不过的选择。我会自我加压，表现得超出所有人的期望。

年轻的理疗师身材健美，让我不禁推测她下班后的活动不是回家，而是开车径直去攀岩馆。她美得毫无争议，我会想把她介绍给我的任何一位单身男性朋友。此外，她那明朗、乐观的性格，让她不会轻易被我的负面情绪影响。她问了我几个问题，希望以此确定我们每天的训练目标。

"请告诉我，你在生病前主要喜欢做些什么运动？"她问。

我告诉她，以前的我经常练习一种流瑜伽。话音刚落，我就在心里暗暗惊呼："天啊，这已经感觉像是几百万年前的事了。"

"你上次走路是什么时候?"她继续问。

是我发病的那天。我记得,当时我自己走上汽车后座,出来后直接坐上了一把轮椅,被人推到了急诊室门口。那就是我最后一次走路的那天。

"我想试着爬爬楼梯。"我向她吐露心声,试图逃避她之前的那个问题。

"楼梯?行,正好让我看看你现在情况如何。你能先试着自己下床吗?"

我两手掌心向下,撑在床的一侧,努力弯曲膝盖,却发现腹部力量不足以让我抬腿,因而不得不用手扒着大腿后侧,将两腿慢慢地掰过来。任何需要腹部发力的动作都必然会牵扯到手术伤口。长长的切口外加腹腔内的血肿使我疼得满头大汗。不过,我明白剧痛在所难免,试图发掘自己体内深层次的力量。我一只脚的脚跟徐徐划过整张床,最后踩在地上。

"不错!"理疗师说,"现在,请你试着将另一只脚也像这样放到地上。"

不一会儿,我已经双脚着地,被这些动作累得上气不接下气。

"我知道这不容易。休息会儿吧,今天的理疗很快就结束了。"

她的初衷显然是想鼓励我继续努力,但我无法想象为何这么快就要结束理疗,毕竟今天好像什么目标也没达成。

"试着穿上袜子吧。"理疗师递给我一双底部有亮黄色条纹的袜子。我知道亮黄色在医院里意味着什么,它是在提醒医护人员注意,穿袜子的患者"有摔倒的危险"。

我不情愿地从她手中接过袜子,试图用手去够脚。前倾大约 30 度已是我的极限,这意味着我的手根本无法触及膝盖以下的部位。

"来,用这个吧。"理疗师递给我一根长棍,棍子的一头有一枚 S 形的钩子。

我盯着她,迷惑不解。

"这是钩子,它可以帮你穿上袜子。你不是想独立完成每件事吗?"

其实我也没那么想,我在心里嘀咕。我开始觉得这位理疗师或许并不像我一开始想象得那样人美心善了。我暗自希望有人能帮我穿上袜子,我好赶紧开始今天真正的训练目标:爬楼梯。此时的我,仍然对自己的残障程度没有正确的认识。

理疗师向我演示了如何先把袜子在钩子上撑开,再用钩子为脚穿上袜子的操作。历经几次失败的尝试后,我终于勉强为右脚套上了袜子。这让我想起过去,不知这世上竟有这种钩子存在,想穿袜子就穿袜子的日子真是太让人怀念了。

随着动作熟练程度的提高,为左脚穿袜子的过程更加顺利,但用时仍比我预计得要长得多。我抬头看着理疗师,脸上写满了自豪,期待她交给我下一项任务。

"很好!那我们明天再接着练习站立。"

"明天?"

"是啊,我不想让你太疲劳。今天光下床和穿袜子就练了一个多小时。就一天的训练量而言,这已经足够了。我帮你躺回床上吧。"

已经一个多小时了？

躺回床上后，我意识到她充分考虑到了帮我躺回床上需要花费多少时间和力气。"谢谢你。"我说，内心感到十分沮丧。

"不客气。"她点点头，走出病房，顺手带上了身后的门。关门前还扭头对我说了一句："明天见！"

我全身酸痛地坐在床上，眼睛盯着脚上那双傻乎乎的黄袜子。我试着消化过去一个多小时内发生的所有事，并从中观察现在的自己。显然，现在的我是一个需要用钩子来辅助穿袜子，而且还要花一个多小时穿的人。我摇摇头，这样一个连穿袜子都困难的人还是我吗？我最后一次感觉某个动作很难是在什么时候？回想起来，那应该是做一个叫飞鸽式的瑜伽姿势的时候，它要求上肢撑在地上平衡全身，同时抬起双腿，并将其中一条腿搭在撑起的手臂后侧。虽然我的上肢力量不足，但我每天都坚持练习这个动作。直到有一天，这个动作对我来说变得易如反掌。

我当时是怎么做到的？更重要的是，面对着眼前这个只能坐不能站的自己，我又能从过去的那个我身上学到什么？

我学会了放松身体，接受身体的局限，珍惜身为一个人应有的谦卑，并在下意识反抗之后选择接纳现实。我每天持之以恒地朝着一个看似遥不可及的目标迈进，相信自己总有一天能完成"飞鸽式"。想到这里，我终于明白，现在的我和过去的我只有一点不同，那就是处在不同的起点上。现在的我饱受疼痛困扰，在一次又一次失败后沮丧不已，无法站立，很少下地走路。可即便我的躯壳成了这副样子，我的韧性还在。这股韧性一方面使我对过去那个无所不能的自己心怀崇敬，另一方面使我坚信现在的自己仍可有所作为。我的身体处于目前这个状态，要它完成之前尝试的那些事情确实很难。比起自我折磨，我更愿意将目前忍受的痛苦视为一种"脱胎换骨"的过程。渐渐地，我重新有了力量。每次取得的小小进步都值得庆祝。就拿今天来说，我已经能靠自己的力量穿上袜子了。

想到这里，我竟然觉得感恩。

我的肾功能迅速恢复了，重新开始将一升又一升的积液排出体外。我身高只有157.5厘米，体重却一度达到91公斤。现在的我平均每天减重2公斤，有时还能更多。随着组织逐渐脱水，我的身体也变得更加灵活。要是有人帮我穿上袜子，我就能用省下的力气站立和独立行走几步，直到呼吸机上连着的管子被拉到最长时，再沿原路返回。由于掌管身体平衡的脑区落下了中风后遗症，有时我会笨拙地向左边倒去，甚至还可能撞到墙上。经过一番不懈努力，我逐渐学会了如何抵制向左倾斜的冲动并保持直立行走，但维持这种姿态需要耗费大量精力。我在亮处的行走还算顺利，可一到暗处，我总是因为步态不稳而撞到墙上，左肩被磨得青一块紫一块。时至今日，这种左右失衡的倾向仍然悄悄影响着我的日常生活。每当汽车修理厂的人打来电话，说他们没发现我的车轮定位有任何问题时，旁边的兰迪都会笑而不语。每当接到这类电话时，我也总是耸耸肩，说："好吧，不用再修了。看来不是车轮定位有问题，而是我自己总是把方向盘向左打。"除了身体总控制不住向左倾斜外，乘坐电动扶梯对我而言也成了一件难事。由于左右眼成像无法合为一体，我站在扶梯的最上方向下看时，总是不敢迈开步子，让身后的人等到不耐烦。

有一天，几名护士和理疗师突发奇想，决定让我做些大胆的尝试。一番商量后，他们最终派呼吸治疗师用一架结实的轮椅运了一罐氧气瓶来。

"试试吧，"他们对我说，"像这样握住把手，看看自己能走多远。如果累了，就坐在轮椅上休息一下。"

我立刻露出了惊恐的表情。

"别担心，我陪你。"兰迪说。

我抓住轮椅的黑色塑料把手，身体前倾，重心落在轮椅上方。我把轮椅向前推，尝试性地迈出了一小步。轮椅平稳而缓慢地向前滑行了一小段距离。兰迪为我披上了一件外衣，显然认为我能走很远，并会遇到他人。我又缓缓向前迈了几步，拐了个弯，一抬头，发现自己已在不知不觉中来到了走廊。这还是近几周来我第一次走出病房。

我获得了抬起眼睛的自信，不再盯着自己的脚了。突然间，我的视线与一位我认识的手术医生相对了，他的脸顿时白了。

"天哪！"他惊呼道。

我猜，他八成是被我的神速进步吓到了。

"我……我还以为你已经死了。"他结巴道。

我歪着头，停顿了一会儿，然后默默地从他身边走过。

自从生病以来，我已经对这种"见鬼了"的表情见怪不怪了。我刚住院时接触过的医生和护士时隔多日再次见到我时，都会发自内心地感到震惊。一开始，我觉得这是一种羞辱：这些人根本不了解我，凭什么臆断我的生命力和复原力呢？然而后来，我开始将他们的反应视为一种赞美。从他们的表情中，我能看到过去的我病得有多重，而现在的我恢复得又有多么好。

我顺着路标一路走到候诊室，吓一吓那里的人们。

我边走边想象自己出院时的情景，想象着从ICU到家需要越过多少障碍。

"哇，从病房到这里可不近啊。"我的主治医生首先开口，一下把我从遐思中拉回现实。他一直希望我能早日痊愈出院，并对自己过去的错误决策感到后悔。"我们还得再给你做一次CT扫描，确保血真的止住了。我想看看你的血象是否在停止输血后三天内都保持稳定，想看看你能否走稳，还想看看你什么时候能停用呼吸机。我们现在给你注射了大量电解质，但接下来的注射频率得调低一些……"

他察觉了自己的焦虑，因此试图向我解释他刚才说的话："别忘了，你的肝包膜被血肿撑得很薄，因此非常脆弱。万一你开车或走路时不小心受到撞击怎么办？要是肝包膜破裂，而最近的医院也要半小时车程怎么办？"

"我不会一直住院。再做一次CT扫描也没问题，而且我现在只在一直走路没空休息的时候才需要吸氧。"我答道，试图将他的注意力从假想的危险转移到真正的风险上来。现在，我和他好像对换了立场，他反而成了那个焦虑的人。"如果你认为有必要的话，我可以每天在家附近的分院做检查，然后将检查结

第四章 语不成句

果发给你。"我的这番话既是提议,又是谈判。

这时,候诊室里的另一位医生也加入我们的对话当中。还记得之前那位不知所措、自我怀疑的产科住院医生吗?眼前这位医生正是他那位听我抱怨的上司。"我知道住院不舒服。但我可以给你开张单子,让你搬到I-3病房去住。到时候,我们给你安排间宽敞的病房,沐浴设施一应俱全,而且不会再像现在这样给你用那么多监测仪。你觉得怎么样?"

这个提议听上去感觉不错,就像夏天里的一根冰棍。

但他忘记告诉我的是,I-3病房也有镜子。

我已经几周没端详过自己了。搬进I-3后,我赤身裸体地站在镜子前。我的皮肤呈现出一种荧光黄,这是肝衰竭的副产物之一。胸部发涨,表面有纹理,提醒我我处于产后时期。腹部鼓胀,上面横着大条大条的淤青色条纹,看上去丑陋极了。手术缝合后的伤口泛着黄色,结着血痂。全身到处都是胶布,上面粘着棉纤维和头发。手臂和脖子上有着拳头大小的黄紫色擦伤,大腿内侧因为抽血而发紫。我注视着自己的眼睛,为自己感到悲哀。

我为自己历经了这样一番苦难而难过,更别提在这个过程结束后我甚至没有一个令我感到一切值得的孩子。看着自己一路艰难走来,放眼前方依旧漫长的康复之路,我不禁黯然神伤。令我感到愤怒的是,人们看着我产后的身形,常常不知道发生了什么,问我孩子的事。但孩子死了,于是我得告诉每个人这个事实。这让他们因为问了不该问的问题而感觉糟糕,而我因为让他们感觉糟糕而感觉糟糕。我恨自己差点因为怀孕死掉,可一想到HELLP综合征意味着我将来怀孕都会有生命危险，我就感到茫然不知所措。我再也承受不起亲眼见到孩子在生产过程中死去的痛苦。对于这次失败的怀孕经历，我感到羞耻，并憎恨起这个世界。

"感觉如何？"兰迪在病房门外问我。

"还行。"我答应道，把视线从镜子上移开。我隔着门，噙着泪，对门外的丈夫哽咽道："我的样子好丑。"

"你在我心里永远不丑。你只要活着就够了。"兰迪的声音平稳而坚决。接着，他吸了口气，继续道："如果你死了，我肯定还会坚强地活在这世上。"

我知道，丈夫这是在故意说狠话，但他在这一刻展现出的坚毅正是我需要的精神支持。虽然对自己的境遇感到羞耻和厌恶，但我不该让未来的自己真变成这样的人。我得通过丈夫的视角看到真实的自己。他对我的爱和重视抚平了我的伤痛，只在我身上留下一丝丝自怜的伤感。

我叹了口气，坐在沐浴喷头下，任凭水流冲刷着我的眼泪。

为了再做一次CT扫描，我得被运下三层楼，并穿过大半个医院。接我的护工到达时，正逢我的护士在别的病房有事，因此我下楼时没有带上止痛药。我抱着"应该没事"的侥幸心理，想着正好可以考验一下自己能否在不服用止痛药的条件下应对路上的颠簸。结果证明，这个过程实在是太可怕了。每颠一小下，我的腹部就会一阵剧痛。最后到达放射科时，我已然面色煞白，气喘吁吁。

放射科的护士一面向护工致谢，一面从他手中接过我的病历本。她打开病历本，发现里面贴着一枚小小的塑胶手环，便开心地问："你生的是男孩还是女孩？"

"女孩，不过她已经不在了。"我强忍住眼泪。

"啊，抱歉，"她搂住我的肩说，"我不是有意的。"

"没关系，我理解。你当然不是有意的。"我摇着头，因为让她感到抱歉而难过。

放射科技师在角落里摆弄着什么仪器，假装没听到我和护士间的对话。"准备好了就告诉我一声。"他说。

护士协助我在CT扫描台上坐好。我看着向我走来的技师，准备听他发号施令。

"平躺。待会儿需要屏住呼吸的时候，我们会告诉你。"技师边说边为我系上固定身体的腰带。

"我没法平躺。"自从病危那天起，我就一直无法平躺。

"你得试试，只要几分钟就好。我给你头下面垫个枕头。"他说。

我只好在桌上躺平，不知那种溺水的感觉将在何时袭来。

技师和护士走进控制室，留我孤身一人躺在扫描台上。

这时，我突然意识到呼吸机不在身边。我下意识地用手摸了摸周围，的确没有摸到吸氧管。

"请保持身体不动。"扬声器里传来技师的声音。

看来，当护工去病房接我下楼时，我就已经脱离了呼吸机。也就是说，整个搬运过程中，我都没有带上呼吸机。想到这里，我慌乱起来。

"好,现在请屏住呼吸。"技师的声音从控制室的扬声器里再次传来,令人感觉他仿佛远在天边。

你在开玩笑吗?我想坐起,但腰带限制了我的活动。我到处看来看去,想确定氧气含量没问题,却发现我没有连上任何监测仪器。

"快好了,请不要乱动,否则拍不出好片子,医生看不了。"技师恳求道。

不一会儿,技师和护士一起走了出来。

"好了,都完成了。"技师向我表示祝贺,"也没有那么难以忍受吧?"

"我需要吸氧。我应该吸氧的。"我指着墙上的供氧口说。

"好的,我们帮你连上。"技师向我保证。护士打开一袋未拆封的吸氧管,将管子连上供氧口。

我抓着技师,试着起身。

"慢点儿,我来帮你。"技师边说边将我一把拉起。

我坐在扫描台上,吸着氧,情绪开始平复。不过是一次CT扫描而已,这样的检查我以前不知为自己的病人做过多少次。然而,我震惊地意识到,作为一个因心力衰竭而肺积水的病人,我竟然离开了ICU的保护,经过一路颠簸来到放射科,并在扫描台上平躺着接受检查。回想起来,以前身为医生的我,一心只想着这些片子的临床功用,以及这些检查的必要性,这种自以为是是多么可悲。我看着自己的病人离开又回到病房,对这个过程中发生的一切事情漠不关心。那时的我竟然如此无知。

护工推我回到病房后,问:"还有其他检查要做吗?"

"还有一项。"我叹了口气。

后来，陪我去做下一项检查的仍然是他，真不知是排班上的巧合还是他主动请缨的结果。抵达放射科后，他拿着我的病历本，径直走到技师面前，说："请不要提孩子的事。"技师先是愣了一下，随后好像明白了什么，点点头，脸色和缓下来。

我微笑起来，但很快又收敛起笑容，以免被这位护工看到。显然，他以为我听不见他对技师说的话。后来，不仅技师对孩子的事只字未提，全医院上下的人都好像在这件事上有了默契。护工们似乎不约而同地得知要保护我这个病人，避免我被某些无心的问题揭开往事的伤疤。在这样一家拥有800张床位的医院里，他们团结一致，为我这个病人撑起了一把保护伞。

回到病房后，我和家人静静等待着检查结果。在此之前，我每天都会问医生自己何时才能出院。此刻，我坐在病房里，清晰地回忆着每个给我帮助、为我供氧和开展治疗的人。他们在我身下巧妙地编织起一张细密的网，被这张网保护着的我就像一名懵懂的青少年，以为安全感的来源只是我自己，殊不知自己一直活在人们的呵护之中。

这次CT扫描结果比上次好。肺积液情况没有恶化，各项实验室指标均保持稳定。在这样的结果面前，医生们再也没有充分的理由要求我住院了。虽然他们依旧心存顾虑，生怕我有闪失，但只要稍加思考，就知道这些顾虑与其说是真正的风险，倒不如说是医生们习惯性的担忧。就这样，我被允许出院了。出院时，我坐着轮椅，怀抱一只盒子，盒子里装满了亲朋好友送给我的慰问和祝福卡片。住院期间，这些卡片曾被我贴满了一整面墙。我下身穿着肥大的裤子，上身穿着宽松的T恤，人们只要看上一眼，就能大概推测出我走样的身材。此时此刻，我感觉自己暴露于众目睽睽之下，程度比之前穿着病号服时有过之而无不及。我终于恢复了住院前的身份，却因为一时无法适应这个身份而感到别扭。穿着病号服的我不过是一名普通的重症患者，医院里与我同病相怜者大有人在。可换上便装后，我其实是以一个全新的身份回归了这个世界：一个身材臃肿、遍体鳞伤且自卑不堪的人。出院本该是一件值得庆贺的事，在我这里却成了某种意义上的"与世长辞"。我在这场与病魔的战斗中损兵折将，失去的不仅是孩子，还有某些抽象的东西：我已经不再是过去那个坚强、能干、独立的人了。

"药房很快会把药寄到你家。别忘了我们的口号是'只吃药，别拥抱'。"我的主治医生打趣道。他早就提醒过我，要避开一切可能使我的肝包膜再次破裂的因素。这些因素乍听之下都挺好笑，比如需要与人发生肢体接触的运动、车祸，甚至是拥抱。

我坐在轮椅上，被人推着向医院门口走去，兰迪在那里等我上车。入院时还是春季，转眼间已是盛夏时节。由于我刚能走路不久，攀爬家里的楼梯对我来说仍是一件可望而不可即的事，我决定暂时去我母亲家休养一段时间。我母亲家宽敞的平房里放着一张租来的病床，卫生间里添置了一张专为行动不便者定制的沐浴用椅，房间里还摆着加了软垫的摇椅和搁脚凳，这是以前为即将出世的孩子特别准备的。负责照料我生活起居的是我母亲。她儿时在修女开办的学校上学，笃信勤奋和向善

第四章 语不成句

的力量。虽然有时难免受负面思想和忧虑困扰,但她总能将这些烦恼转化为改变现状的行动,如帮我洗澡、垫枕头、数药片和想尽一切办法哄我吃东西。对她而言,照料自己的孩子显然是一种最高形式的祈祷。

此前,在我病重期间,兰迪就已开始着手安排搬家的事。面对这样一座见证了我病发的老房子,他再也无法继续住下去。最终搬家的情景我已经忘了,只记得自己基本康复后的某天,兰迪来接我回家,然后直接把我带到了新家门口。后来,我每次在家里找不到东西,就会把责任推到记忆力不好上,然后一边在家里转悠一边大声地自言自语:"把我东西藏起来的人至少该给我留张字条吧。"费尽心思布置了新家的兰迪此时便会夸张地叹气。时间一晃过了八年,如今,每当在家里找不到茶叶时,我仍会"责怪"别人动了我的东西。

呼吸着夏季的新鲜空气,我发现自己无比怀念眼前的一切。

"哇,你的车在那里!"我对丈夫说了句没什么意义的话。

他顺着我的说:"对啊,你还记得它吗?"

"记得。这么说,我已经很久——"

"——没坐我的车了。"兰迪替我说完了这句话。

我坐上副驾驶座,偷偷扭头瞥了一眼车后座。兰迪一边系安全带一边说:"我们又坐进来了。"

第五章　当科学已然束手无策

我发现，不真的住进某个地方，有时反倒比较容易保留对这个地方的美好念想。这么长时间以来，虽然回家的场景一直令我魂牵梦萦，可事实证明，一旦真正回到家中，这熟悉的环境只会把我失去的每样东西放得很大很大。房子里充满了关于过去我是如何轻松居住于此的记忆。即使我能鼓起勇气走到楼上的玫瑰色闺房中去，我也无法在儿时的床上平躺，因此睡自己床的打算泡汤了。所幸我母亲从医院租来一张病床，放在楼下的某个角落里。厌倦了医院病房里无休止的仪器噪声和过道里的嘈杂人声后，我一直渴望着有朝一日能远离病房，享受片刻安宁。如今，虽然没有了人工和仪器的监视，我却感觉自己随时可能被周围的死寂吞噬。我想逃离，于是走进摆着婴儿摇篮的客厅。

病重时，我没有余力关心自己流产的事，所以在住院的大多数日子里并不为此伤心。让我伤心的是某种更抽象的东西，是想象中一片黯淡而模糊的未来。我的思考是一团看不清的阴影，如果我努力去看，它就像用一架16毫米放映机投在白色幕布上的老电影，任何风吹草动都会扰乱它的画面。兰迪一直在我身边不离不弃。我时常暗想，他应该跟别人结婚，他的妻子应该是一个33岁的健康女性应有的样子，而我耽误了他。

孩子夭折后，我和兰迪拜托一位朋友帮忙打电话取消了之前预订的育儿家居用品。我们退回了摇篮和梳妆台，却在商量后决定照常订购加了软垫、有着白色藤蔓状刺绣花纹的中性风摇椅和搁脚凳。一方面，我们觉得为新家添置些家具也未尝不可；另一方面，它们并非儿童专用家具，摆在家里不大会使我们触景生情。

我当时怎么也没想到，那张摇椅后来竟成了我狭小世界里的精神寄托。坐在摇椅上，我可以把脚放在前方的凳子上，背后垫好几个枕头，颈部再加一个飞机枕。在这样舒适的环境中，我不仅能够安然睡去，还能一天24小时维持坐姿。我之所以需要维持坐姿，是因为我一旦在普通的床上平躺下来，就立刻感到有一个灌了铅的保龄球碾压着我的心脏和肺部。发现这个问题后，我本着科研精神算了算血肿的体积和质量，最终得出了一个结论：我腹腔内的血肿竟然重达大约10磅！我会告诉别人，"想象一个10磅重的球体在体内碾压你，你就知道我的感受了"。有人这样回复我："就像个胎儿一样。"听到这句话，我再也不对人说这件事了。我可以告诉你，它没有一个地方像个胎儿。

我要么坐着，要么睡着。梦中总是出现溺水的场景，水质混浊而黏稠，水面上透不下半点光。我总是胡乱地挥手划水，努力想向上游哪怕一点点，却怎么也摆脱不了被上方某个巨物碾压的感觉。在家服用的止痛药片剂效力远不及医院注射的针剂，再加上家里没人敢吵醒熟睡中的我，因此我有时会不小心漏服一次，从而一连痛上几小时。

  不时有人来家里探访，而人们总爱坐在我旁边喝咖啡。不仅是咖啡，大多数食物都让我无法下咽。只要吃上两勺，就能让我严重反胃几小时。有时，我也会突然特别想吃某种东西，就像儿时记忆中一种黏黏的糖。母亲每天都会花上几个小时悉心为我烹饪儿时的菜肴。为了不辜负她的一番好意，我可能会吃上一两口，但任何食物都已失去了以前的味道。一切都变得不对劲了。另外，我得坐在一张塑料长椅上洗澡，家人总得守在浴室门外，以防我有个三长两短，比如突然晕厥、幽闭恐惧症发作或是洗不到某些地方。我是何时患上幽闭恐惧症的呢？可能是躺在CT扫描仪里以为自己快要窒息时，也可能是第一次在病房浴室的镜中看见身材走形的自己时。洗澡时，水温必须维持在微温状态，否则只要浴室里有一点蒸气聚积，就会让我喘不过气来。我需要吸进凉爽的空气，才能证明自己还活着。

  清醒时，我只能被动地听着周围人的对话，仿佛置身于一间酒店客房，隔壁房间的噪声直接穿透墙壁而来。我只想一个人安静地待着，任何试图鼓励我的故事、八卦或闲聊我都不想听。出于某种原因，我只要听到人们对我说这些，就会莫名感到愤怒，接着是悲伤，最后是疲惫。我就像一个来自外太空的陌生人，完全不明白他们在干什么。难道这就是我们打发时间的方式吗？我感到无所适从，不确定自己应该扮演怎样的角色，也不知该如何演好这个角色。所幸没人对我抱有太大的期待，大家都只希望我在被询问时说一句"好多了"。然后，人们的谈话仍将继续，我的角色就可以谢幕了。

有一天，我最亲近的一个叔叔来探望我时，我注意到他的肤色和我一样发黄。那时，他的症状还不明显，因此家人并没有重视。后来，这位叔叔开始去医院做检查，确诊后做了手术，接受了化疗。我虽然没能亲眼看到他的诊断结果，心里却明白，我俩的生活状态很快就会对调。某一天，或许会变成我去探望接受治疗的他，而他正在躺椅上忍受煎熬。我会有点儿手足无措，因此可能会讲上几件蠢事逗他开心。他则会勉强挤出一个笑容，感知着周围人的装腔作势，然后配合我们演好自己的角色。

经常有人让我去接受血液和造影研究，还有一次，我被叫去参加孩子的葬礼。我从未想过他们还会给孩子安排葬礼。其实，我真的不大知道医院通常如何处理死婴。我在住院期间就听说，医院会一直把死婴停放在太平间里，直到我出院那天。我想象了一下太平间里的场景，觉得有些怪异。在我的预想中，一个仅27周大的早夭胎儿，被送到病理实验室进行尸检切片倒更合理一些。病理学家们会对胎儿样本出具尸检报告，详述显微镜下发现的每一处异常，就像他们对待那些胎盘样本一样：胎儿的脑组织切片结果证明其在夭折前经历了脑缺血，肺组织尚未发育完全，眼睑无法张开，心功能暂无异常。但至于尸检完成后将发生什么，确实超出了我的认知范围。还在医学院读书时，我就在医院手术室里目睹过人工流产手术的全过程。当时，死胎被送进的是病理实验室，而非太平间。想到这里，一个名为医疗废物的专业术语突然闯进我的脑海，却很快被我无情地压下去了。

因此，当医院请我去墓园特地为夭折孩子辟出的区域参加葬礼时，我暗自觉得他们未免有些小题大做。但鉴于医院这么做只是出于善意，我感觉自己也别无选择。我甚至怀疑他们这样安排是为了兰迪，毕竟他是个天主教徒，而天主教义中或许有相关规定。我母亲最终决定不和我们一起去参加葬礼，这也让我从侧面察觉她内心隐藏的巨大悲痛。启程前，为了防止自己在路途颠簸中疼痛加剧，我特意多服了一片羟考酮[①]。葬礼上，我坐在小教堂里，静静地注视着前方那具小小的棺木，情绪因为事先多服的那片药而麻木。受邀参加葬礼的除了我和丈夫外，就只有神父一人。他站在前方，表情忧虑，却又有着抚慰人心的力量。他的视线令我无处可藏，于是我只好直视他的眼睛。看着他肃穆的表情，我不由得觉得自己应当表现得更悲伤一点，毕竟每位痛失所爱的母亲都该在孩子的葬礼上哭泣。但我心想："严格来说，其实我并不能算是一个母亲吧？既然如此，那别人凭什么告诉我应该对死去的孩子抱有何种情绪呢？"葬礼仪式期间，我全程咬紧牙关，攥紧拳头，像个铁了心的倔强小孩。

在这样一种严肃的仪式中，我感受到的丧女之痛比想象中更加真切。我暗自揣测，或许这就是这种仪式的目的所在吧。

仪式最后，神父递给我们一盒祈祷卡片。每张卡片的正面都有一个彩色的天使，旁边写着天使的名字，卡片背面则印着一句祈祷文。走出小教堂时，我试着回想我们是否为孩子选了墓碑。但我知道，无论有没有墓碑，我都不会去找她。

---

① 一种强效止痛药。——译者注

驱车回家的路上，我因为兰迪记不清回去的路而迁怒于他。我怎么也不明白，他怎么能忘记像路面凹陷这样重要的路标。汽车每颠簸一下，腹部就有一阵刺痛向我袭来，迅速打破了我对多出门的幻想。我想，要是自己死了，周围的人或许会因为少了一个像我这样的大包袱而活得更轻松。

一天，为了让我的心情好起来，兰迪开车带我去看离我母亲家仅几公里远的新家。之前我发现自己怀孕时，我们就考虑过搬家的事。我想住得离我母亲近一些，以便她来帮我们照顾孩子。谁知造化弄人，现在我们的确住得近了，但只方便了她来家里照顾我这样一个废人。当初我俩看了不少房子，可回想起来，那些经历仿佛只是做梦。我记得自己是在 ICU 中签下了购房合同的。但身为律师的兰迪应该知道，像我这样一个当时刚做完全麻手术的病人，完全不适合作为签署法律文件的行为人。我盯着他，突然怀疑起他的动机来。

"我吃药以后，你让我签了什么文件吗？"我的语气充满质疑，我自己都不免有些惊讶。

"没错。我们刚失去了孩子，因此我不想再让你错过我们的新家了。虽然你当时的状态并不是很好，但我还是让你签下了购房合同。不用担心，我们现在随时可以撕毁合同。"

我默默说服自己，或许他真的不是一个想乘人之危的反社会者。或许吧。

兰迪继续解释他当时的行为，表示房地产市场的机会总是机不可失，失不再来。"如果我们不行动的话，机会就会白白溜走。"他解释道。我不禁想,人生中的一切难道不都是如此吗?人与人的关系经受着时机的考验,倘若你在错误的时间点遇上对的人,这段关系仍会以失败告终。疾病的治疗效果也与时机息息相关,耽误了最佳治疗时机,疾病将变得无药可救。还有孩子们的成长更与时间息息相关。

"那我们最后买了哪套房子?"我急于从目前的思维旋涡中挣脱。

"买了你最中意的那套。"他满面红光,自豪感溢于言表。

"哇,太好了。"我强迫自己表现得兴致勃勃,但其实根本不知道他指的是哪套。

兰迪把车停在新家门口。我盯着眼前这套房子,羞于开口,生怕他看出我对这套房子没什么兴趣。

"很漂亮。"我勉强承认。房子呈浅灰色调,镶着白边,门被漆成了黑色。庭院里种着两棵桦树,修剪整齐的紫杉树篱和低矮的灌木丛一直延伸到前门。灌木丛不可能在极地涡旋气候下存活,但更厚重的紫杉树篱可以。

"你想进去看看吗?我有钥匙。"兰迪自豪地拿出钥匙。

"不想。"我瞥了一眼车道和前径的坡度,立刻知道自己肯定过不去。

"我是不是还有其他中意的房子?"我印象中还有一套和眼前这套感觉不同的房子,可话音刚落我就暗自后悔,感觉自己辜负了丈夫的一番美意。

"有啊,就在这套隔壁。当时我们同时看了两套,你更喜欢这套。"兰迪自信地说。

第五章 当科学已然束手无策 95

虽然我出自本能觉得他八成是买错了房子，但我肯定不会向他坦白的。保守这个秘密不难，毕竟我的记忆力本来也不太好。

"谢谢你为我做的一切。"我说。听见我的话，兰迪随即开始了一番长篇大论，表示自己花了很大工夫才搞定银行贷款。他早就在医院积了一肚子委屈，而银行又一直向他索要各种文件。某天，他实在没忍住，将气撒在负责贷款的银行职员身上，还扬言"贷款爱批不批，你休想再从我这里拿到一份文件"。虽然撂下狠话，但他事后仍然乖乖地向银行提交了所有文件。

我坐在副驾驶座上，默默看着他滔滔不绝、眉飞色舞地描述着这段经历，心里想："不就是提供文件吗？有什么好气的？"

几年后，我们偶然驱车经过那套我们错过的房子，不约而同地感慨"还好当初没买下它"。不过，我和兰迪的原因不同。他嫌车库太小，且地板样式不佳，我则是单纯习惯了几年来新家提供的良好居住体验，因此无法想象自己在另一套房子里居住的画面。

也正是从娘家搬出并入住新家后，我才获得了真正意义上的疗愈。此后几年间，这座灰房子陪伴我不断成长，并总能为我提供我需要的东西。当我开始用绘画排遣内心的苦闷时，兰迪特意为我在地下室建了一座画室。木地板因为溅上颜料而获得了生机，大大的水槽愉快地接纳着各色杂乱。夜不能寐时，我就把烦恼画下来，却神奇地发现烦恼反而会因此消散。后来，我发现写作也能让我抒发痛苦，便和丈夫一同设计了一间可爱的书房。房里装饰着填充的动物标本，地上铺着层层叠叠的波斯地毯用来保暖。我时常一连几小时泡在书房里写作，借此排遣病痛带给我的负面情绪："这个时间点发生的这件事，给我带来了这样的感受；但这件事已经过去了，你所能做的就是抓住现在。我们可以一起回头看这件事。"每天早晨，我都会在一间日光充沛的房间里待上一会儿，提醒自己晨光的神奇与美妙。我们在这个房间里贴上了图样怪诞的墙纸，细看之下，你能发现一个个侏儒在修剪成型的树荫下打盹。后来，某个圣诞节前夕，我们在这座房子里迎来了我们的儿子。客厅里的圣诞树挂着可爱的小装饰，而正中央挂着的，正是之前那个小小的圣诞老人玩具。

有时，如果事先算好服用止痛药的时间，我能一觉睡到天亮。在这样的日子里，我也心怀大志，为某些遥不可及的事酝酿着宏伟计划。八月中旬的一天，我坐在娘家的门廊前，对着不远处的邮箱陷入沉思。那是一个典型的夏日，天气在太阳出来之前就已经热得不行。我的大腿皮肤紧贴座椅，膝盖后面汗如雨下。因为在单人房里被病床禁锢了太久的缘故，户外的绿意让我觉得刺眼。太阳爬上东边树林的枝头，散射出一种异常耀眼的光。我决定一路走到邮箱那里去。

看似平坦的混凝土地面，掩盖了一片坑坑洼洼的雷区。我稳了稳步伐。在户外走路需要时刻集中精神。首先，由于中枢神经系统无法确定身体在空间中所处的实际方位，它总是指导我向左偏，导致我到现在还是不时撞到墙。其次，为了纠正中枢神经系统的这种错误认知，我必须时刻提醒自己不要向左倒，

第五章　当科学已然束手无策

但是也不要矫枉过正地向右倒，把身体摆正，走直线。

我刚迈出几个还算稳的步子，一只鸟冷不丁冲进我的视野，吓得我本能地向后退了几步。我的大脑下意识把鸟当成参照物，因此这只横冲直撞的鸟使我的大脑不再相信自己处于静止状态。这就好比你坐在车库里停着的车上，旁边的人突然向后倒车，你会突然感觉自己的车也在动一样，我也不得不将周围运动的一切作为自身方位的参照系。

我做了一两次深呼吸，然后张开双臂，小时候练习走平衡木的一些回忆瞬间涌来。我让视线停留在邮箱上，伸出左腿。走了三四步后，我有了继续前进的动力，几乎又找回了从前不费吹灰之力走路的感觉。反观以前将身体的一切功能视为理所当然的自己，我差点悲伤得不能自已。但现在可不是哭的时候，毕竟我不能让泪水模糊视线。我摇摇头，让自己从回忆中脱身，继续向前，铁了心要走到邮箱那边。走到一半时，我不得不将注意力放到调整呼吸上来。积液一直停留在我肿胀的右肺中。而且由于每次吸气都很浅，我的呼吸频率不由得急促起来。炎热而凝滞的空气使我呼吸困难，仿佛空气中不含任何氧气似的。我开始心跳加速，身体的力气再也不足以对抗重力，原先张开以维持平衡的双臂只好放下。就这样，我不得不停下来喘息片刻。

"再走三步，这次速度放慢"，我在心里给自己下命令。我的大腿肌肉开始颤抖，仿佛在警告我，再不休息的话，它们随时能让我直接跪在地上。然而，眼看邮箱就在前方，我决心再走几步，到达邮箱后再休息也不迟。这时，一名正巧从旁经过的邻居朝我挥手示意，令我不得不承认原来我这场可悲的表演有了一名观众。我瑟缩了一下，眯起眼睛，希望这副表情在外人看来是一种微笑。我拖着沉重的步伐继续向前，必要时甚至还得用手拖着自己的腿。就在离邮箱仅一臂之遥处，我扭头回望娘家的房子，不禁对回程的路倒吸一口冷气。最后，我决定先等等。

取出信件后，我坐在邮箱下方的地面上开始整理。我的首要目的是独立走到邮箱这边来，而整理信件只是顺便的事。我仔细整理着收到的卡片和广告宣传册，在其中发现了一张医院账单。打开账单时，我的脸唰地一下变得通红，耳膜像飞机爬升一样嗡嗡作响。账单上的收费项目显示了当时医院为救活我腹中的胎儿而做出的一系列努力。我盯着账单看了一会儿，又将它塞回信封。随后，我本想干脆爬回房子，最终却碍于邻居的目光而决定沿原路走回去，每一步都走得缓慢而艰难。

回到家里，我走进厨房，家人纷纷与我拥抱。他们向我表示祝贺，对我说："成功的感觉一定棒极了！"

我把取回的信件放在餐桌上，迟疑地说："走路真不是一件容易的事。"紧接着加了一句："至少对我来说是这样。"

兰迪承担起了处理医院账单的任务。据医院财务处解释，之所以会有这份账单，是因为我们事先没有把胎儿纳入保险计划。没人能说出究竟应该在哪个时间点给保险公司打电话，因为理论上说，这个孩子从未在世。这份账单寄到家里的时间巧得惊人，那天正好是孩子的预产期。我一直故意不去注意这个日期，以免内心的失落被一再唤醒。最后，兰迪和医院通了四

第五章　当科学已然束手无策

个电话才解决了账单的问题。就是这样一个没有参与医疗行为的医院部门,其小小的疏忽就能让我不知所措。

这份账单就像是平行宇宙向我派来的信使,提醒着我预产期的存在,以及这背后原本包含的种种可能。和孩子一起住在有着整齐篱笆的新房子里——我渴望的生活曾离我如此之近。或许某个平行世界的我正过着这种生活。那里的我没有病痛困扰,摇着摇篮,在静谧的夜里哄孩子入睡,而非像这个世界的我一样,每晚做着溺水的噩梦。尽管这份账单提醒我那种生活已经离我远去,但它似乎也在提醒我,那种生活曾经近在眼前。

我发现,周围的每个人都对我的康复进度抱有一种不切实际的期望。同事、家人和负责治疗我的医生们好像都不约而同地认定我每天应该明显好转一些。然而,他们的这种期望毫无根据,只是一种"她现在应该好多了"的模糊概念。我不知该怎样更努力地康复,感觉自己被困在一具受了伤的残缺躯壳中。这具躯壳僵硬得难以弯曲,却好像随时会断裂。医生们因为血肿体积太大而不敢通过手术将其吸出,坚持让它被我的身体慢慢吸收。吸收过程可能要花上一年,但疼痛延续的时间将比一年更长。即便如此,坚持完这个夏天,我说什么也不愿再继续服用这些有神经麻痹作用的止痛药了。

医生们计划让我慢慢减少药量,以免脑部的阿片受体出现戒断症状。我拿到了一份减药时间表,上面有如何安全摆脱药物依赖的说明。每天早晨我都会服用一剂长效吗啡,剂量比前一天更少。如果这剂吗啡的药效能持续一整天,我甚至会省略中午的那一次。疼痛的根源在于血肿压迫器官，而且程度一直没有减轻。但我无论如何都想停药，因为止痛必然以被药物干扰正常思维、反应和精力为代价。自发病以来，我一直在与疼痛做斗争，因而总是在止痛药的作用下感觉眼皮沉重、反应迟缓。我恐惧药物成瘾，担心他人的异样目光。每天的生活就在疼痛、吃药、睡觉、醒来、疼痛、吃药、睡觉中循环。我双手合十，日夜祈祷能回到从前的生活。

有时，止痛药的副作用之一是使我出现灵魂出窍的幻觉。某天夜里，服下羟考酮后，我闭上双眼，很快就有一种恍若在梦中下沉的濒死感。睁开双眼后，我打开床头灯，真实地感受到自己还好好活着：这里是我的卧室，床头柜上放着我的眼镜、几只药瓶和一杯水。我又读了一遍药瓶上的标签，并再次检查了建议用量，发现自己服用的剂量是其整整四倍。也许建议用量不足以有效止痛，但至少没有什么危险。我将出现的幻觉归结于自己太累，因此决定继续睡觉。但这次我像小时候那样为自己留了一盏灯，仿佛这盏灯有什么神奇的魔力，能帮我抵御一切未知的怪兽。

然而，一种排山倒海的压抑感很快向我袭来。我知道，如果此刻陷入梦乡，我将真的死去。这时，我身体里的每一个细胞好像都察觉到了一种外来威胁，迫使我保持清醒，直至天亮。

天亮后，我开始反思昨晚的经历。尽管以前在医学文献中读到过相关内容，但我一时没意识到，原来这就是阿片类药物引起的焦虑反应。亲身经历过这种反应后，我不禁感慨，人的身体不仅生来就能操控诸如呼吸和心跳之类的潜意识机能，还能对这些机能的变化做出解读。阿片类镇痛药使我的呼吸和心率变缓，由此激发了体内的监测感受器。相关机能数据传到大脑里，大脑立刻认定我的呼吸和心跳可能很快将完全停止。惊慌之下，中枢神经系统随即向全身发出指令："警告，前方危险来袭，目前情况不明。"这就是濒死感产生的原因。为了避免这种焦虑反应，我别无他法，只能停药。

就这样，我真的停药了，却很快因此出现了药物戒断反应。

一开始，我并没意识到自己出现了戒断反应，而以为只是染上了某种来势汹汹的流感病毒。后来回头看这段经历时，我才发现我症状的发展正好符合戒断反应的时间线。

停药72小时后，我开始瑟瑟发抖，全身起鸡皮疙瘩，肌肉里有种深入骨髓的酸痛感。胃里翻江倒海，口腔里泛起呕吐前的酸味。走进卫生间后，我扶着马桶，豆大的汗珠顺着额头淌下。很快，我就呕吐起来，呕吐物中混杂着胆汁和血，喉咙因为胃痉挛而咳嗽不止，心也快跳到了嗓子眼儿。吐完起身后，我用蘸着冷水的毛巾敷了敷脸。最后，我爬回沙发，在头旁放了个小桶，以备不时之需。

尽管我对止痛药没有心理依赖，但我的身体已经对这些药物产生了生理依赖。患上"流感"两天后，我才意识到这一点。我从家里的药橱中取出剩下的羟考酮，小心翼翼地握着那只棕黄色的药瓶，仿佛它价值连城似的。我知道，只要继续服药，目前所有的不适症状都将消失。我摇了摇瓶子，药片发出哗啦啦的碰撞声。随后，我将药瓶放下，两眼直勾勾地盯着它。我仔细读着瓶身上的标签，努力寻找着纵容我继续服药的理由。

刚才那些恶心的感受,我再也不想体会第二次。然而我又想,或许我刚才已经熬过了最难熬的时刻,而此时如果重新服药,只会让之前的努力全部付诸东流。倘若我的意志现在屈服于身体对药物的依赖,未来的我仍将像今天一样再次体会到药物戒断反应。想通之后,我警惕起来,将手中的小瓶子放回药橱。

这只瓶子对我有着与其实际大小不符的强大吸引力。我就像围着它转的行星,任何时候都清楚自己离它有多远。我每次企图忤逆它时,都能感到它拉紧了套在我脖子上的链条,并向我挑衅道:"你敢保证自己永远不吃药吗?"有时,这个声音还会引诱我:"你其实不必这么痛苦的。不如把我放进衣袋,挺不住的时候就来上几片!"每到此时,我心底的声音都必须坚定地宣称:"不用,我一片药也不想吃。"光是这样还不够,我得继续加强心理建设:"省省吧,休想骗我吃药!我是不会被你诱惑的!你赢不了的!"

这些小小的药片本不该令我感到震惊,毕竟我见过太多被药物成瘾毁了的人。真正令我感到震惊的是,对药物的依赖竟然差点凌驾于我的理智之上。我的确不想吃药,因为吃药的下场会很惨。然而,药物的化学分子已在大脑深处与一组神经元发生结合,由此激发的强烈快感驱使人不断想要一再体验它。那些被攻占的神经元细胞压制着其他所有神经元细胞,公然篡改着我的思想。想在它们整齐划一的合唱中插入反对的声音几乎是不可能的。"就吃一片嘛,你应该吃药。"为了引诱我,它们无所不用其极。

忍无可忍之下,我从橱柜里取出那瓶药,心紧张得怦怦直跳。我打开药瓶，看着里面那些药片，有点希望它们主动跟我说话。我把药全倒进掌心，惊叹如此轻的药片之中竟然蕴藏着如此危险的力量。接着，我走进卫生间，手掌一翻，药片哗啦啦地全掉进马桶中。看着药片被水流冲走，我仿佛看见它们因为不能控制我而痛苦万分的样子。这些药片能够对我施加的影响力随着它们的离去而化为乌有，真希望每位受心魔困扰的人都能像我一样决绝和幸运。

过了一两周，我开始对耳边一直嗡嗡作响的恼人声音感到习惯。这个声音成了我日常生活的背景音，但很少对我的思维产生干扰，最多只能暂时分散一下我的注意力。从这段经历中我体会到一件事：直面疼痛，人就能自然而然地产生力量。要么忽略痛苦，要么全身心地专注于它，直到厌倦它。

我发现，痛苦只是我的战斗对手之一，另一个同等重要但与其无关的对手就是我对痛苦的自我定义。我对痛苦的体验取决于我对事物的看法。倘若一阵刺痛突然袭来，以前的我就会开始害怕疼痛预示着某种灾难即将到来，并因此焦虑万分，呼吸急促。有意思的是，痛苦好像知道我很脆弱似的，会因此变得越发强烈而急迫。最后，要想摆脱这个恶性循环，我通常得花上好几个小时。相反，倘若我换个思路，仅将疼痛看作疗愈之路上的一个小插曲，并告诉自己体验疼痛也是康复的必经之路，疼痛反而会败下阵来，最后灰溜溜地不见踪影。

我还学会了正视而非逃避痛苦。每当我拒绝正视痛苦时，痛苦就会像儿时卧室里的阴影一样越长越大。痛苦仿佛能察觉我内心的恐惧，而恐惧就是痛苦赖以侵占我全身的燃料。学会正视痛苦需要经历一个过程：我先得学着与自己的身体和平共处，毕竟就这样坐着任凭痛苦肆虐真不是一件容易的事。我得像个旁观者一样看着痛苦，承认它的存在，并全身心地活在痛苦的当下。为了以这种方式体验痛苦，我不得不一直提醒自己：痛苦不能代表真正的我，而仅仅是一种感觉。痛苦伤不了我，我比它更强，我能忍受它。我只有两种选择，要么在恐惧的死循环中陷入万劫不复的境地，要么主动为自己找出口。所幸，最后我找到了与自己的身体安然共处的方式。

实际上，对待痛苦的方式与对待大多数负面情绪的方式没什么不同。我不仅没必要向它们低头，反而应该明白我才是它们产生的源头。我可以选择沉浸在自己制造的悲伤中怨天尤人，也可以选择不这么做。我可以选择扪心自问：我之所以揪着自己过去的损失不放，是否因为我把它当成了某些束缚我不知该如何纾解的情绪的工具？我也可以从另一个角度重新看待自己，建构起理想的心境。在某个时间点上，每个人都可能在情绪上顾此失彼。我可以选择不为此感到内疚，因为各种迟来的情绪在往后的岁月里将源源不绝地进入我们的生活。看着情绪来来去去，我逐渐对如何与情绪和谐共处有了更深的认识。

我开始对自己取得的点滴进步心怀感恩。由此，教堂便成了我养病期间首次外出的理想目的地。无论拯救我的是现代医学、个人运气还是神的垂怜，我都应该感到敬畏。我愿跪在神坛前，敬拜一路走来遇见的所有人和事。

我担心自己无法站着做完弥撒，但周围的人都向我保证，届时将有不少和我一样身体虚弱的教徒在场，有些年迈的教徒甚至不得不全程坐着参加弥撒。人们对我说，我坐在他们之中会感到很自在的。这对我而言是一种完美的安慰，只不过我才33岁。

弥撒当天，由于洗澡和穿衣服费了我不少时间和力气，等我和家人抵达教堂时，弥撒已经开始了。我们从旁边的过道上轻手轻脚地缓行，尽量避免吸引其他人的注意。然而，除了背对大家的神父以外，其余人都注意到了我们。在长椅上坐定后，我感受到他人向我投来钦佩的目光，还听到有人在背后小声讨论着我的出现。过去几个月来，神父在每次的弥撒祷告中都会念到我的名字，今天在场的许多人也一直在为我的健康祈祷。

这还是我几个月来第一次与这么多人接触。我感到局促不安，有太多信息等着我消化。为了缓解焦虑，我开始专心欣赏起教堂的美。这座教堂的设计初衷是为了给来自许多国家的移民创造家乡般的温馨氛围。它有着壮丽的铜质穹顶、色彩斑斓的壁画和蚀刻着十字架的玻璃窗。教堂里飘着焚香和蜡烛的气味，耳堂一侧安置着一座大型洗礼泉，我们的儿子后来就是在那里受洗的。置身于这座宏伟的建筑中，我感受到了自己的谦卑和渺小。

我一时走神，完全没听见神父的指令，在其他人坐下后，只有我一人继续傻站着。虽然只有片刻，神父还是注意到了。这位神父曾在病房将我唤醒，也曾主持我们孩子的葬礼。此时此刻，他与我四目相对。

"女士们，先生们，今天我们迎来了一位非常特别的客人。"他开始即兴发挥，声音大得所有人都能听见，羞得我恨不得找个地缝儿钻进去。

"今天的这位客人曾在水上行走。"神父话音刚落，几百双眼睛齐刷刷地看向我。

从小在天主教学校接受教育的兰迪坐在我身旁。我扭头看他，小声道："现在问你这个问题或许不太合适，但我真的对《圣经》不熟。他刚才说我'曾在水上行走'是什么意思？"

"他在夸你呢。"兰迪在我耳边小声嘀咕，"你只要保持微笑就行了。"

"你不会也不知道吧？"我笑道，向他打趣。

"……像耶稣一样。"神父肃穆地补充了一句。

天啊，他竟然说我像耶稣一样！这种比喻可不太好，未免也太抬举我了吧？我过去产生过的一切刻薄的想法、做过的一切不光彩的事纷纷在眼前闪过。

"耶稣能够在水上行走。"兰迪告诉我。

"我真的怀疑这是你现编的。"我笑道。

"耶稣在水上行走是个奇迹，所以神父说你是个奇迹。"

"这倒是事实，让我的压力瞬间没了。"

教堂里的人们全部起身，为我喝彩。我微笑着，露出谦虚而感恩的表情。

弥撒结束后，几个亲朋好友走了过来，祝贺我大病初愈。这一年，据说有不少年轻的教众病重，因此我们的教堂不得不承担起为他们祈祷的重任。随着我渐渐好转，我也和兰迪一起加入为其他病重教友祈祷的队伍中来。当时，我表弟的妻子和我一样，也在生产后不幸感染，病毒甚至已经危及她的心脏。

虽然她在次年四月不幸输给了病魔，但在当时，她还有好转的可能。除了与她的家人朋友们谈论她的抗感染治疗进展和其他教友的化疗方案以外，我还开始感觉到：对他们而言，我不仅仅是我，还象征了"活下来"这个事实。我的康复点燃了他们心中的希望之火，胜利仿佛就在前方。

我对这种源于宗教的希望的态度说来有点儿复杂。尽管我无法穷尽那些让我活下来的因素，但在我个人心目中，科学、医疗护理和医生的手术技能才是最重要的三项。至于宗教或上帝的因素在其中占据多少分量，我说不上来。我一直对所谓的"奇迹"抱持着愤世嫉俗般的怀疑。身为一名科学从业者，我认为凡事均可从理性的角度解释。对正好在人生中某些时间点发生的转折性事件，我比较喜欢将其归结为"运气"。但我此时成了祈祷神迹的代言人，这让我很难接受。

我其实不总是这样想。尤其当自己的亲人罹患重病时，我也难以抵抗"希望出现神迹"的想法。正是基于这种想法，患者及其家属才会愿意接受某些偏门或激进的治疗方案，哪怕患者只能在病痛中苟延残喘一段日子。当医生和患者需要做出决定时，医生希望患者能够接受现实，而"相信神迹出现"的想法通常会被认为是盲目乐观的表现。一旦患者怀抱这样的期待，医生就会担心患者在逃避现实，甚至担心患者其实打从心底对医疗的局限性感到失望。

如果有患者及其家属说"我们祈祷奇迹能够出现"，做医生的就会感到手足无措，不知该如何继续，因为理智告诉我们已经没有继续讨论的必要了。如果向超自然力量求助有用的话，那还要逻辑、科学或事实干什么呢？

我们会想，要是患者及其家属能够理解目前病情已经发展到无可挽回的地步，他们就会自然而然地做好心理准备，并开始料理后事。于是，我们不假思索、一而再再而三地告诉他们"事已至此"，以为我们"让他们想通"后，他们就能接受至亲即将离世这个事实。

坐在教堂里，我的想法却发生了改观。我真真切切地听见一群人为奇迹的出现而祈祷。他们不是不知道自己的配偶病得有多重，反而正是因为知道，才选择依赖祈祷的力量。原来，希望并非像我之前坚信的那样不切实际。它非但不是一种盲目乐观的情绪，反而是一种心灵上的指引，是人们直面消极现实的一种方法。希望是一个终点，它意味着人们已经努力过了，他们敢于直视悲惨的现状。正如人们会在至亲的床头放上镌刻着圣人头像的木雕一样，希望意味着人们已经接受了现实生活中的种种无奈。通过向神明寻求希望，他们获得了复原力，对未来会有更好的期盼，以及继续向前的理由。

以前的我为什么总是吝于给别人希望呢？

既然承认未来是不确定的，那么希望会不会正是帮助我们直面现实、计划未来的有力武器？

我走出自己的思绪，加入了兰迪和他一位童年玩伴的对话。此时，这位朋友的丈夫正在和白血病做斗争。我静静地听她描述着上一轮治疗给她丈夫带来的折磨，还听她诉说了对下一轮治疗的期望。最后，我听到自己对她说："我衷心希望你的爱人能早日康复。"

"谢谢。"

"我知道这很残忍，但不知你们有没有想过，万一他挺不过这关怎么办？"

"我们已经开始考虑，做完下一轮治疗后，就让他接受临终关怀。但只要看看孩子和家里的一切，我还是难以放弃希望。不过，我知道他病得很重，那些治疗对他来说太难以承受了。"

"你们能一起谈论死亡这个话题，真的很勇敢。"我发自内心地流露出一股钦佩之情，"人们忌讳谈论死亡，哪怕死亡近在咫尺。"

丈夫瞥了我一眼，仿佛在警告我"如果你继续这种丧气的话题，我以后就不带你出来了"。他不加掩饰地皱了皱眉，歪了一下头，暗示我这番话可能伤了他朋友的心。我耸了耸肩。

开车回家的路上，我问丈夫："你觉得我能活下来是个奇迹吗？"

"我觉得是。你就是我的奇迹。"他的语气无比真诚。

"要是我真的死了，你可以跟她结婚。我觉得我很有可能死。"话音刚落，我才意识到，原来我一直认为自己会死。

"你疯了吗？"丈夫扭头看了我一眼，"我真希望这只是你面对不确定的未来的一种别扭的方式。但我以后和谁结婚，你都不需要操心了。"

"如果我死了，你会再婚的。"我笃定地说。

"不会的。"他表示反对。

"你肯定会！"我争辩道。

"我就不明白了，这个问题有什么好讨论的？你好不容易才捡回一条命，现在为什么急着和我讨论死的事呢？"他快要被气哭了。

"要是还能再活上一两年，那可真是谢天谢地了。"

"怎么能这么说话呢？你可不止会活上一两年！"

我做了个深呼吸，坦率地说："不知道，我就是觉得自己还会死。"

"那就别想了。"他命令道。

"我可能做不到。这种感觉很真实，不好意思。"

我能察觉到，下一场灾难就潜伏在我体内的某个角落。静坐独处时，要面对这整副躯体的我，能隐约感知到那些隐晦的信号和灾难爆发的临界点。虽然我还不知道是否该相信自己的直觉并采取行动，但我至少能够开始察觉到它的存在，并渐渐臣服于它的力量。

就像夏天的一场雷阵雨一样，我的头发突然在一夜之间掉光了。事发当时，我想扎个马尾。可每捋一下，手中就会多出一绺从头皮上脱落的头发。我盯着镜中的自己，一时不知该如何解释这个新现象。或许是因为机体需要将能量从维持头发生长转移到其他更重要的机能上去？毕竟，诸如肝细胞再生和术后康复之类的过程确实需要消耗大量能量。如果是这样的话，莫非我摄入的卡路里还不足以支撑所有这些重要机能，因此更别提维持头发生长了？我有点慌了，但还是强迫自己尽量保持镇静。后来我才知道，这一突如其来的掉发现象其实并不正常。有时，身体遭受重大创伤后，头发毛囊会突然进入冬眠状

第五章　当科学已然束手无策

态。虽然毛囊终将苏醒，但从目前来看，我病得其实比想象中还要重。

相较维持器官正常功能而言，维持头发生长在机体的各项重要功能中排在末尾。尽管我更加关心自己的肾、肺功能是否正常，但出现严重掉发后，我还是忍不住给几个挚友打电话哭诉，拜托他们帮我物色一家假发店。后来，我的确戴上了假发，却发现这并非长久之计。最后，我逐渐接受了现实，懒得再关心自己有没有头发。我将仅剩的几缕头发剪得很短，再戴上一条宽宽的发带，以免新长出来的头发挡住视线。看着我这副滑稽的样子，许多人对我深表同情，但他们的同情在我看来的确是小题大做。每当别人用"小可怜，你看你头发都掉光了"之类的话向我表示怜悯时，我总会显得不耐烦。

"不过是头发而已，真不明白这有什么可大惊小怪的。头发又没什么用，我没有头发也能活下去。"我总是如此回复。

一旦疾病症状变得外显时，它们就有了一种煽动性。看见我严重脱发的样子，人们就觉得有义务关心我的健康问题，哪怕他们对我具体有什么问题一概不知。所有人看上去都心事重重，并发自内心地为我丑陋的样子感到担忧。他们兴师动众地给我送来内服外用的补品，甚至有些远房亲戚还带来了教堂做弥撒用的圣水，让我就着生物素胶囊吞服。他们还将一件件酷似圣餐的复合维生素套装塞进我手心里，说："吃下它，它能救你的命。"

后来，我的小肠开始经由腹腔的孔道脱离原先的位置，在腹部表面顶起一个个拳头大小的凸起，看上去活像一个奇形怪状的外星婴儿。直到这一刻为止,我才为了面子去见了我的手术医生:G医生。

"这是疝气,而且我其实能摸到不止一处裂孔。"他叹了口气,继续道,"如果你觉得无所谓的话,我们可以不进行干涉。腹腔内的空间比较大,你的肠子应该不会永远卡在裂孔里。"

"我现在成了一个十足的怪胎,恶心死了。必须做点什么。"我抗议道。

G医生对此见怪不怪。鉴于我病情严重,再加上我已经很久没有摄入足够的营养,他知道我的组织已经很虚弱。"你知道吗?我们都觉得你挺不过那天晚上的手术。当时他们为你缝针时我也在场,但你不知道的是,他们以为为你缝针只是便于日后进行尸检,于是只简单地做了锁缝。"G医生解释道,这种缝合方式虽然省时,但根本就没打算让机体康复。

听到这里,我瑟缩了一下。我自己就在手术室里作为医生经历过这些,也曾目睹宣布放弃治疗的无声转折。我知道,锁缝是一种省时的缝合方式,尤其适用于急需将病人从手术室转送至ICU以稳定生命体征的情形。此时,时间不允许医生们细心地缝合创面,取而代之的就只能是快速而连续的缝合方式。组织被大致放回原位,医生们只是为缝合而缝合,来不及细想是否会缝得太紧,阻碍血液流通。他们看到的也许是尸体,是圣母玛利亚降临的神迹,是葬礼,但绝不会是病人的未来。你永远无法想象和他们面对面坐在诊室里,听他们抱怨你那丑陋但无害的疝气的情景。多花点儿时间缝合那一层薄而坚韧的筋膜,以免器官移位这从来不是他们考虑的重点。

第五章 当科学已然束手无策 | 113

"我只是建议等你自行恢复。看看在不加干预的情况下是否会恶化,到时候再着手修复也不迟。我比较倾向于只做一次手术。"G医生微笑着说。

这下我彻底明白了。同我预感的一样,G医生也认为我身体的分崩离析尚未结束。等到它真的垮掉后,他才会帮我重新拼起来。

一年后,G医生在自己家里打电话给我:"我刚看了一下你住院期间重做的那份CT扫描报告,发现你的肝部有两大块阴影。之前因为血肿压迫的缘故,我们没能发现它们。其中一块阴影应该就是之前引发你大出血的病灶,现在已经缩小了。不过,还有一块阴影仍然存在。你现在得赶紧到市区的医院里来。"

但他不知道的是,此时我已经回医院上班了。

第六章　信任、关爱与同理心

等医生同意我重返工作岗位时，已经到了秋天。虽然我口口声声表示自己"能回去上班"，但平心而论，我对自身状况的估计实在无法令我的主治医生信服。坦白说，我纯粹是受够了自我诊断的日子，每天着了魔似的追踪化验指标和用药方案。最后，我声称如果不回医院上班的话，我可能会疯掉，于是说服了主治医生。返工时，我还不能开车，只能轮流搭几个朋友的车上班。可惜我这些朋友也不太擅长避开市区路面上的那些坑，因此可想而知，一路上我都得忍受颠簸带来的疼痛。回医院上班的第一天，同事们没分给我什么实际的活儿，倒也在情理之中。一天下来，我经常只是参加了一场会议，或旁听了一次演说。就这样，直到两个月后，我才逐渐恢复了进ICU工作的体力和心理承受力。

事实上，最初发病前，我刚好在医院的ICU结束了为期三年的住院医生培训。我在此过程中积攒了大量假期，傻傻地指望在休产假前用这些假期准备即将到来的执业医师资格考试。可谁知变故突如其来，从春天入院到秋天回来的几个月间，我的计划被彻底打乱了。好在等我回到工作中时，我的职业身份已经进阶为一名主治医生。那一天，我头一回感到自己肩负着对病人生命负责的责任。我站在ICU的自动门外，正了正身子，忽然意识到自己的职业使命感在这一刻达到了前所未有的高度。

这场大病对我实现职业抱负的这第二次机会产生了影响。我时常想，自己花了这么长时间为当上主治医生做准备，到头来却差点与梦想失之交臂。为了完成医师培训，我以追寻医学知识为由疏远周围的人，放弃享乐，并错过了许多家庭聚会。然而，一场突如其来的大病几乎使我的职业生涯戛然而止。我忽然领悟到，自己一直奉为圭臬的正式医学教育其实并不像我想象得那样完整，因为真正的教育从我病了的那一刻才拉开帷幕，并将在未来几年内继续下去。站在ICU外，我暗自希望自己获得力量与清晰的头脑，作为医生和患者的双重经历合二为一，这样才不至于辜负我经历的一切。

自动门向两边打开，我走进此前一直工作的ICU，看见组里的同事正像往常一样做晨间交接。我走到他们面前，站在第一间ICU的门外，向其中一些新面孔做自我介绍。也许是错觉，我总觉得这些新人在有意避开我的视线，或只愿意和我做短暂的眼神交流。我试图让他们放松下来，但他们仍然表现得局促不安，要么盯着手中的文件，要么低头看鞋。于是，我在心里责备自己，一定是我这位新上任的主治医师太过敏感。我知道自己看上去健康得体，毕竟我在上班前花了大量时间思考该穿什么衣服。最后，由于还没做好穿白大褂的心理准备，我选了一件七分袖的海军蓝外套，下身搭配一条炭黑色的长裤和一双平底鞋。我在同事们面前站的时间越久，就越确定自己并没有产生错觉：他们的行为的确反常。我想了好几种可能的原因：或许他们听说我大病初愈，不知道是否该表示知道这件事；或许他们认为，经过这场大病，我已将专业知识忘得所剩无几，以后也不大可能继续当一名合格的临床医生；又或许他们只是单纯担心我的身体还吃不消忙碌的工作。最后，我觉得原因很可能是第一种，即他们不知道是否该提我得病的事。于是，他们的行为别扭起来，并让我察觉到了。

我做完自我介绍后，一名住院医生开始向我汇报第一位患者的情况："C521 病房的女性患者，34 岁，产后七天，从外院转来，经初步诊断，除肝衰竭外，还伴有 HELLP 症状。"他停顿了一下，大声地咽了咽口水，然后将视线从纸上移开，快速地瞥了我一眼，试图从我的表情上看出是否该继续。我不知道他看见了怎样的表情，只知道自己呆住了。在他们眼里，此刻的我看起来是否手足无措？是否呆若木鸡？我感到难以置信的是，如此小概率的事件竟然真的发生在我回来上班的第一天：我即将接手的第一名患者，简直就是 6 个月前的我的翻版。

我一边听这位住院医生继续描述患者的肝衰竭、肾衰竭及继发性凝血的情况，一边从病房的窗户里向内探视。她皮肤发黄，因为此前在其他医院接受抢救而全身浮肿，细软的棕发在头顶绑成一个松松的发髻，鼻腔里插着一根管子，与墙上的呼吸机相连。呼吸机持续向她供氧，她却好像对送来的氧气有所抗拒。她的母亲陪在床边，一手为她整理蓝色病号服的衣领，一手抚摸着她那肿胀、淤青的手。

我扭过头，重新注视着这位住院医生。他汇报完一系列化

第六章　信任、关爱与同理心

验值，接着是几项造影结果，最后还有他个人的看法和建议采用的治疗方案。我认为他的汇报结构完整，但就是好像缺了什么说不清道不明的东西。

于是，我开始向他提问，试图挖掘那"说不清道不明"的东西究竟是什么："她的情况是产后多久才开始恶化的？"

"就在产后当天下午，她的心理状态开始变得不稳定。但我之前提过，从化验结果上看，她的情况其实早在分娩之前就已经开始恶化了。"住院医生认真答道。

这位患者和新生儿在一起的时间还不到一天，身体状况就急转直下，现在更是在死亡的边缘挣扎。她的母亲时刻守在病床边，父亲和丈夫在外面的候诊室里焦急等待。这时我才意识到，原来那位住院医生并没有在报告中体现出这位患者所经历的一连串特殊事件，以及这些事件共同对患者造成的可怕影响。而导致这种现象的深层次原因，是他没有将这位患者视为一个人。在他眼中，她只是一个病例。

我注视着眼前的医疗组成员，其中包括五名住院医生、一名医学生和一位在重症监护病房工作的专科住院医生。正如大多数接受培训的医生一样，他们从各个地方远道而来，汇聚在这所医院里，为的是像培训手册和医院网站宣传的那样"接触到许多有趣的病例"。我们的医院坐落于市内，在细分专科提供前沿的医疗服务，接收的许多都是重症患者。每位受训医生都渴望在真正开始临床执业前沉浸在由各类病例组成的知识海洋中。

我又看了看那位患者，接着视线落在医疗组成员身上。

"她给孩子取了什么名字?"我问他们。

他们集体盯着我,一脸茫然。

"这是我们应该知道的吧?"我直接说。此时,整个医疗组显得局促不安,不知我为什么提这件事。其实,我只是希望他们将这位患者视为他们叫得出名字的一个孩子的母亲。

"孩子叫夏洛特。"那位住院医生的护士搭档说。

"谢谢你。"我说。

接着,我转向那位住院医生:"那么,对于这样一位刚刚分娩完且转氨酶升高的患者,我们认为她可能患有哪些疾病?"

他援引过去几年学习生涯中积累的知识,机械地回答了这个问题。

我决心继续追问这位住院医生。我质问他,鉴于这位患者存在严重的肝衰竭问题,我们是否该将思路再打开一点?对于他建议给患者使用的抗生素,我提出了不同的意见。还有他对患者化验数据的解读,我也提出了若干疑点。即使明知难于登天,我也决心要给这位患者提供最完美的医疗服务。面对我的步步紧逼,整个医疗组的成员联合起来,共同招架我连珠炮似的发问。他们应该想象过我会如何对待这样的巧合,而此时,他们好像已经抛开这种预设,明白了尽管经历相近,我却没有受情绪影响。我的亲身经历对这位患者的诊断与治疗的确具有宝贵的借鉴意义。

基于这番讨论,我们最后拟定了一份科学合理的治疗方案。我敲了敲门,其他医疗组成员跟着我走进病房。

"你好,我是奥迪什医生,这次由我来负责你女儿在 ICU 的

第六章 信任、关爱与同理心 119

主治工作。"我率先开口道。

"奥迪什医生你好，很高兴见到你。我听一位在这家医院工作的医生朋友说，你也经历过和我女儿类似的情况，现在已经康复了！你可能不知道，我听说这件事后真是又惊又喜。"她说话时难掩激动之情。

倒是她的这番话让我吃了一惊，因为我没想到她已经听说了这件事。我一直在斟酌是否要和她分享自己的类似经历，这倒并非因为我有意保密，只是我担心这么做可能会使他们全家人对患者的康复产生一种不切实际的期待。于是，我在提供个人建议和激励对方时不得不十分小心，尽量避免自己越界。我要首先更深入地了解这个家庭、他们对建议的接受程度和心理承受力，再决定该在多大程度上与他们分享自己的个人经历。然而，还没等我进行到这一步，我原先设想的边界就被几个大浪拍得无影无踪。看来，事情已经由不得我了。

"算了，走一步算一步吧。"我心想。没什么大不了的。我觉得自己仍能掌控局势，只是需要合理地降低他们的预期，并尽量将个人相关经历运用到这位患者的实际治疗过程中，为他们点燃一盏希望之灯。

接着，这位患者的母亲直视我的双眼，真诚地问了一个问题："那么你的孩子现在多大了？"

我听见背后有同事倒抽了一口凉气，这才想起当初自己也曾像现在这样，被一群住院医生、护士、药剂师和呼吸科专家环绕着。瞬间，我感到眼底涌起一股热流。如果有同事背着我和这家人分享了我的事迹，那至少也该把故事的来龙去脉说全吧！我的脸因为尴尬和气愤变红了。

"其实……我的孩子没保住。"我强忍住情绪，暗自庆幸自己此刻背对着整个医疗组的同事。

"啊，真是太不好意思了。我不是故意的。"她说。

"没关系，你不必为此道歉，你当然不会知道这件事。"我因为造成她的尴尬而感到更加抱歉。随后，我深吸一口气，一边吐气一边继续说："不管怎样，我们还是把注意力拉回你女儿身上来吧，她才是目前我们最该关注的人。我向你保证，我们将竭尽所能，为她提供最好的医疗护理服务。"

这番宣言让整个医疗组活跃了起来，两名成员已然走到病床边，开始为患者做检查。其中一人撑开患者眼睑，用手电筒照射她的瞳孔，观察患者是否存在脑水肿的蛛丝马迹。另一人拉开患者病号服，检查其体表是否有红疹，并用大拇指按压其皮肤，判断其组织是否水肿。看着此情此景，我继续和患者母亲交谈，内心却思潮涌动。我试图说服自己，这两位医生的行为实属合理，可心里总觉得异常别扭，却又说不清究竟是哪里出了问题。我总觉得他们的行为内容和方式其实是一种侵犯，侵犯的是患者的身体和个人空间。虽然是出于好心，但他们在检查前并未征得患者同意。也就是说，我们虽然遵循着习以为常的临床程序，实际上却在蚕食着患者的人格尊严。

一个半小时后，我们终于离开了这间病房。就在我们准备着手讨论下一位患者的病情时，我突然发现我接下来还要打起精神、积聚力量来面对 14 位危重患者的病情。

等到上午的查房工作结束时，筋疲力尽一词已不足以形容我的疲惫。我感觉肝区坠痛且有搏动感，呼吸短浅，腹腔因为不停说话而持续疼痛。我太操心自己的患者，无论是开车回家、洗澡还是睡觉，都止不住地想着他们的家人。那两位住院医生对患者看似微不足道的冒犯在我脑海中挥之不去，令我反思究竟是哪里出了问题。

我想到当天上午探视的第四位患者。这名年轻男性患者吸食海洛因成瘾，显然是因为吸毒时使用了未经消毒的注射针管而患上了感染性心内膜炎。据负责呈报病情的住院医生描述，患者指甲和趾甲床下出现暗红色线状出血，指尖可触及小小的奥斯勒结节凸起。这名住院医生几乎是在一种狂喜的状态下完成了汇报。经过持续数年的文献研读和道听途说，他终于亲眼见到了一则如此罕见的病例，其激动之情溢于言表。

医学院的学生并不研究人，而是醉心研究疾病症状。我们死记硬背知识点，以期一旦在患者身上观察到这些症状便能立刻认出它们。铭记疾病症状的作用被过分夸大，并逐渐成了医学生的终极任务和目标。我们就像户外探险家一样，咬牙忍受着追寻目标过程中受到的折磨，有时一忍就是好几年。此刻，看着自己管理的这支医疗团队，我仿佛看见他们每个人的脑子里铭刻着一个又一个疾病症状和一份又一份化验结果。他们生搬硬套自己好不容易累积起来的理论知识，试图给患者安上最可能的疾病特征，却忽略了患者身为一个人的本质需求。理论知识成了他们看世界的滤镜，患者只是一个个疾病名称暂为缺省的物体。

回想过去，包括我在内的医生前辈们同样一次次地将患者视为标本。我的几位导师都会将听诊器贴在患者胸口,确定心杂音的方位后,一脸严肃地一手摘下听诊器的接耳端,一手继续将听诊头贴着患者胸口,招呼我们赶紧轮流来听这位患者的心杂音。为患者做肺听诊时,导师们会借机让我们学着区分不同病理状态下的肺音。例如,哮喘患者的肺部会发出规整的啰音,而肺纤维化患者的肺部则会发出特殊的爆裂音,听上去就像是尼龙粘贴条被撕开的声音。此外,我们还会用肉眼仔细观察患者皮肤表面是否出现红疹或色素改变,并像寻宝一样触摸、按压患者的腹部和关节。如今,面对眼前这群初出茅庐、活力四射的年轻医生,我作为他们的导师,需要给予他们正确的引导,避免他们着了魔般企图在患者身上有所发现。想到这里,那位年轻的产科医生请我帮他在超声仪屏幕上描摹胎儿轮廓的场景突然进入我的脑海。我感觉如梦初醒:在前辈与同事日复一日的不当示范下,难怪当时他会以那样的方式处理问题!

我越发庆幸自己此前那场大病生得正是时候。我一直以为自己的医学培训终将迎来一个明确的截止日期,现在却发现前方的道路依旧漫长。在过去这么多年临床工作中,我没能完全做到痛患者之所痛,更是忽略了对患者疾病和身份的认知。我一心追逐医学和疾病的相关信息,却没能留出足够的共情空间。

每当我来查房时,我手下的那些住院医生肯定在心里默想,"这个人的怪癖又犯了"。他们向我投来奇异的眼光,看着我俯身在某个昏迷不醒的病人耳边说:"你得了肺炎,不过我们给你注射的生长素正在起效,你会好起来的。"

"我相信他能听见我们说话,"我向住院医生们解释道,"换作你是病人，你难道不希望有人告诉你目前情况如何吗？"

他们耸耸肩，表示无法想象。

还有一位神志更加清醒的患者，却在沟通方面面临着更严峻的挑战。一方面，她因为连着呼吸机而无法说话，另一方面，关节炎使她的手指严重变形，她甚至连一句话也无法写出。我在她的包中摸到她的手机。这是一款功能简单的翻盖手机，充好了电，但是没有加密。我直接把自己的手机号码输进她的通讯录，然后告诉她："有什么问题，可以尽管问我们。"

她顿时泪流满面，并开始用大拇指在手机上打字。大拇指是她唯一没有关节挛缩的手指。

"能麻烦你给我儿子打个电话吗？"她用手机问我，"我这是怎么了？"

我们向她解释了目前的情况。她静静听着，不时在手机上打下问题。我们的这番对话，在旁人看来与正常的对话并没有什么差别。最后，我们给她儿子打了个电话。

"真是太神奇了！"走出病房后，我手下的几名住院医生叫道。我告诉他们，这只是人性的问题，根本没什么神奇的。

哪怕经过我的再三督促，组里的医生偶尔也会故态复萌。最让我生气的莫过于他们会当着患者的面，旁若无人地议论着这名患者的情况。

我曾旁观一位高级住院医生指导一位住院医生为某位重度昏迷的孕妇进行静脉注射，对教学水平进行评估。在这位高级住院医生手把手的教学下，后者成功地掌握了输液方法和步骤。然而，当他们渐渐放松下来，有意识的专注被肌肉记忆代替时，他们竟然开始当着患者的面讨论起患者的病情来。

"她死了以后谁来带孩子,你知道吗?"那名住院医生的语气是如此漫不经心,仿佛他根本不在乎答案。

"滚出去!"我怒斥道。他俩顿时僵在原地,盯着我,试图从我的表情中判断出我是认真的还是在开玩笑。

"停下你手中的活儿,给我滚出去。"我命令那位住院医生,"你的前辈会接替你完成剩下的工作。"

他俩一时手足无措。

"现在就滚!"我说。

那名住院医生摘下口罩,脸上不见一丝悔意,有的只是在同事面前被训斥的难堪。我猜,此刻他的内心独白不是"拜托,至于吗",就是"好吧,看来她真的疯了"。

就在几小时前,我们还一起讨论过这名患者的脑CT扫描结果。她有严重的脑水肿,存活的可能性不大,更别提记住周围人的对话了。但对我来说没有区别。我们在患者耳力可及之处口无遮拦的坏毛病,我有义务制止。

尽管我组里的成员越来越注意自己在患者面前的行为举止,但部分人偶尔还是会有所松懈,尤其在患者不直接参与对话时。例如,比起与患者直接开展的交谈,讨论患者情况的对话更容易出问题。此时,患者通常要么无法正常说话,要么在疾病或药物的作用下丧失了正常的心智能力。真正激怒我的是我的医生同事们在这些对话中展现出的傲慢,而这种傲慢在患者的无助下显得更加突出。我们自以为患者听不见对话,或对他们的想法毫不在意,并因此说得肆无忌惮。但在我看来,那位住院

第六章 信任、关爱与同理心 | 125

医生的无心之过，恰好反映出他没有考虑过自己的话可能对患者的情绪造成怎样的影响，更没有考虑到情绪波动与患者的康复速度与程度息息相关。

后来，我私下将那位住院医生拉到一旁，平心静气地向他解释，他那句无心的话可能对患者造成怎样的影响，并提醒他说话前必须三思，否则出口的话可能正是让患者对医生失去信任的致命一击。多数时候，我们之所以如此大意，是因为我们想当然地以为患者听不懂或听不进我们说的话。然而，身为医生，我们应当时刻保持警醒，注意我们直接或间接向患者传达的信息。

可悲的是，在我病重时，没有医生这样谨慎地对待过我。我不知道自己怎么会因为那位住院医生的一句话而勃然大怒，只知道当我在死亡线上挣扎时，听见的最后一句话竟然是"她快不行了"。说话的医生从未想过，这可能是我生前听到的最后一句话。就这样，我把自己的想法告诉了被我拉到一旁的住院医生，我想他应该听进去了。

在大病初愈的头一年里，我离患者的身份其实一直没有多远。状态最好的时候，我会回医院工作一两个月，但紧接着身体状态就会急转直下，某个器官的功能再度出现问题，迫使我不得不重新接受治疗。我体会到，知道前方有一台手术在等待时，那种感觉格外可怕。尽管紧急手术也有其可怕之处，但起码不会像预先安排好的手术那样，让病人一直为某些概率性事件担忧。比如，我知道自己过段时间需要做手术时，就总是沉迷于有关死亡的想象不可自拔，并提醒自己："再过两天，我就有5%的概率死在手术床上，还有30%的可能患上手术后遗症。"

因此，正是在迎来第一次预约手术的过程中，我表现出了一种想要掌握主动权的行为模式。我简单地将这种行为模式称为"病人的控制欲"。接受抢救手术的那晚，我的腹部被草草缝合起来，却不料引发了小肠疝气。小肠从腹壁肌肉筋膜的薄弱处被挤了出来，我得使出揉面的力气才能将它们塞回去。为了解决这个问题，我主动要求手术医生将一张人工网膜盖在我的肠道表面，好让它们在膜内规规矩矩地待着。既然手术是我主动要求的，那就意味着我有时间提前做功课。就像以前那些带着打印出来的谷歌搜索页前来找我的患者一样，这次我也认真研究了各种各样用于修复腹壁缺损的人工网膜。我找到了几种主流的人工网膜产品，分别比较了它们的感染率和手术并发症发生率。每次在深夜里不小心点击某个相关链接后，我都忍不住给主刀医生发邮件，主题永远是"再向你请教一个小问题"。我总觉得下一个链接说不定就有我苦苦寻觅的答案，因此一直停不下来。

G医生对我的问题轰炸总是无限包容。毕竟，我是他的同事，他可能觉得我研究到如此细致的地步也很合理。又或者他陪我一路走来，对我从发病到康复的经历了如指掌，因而发自内心地理解我对目前身体功能障碍的执着。还有一种可能是，他认为我这是在弥补自己病发当晚没能参与治疗的遗憾，只是有些过火。事实上，这正是我在一封深夜邮件中向他提供的解释。至于他是否相信，我不得而知。

但说实话，就连我自己也搞不清为什么自己会有如此强烈的控制欲。我没有意识到，在背后驱使我不厌其烦地研究那些人工网膜产品的，其实是一种情绪。我从不承认自己很焦虑，而且当别人问起时，我甚至会捏造一种完全不相干的理由来搪塞对方。我坚信，仔细到偏执的研究是在保障自己的利益，是为了武装自己的头脑，也是让自己能够在治疗中扮演主动角色的方式。回头看，我发现当时的自己完全陷入了恐惧之中，在不知如何克服恐惧的情况下，我以为自己只有一种选择：用大堆大堆的客观数据来压制这种恐惧感。然而，由于情绪无法识别数据，因此数据并不能压制情绪。没想到，我犯了与其他医生面对患者时相同的错误：我没能辨识和处理我自己的情绪。

我最担心发生的一种手术后遗症叫肠外瘘。一旦发生肠外瘘，我的一段小肠便与腹壁形成联结，导致肠道内容物外漏。届时，患者需要外置一个袋子，以承接外漏的肠道内容物。我查了一下，对于我这种情况的患者，疝修补手术引发肠外瘘的概率大约在5%~10%，而手术路径、不同的人工网膜及其他一系列因素均可使概率发生波动。为了用尽一切方法降低风险，我不停询问主刀的G医生。

"你决定用哪种人工网膜了吗？我查了一下，合成膜好像比生物修复膜更具优势。但我听你提过，你更倾向于选用生物修复膜，不知是出于什么考虑？"

G医生耐心地回答了我的问题。紧接着，我们的话题渐渐转到各类人工网膜的张力、感染风险及有关专家在美国疝学会上发表的最新意见上来。G医生的每个回答都经过深思熟虑，并十分诚恳，堪称完美。然而，我的恐惧感依旧没有消失。

包括我在内的医生们经常忽略情绪。如果你不面对它，你就不可能去处理它。每当患者向我们提问，身为医生的我们以为患者要的只是数据、事实和解释，于是我们按照培训时学习的那样，尽责地将这些内容提供给他们。后来，我们又听见患者提出一个没有本质差别的问题时，只会反思自己之前可能没解释清楚，毕竟医学知识很难用深入浅出的语言解释，又或者我们无意中使用了一些难懂的术语。于是，我们再次回答患者的提问。从踏入医学院校大门的第一天起，我们就一直在接受这种训练：学习回答患者的提问，如果下次被问到同样的问题，那就再回答一次。我们将回答患者问题的关键归结于自己对知识点是否记得够牢，并自以为向患者提供正确的回答就是成功的标志。对医生而言，能够在必要时向患者提供精确的信息，是一件令人感到十分满足和自豪的事。

但我真想知道各类人工网膜的张力有多大吗？答案是否定的。难道我其实在某种程度上认为这些信息有利于优化手术决策吗？没错，我的确是这么想的，却知道自己考虑再多的信息也没用。明知主刀医生肯定会详尽考虑手术方案的每个细节，并综合考虑所有我想都想不到的影响因素，我却依旧止不住地害怕。有这样一位医术高明、值得信赖且思虑周全的医生为我保驾护航，我还有什么好担心的呢？这是因为数据无法平息恐惧。

一旦被情绪支配，我们大脑中的理性认知区域就会自动关闭。我们都知道，你不可能和正在气头上的另一半讲道理，也不可能用逻辑安抚正在发脾气的三岁儿童。只有正视并化解情绪，我们才能让大脑摆脱它们的控制。

G医生看着我，好像明白了我全部的问题其实只有一个答案："像肠外瘘这样的手术后遗症的确令人害怕，但我无论如何都不想让它发生在你身上。"

正是这句话帮我正视了自己的情绪：是啊，肠外瘘真的很可怕。我很担心，感觉快要失控了。

理解情绪如何影响大脑决策后，我们便有必要停下来判断自己正处于怎样的情绪中。产生情绪的脑区被称为边缘系统，它能使我们对周遭环境做出快速而精准的判断，帮助我们分辨可疑与可靠的人、事、物，并通过相应的情绪驱使我们做出许多即时行为。但就是这样一块重要的脑区，与我们的沟通甚至不需要经过语言和逻辑，而是靠着一种模块化的快速读取机制即时评估着周围环境内的威胁与友善因素，并对与我们认知不符的情况进行归类。它就是我们的心声，告诉我们："虽然说不清原因，但我就是知道，他是个可以信赖的人。"

我也一样。我内心的声音告诉我：虽然说不清原因，但我就是知道，G医生是个可以信赖的人。

以病人的身份踏入自己每天工作的医院是件奇怪的事。从患者视角来看，医院里的一切都变得和平常不同了。门还是那扇门，但里面吸引我注意的人、事、物已然发生了变化。我开始在意从病房门口路过的医务人员看上去是否开心。一旦某个垃圾桶满了没人倒，我就会浮想联翩，怀疑像保洁服务部之类的部门是否裁员了,并影响整个医院的卫生,最终危及患者的生命安全。每当有护士前来为我输液时,我就会盯着她们的脸看,从中寻找疲惫或心不在焉的蛛丝马迹。如果有好几名患者都在问有关药物过敏的问题,我就会不由得担心医生是否和患者缺少沟通。切换为患者身份后,我对医院的日常工作变得异常挑剔,眼里容不下一点儿差错。虽然我知道自己就职的医院拥有极高的服务水准,但作为一名患者,我总是在挑刺。

事实证明,疝修补手术的复杂系数远远超出所有人的预期。G医生发现,他并非只需要快速修补几个孤立的裂孔,而是不得不替换覆盖在肠道外部的整层结缔组织。最后,手术持续时间是预估时长的2倍,G医生为我换上了面积比原计划大6倍的人工网膜,手术切口的长度也成了原定的3倍。术后,我感觉腹部热辣辣地疼,仿佛有一支燃着烈焰的剑,一连几小时用剑尖剜着我腹部的肉。

麻醉师很快采取行动,在我的静脉注射液中增加了止痛剂的用量。他向我保证,止痛剂很快就会见效,但结果并不像他承诺的那样。医生们问我是否同意让家属到术后观察病房来看我,我恳求他们不要这么做。我只想在一呼一吸间独自扛过这份痛。麻醉师又给我加了一些止痛剂的量,疼痛程度却依然有增无减。后来,我耳边传来母亲的声音:"她的手怎么这么肿?"多亏她眼尖,率先发现了这个问题:我的输液装置不知何时已经停了。原来,在手术过程中的某个时间点上,输液器的动力装置就已失灵。怪不得术后我一直感觉自己像是被活剥了一样疼,因为药液从我的静脉漏出,转而流进表皮下方软绵绵的脂肪组织里。好在麻醉剂靠另一架输液装置输进我体内,才不至于使我在手术过程中保持清醒。

发现问题后,医生们赶紧弄来了一架新的输液装置,终于将止痛剂成功地输进我体内。可由于之前耽误了好些时间,止痛剂足足过了几个小时才开始起效。在此期间,我躺在术后观察病房的病床上,时不时就得按下床头的呼叫按钮。值班的护士很快就用尽了术后计划药量,也没有其他备选方案了。

"你确定疼痛目前处于第 8 级吗?我一个小时前刚给你打了一针吗啡。"护士一脸狐疑,"医生的处方上明确写着每小时注射一针吗啡,不能再加量了。如果你非要加,我得打电话征求医生的同意才行。"

她嘟囔着向座机走去,毫不避讳地向负责值班的医生抱怨我。闻讯赶来的医生们已经抱有偏见,因此颇不耐烦。这群住院医生是被临时安排来帮忙照顾像我这样在医院过夜的术后患者的。等到白天,他们将回去看护自己负责的患者,而我的主治医生及其医疗组成员将回来照顾我。这群住院医生的主要任务是解决夜间的突发问题,以免等到白天再处理而耽误治疗时机。因此,他们对我们这些过夜的患者几乎一无所知,白天交班时填写的夜间情况记录也相当潦草,最多记录一下重要问题而已。通常来说,两个换班的医疗组之间需要讨论的病例,基本上就是那些可能在夜间一命呜呼的危重病人。我的情况显然比那要好得多,因此当护士给这群住院医生打电话时,他们对我几乎没什么深入了解,最多在口袋里带着一张纸,上面打印着我的年龄、病历号、病房号、主刀医生和手术类型。

"你在家时会服用多大剂量的止痛药?"其中一名住院医生刚踏进房门就劈头盖脸地问。他一脸倦容,看上去很暴躁。

"我在家什么药也不吃。"我知道他的潜台词是什么。

"根据你目前这种情况,我推断你在家服用了比普通病人更大剂量的止痛片。你最好说实话,否则我们可帮不了你。"他毫不掩饰话语中对停药的威胁。

我被他这种居高临下的语气激怒了,重申道:"我在家什么药也没吃。"对于我没有做过的事,我真的不知要解释什么。

"那我让麻醉师来,他们能搞定像你这样……对精神类药物耐受的患者。"他抛下这句话便转身离开了,差点儿当着我的面指责我是个瘾君子。

我忍无可忍,泪水像决堤一样奔涌而出。

"别哭,又不是他说了算。他以为自己是谁?"兰迪掏出手机,准备直接打电话给 G 医生。让他生气的不仅是那位住院医生,还有我。他想不通,为什么我刚才不直接告诉那帮人,我自己就是这家医院的医生,如果他们胆敢再这样说,我就找他们的上级投诉。然而,我不想这么做。我知道,即使我说我自己就是医生,也未必能在多大程度上打消他们对我滥用药物的疑虑。我敢肯定,他们已经在我今晚的情况报告里写进了"患者存在药物滥用问题"这一条。或许,他们其实早就知道我是医生了。

为什么每个人都下意识地认为我私下存在药物滥用问题呢?显然,这是一直根植于他们头脑中的偏见。他们将索要更多止痛剂的患者与其他患者自动区分开了。尽管他们不会说出

第六章 信任、关爱与同理心 | 133

这种感觉,甚至可能不会承认自己有这种偏见,但他们的行为的确被偏见所左右。抱有外显偏见的人清楚自己不喜欢什么并坚持身体力行,而抱有内隐偏见的人则会在不知不觉间被偏见摆布。环境中的任何一种要素,如种族、职业,均有可能触发这种内隐偏见,而抱有偏见的人往往不知道自己已经受到了偏见的影响。

就我个人而言,我自身情况中的某些特殊性导致那名住院医生做出了一种主观判断。或许他曾在培训期间被某些目的是追求快感的人以患病为由假意骗取了一些止痛片。药物成瘾是一个日益普遍的问题,每位住院医生都难免碰上。有过这种经验的住院医生比较容易因为患者的一些行为表现而产生联想,有的则直接对某类患者形成了一种偏见。这种基于经验的偏见让他们相信,自己为捍卫这种偏见所做出的一系列行为实属正当。抱有外显偏见的人,为了弥补主观臆想中遭受的损失、羞辱或轻慢,容易对事物矫枉过正。但那群住院医生不同,他们是抱有内隐偏见的人。试想,他们走进病房,看见一个以前是医生的人躺在病床上,既没有眼泪汪汪,又没有明显的焦虑症状,却一直表示自己很痛,那他们无疑会下意识地倾向于少给药。这就是内隐偏见的作用。

等麻醉师来到病房后,我瞬间放松下来。我和这位麻醉师很熟悉,他曾在我手下当过重症监护病房的住院医生。他有一双棕色眼睛,目光柔和,深色的蓬松头发,刘海总是长得挡住视线,因此得用手不停地将刘海向后捋。他走进病房,同情地看着我躺在病床上泪流不止。我知道,他肯定会站在我这边。

他当即向我保证，会尽一切可能帮我止痛，并为我此前受到的不公待遇而道歉。他得知那群住院医生竟然拒绝为我止痛时，不由得露出了愧疚的神情。他问我是否愿意接受脊椎注射止痛剂，这样可以用最快的速度帮我止痛。坦白说，此时的我已经疼得愿意做任何事，哪怕要把我的下半身拆卸下来、埋进洞里也在所不惜。

过了不到30分钟，我从肋骨以下直到脚趾的整段身体就已完全丧失知觉。这时，我终于理解了为什么以前在医学院时，有位学麻醉的同学告诉我，他觉得麻醉师是医院里最好的职业："你在病人痛不欲生的时候出现，然后在几分钟之内就像变魔术一样地驱走了疼痛。病人们对你感恩戴德。无论我走到哪里，人们都欢迎我的到来。这么受欢迎的医生，医院里可没那么多。"

止痛后，我才有了可以活过今晚的信心。

我理解受骗医生的感受。试想，一名医生牺牲了大量宝贵时间用来医治某位患者，而这名患者却夸大或捏造了剧痛，从医生那里骗来了更多的止痛片。一想到自己被倾注了如此多心血的对象利用，医生心里肯定会觉得相当不好受。然而，我也可以毫不夸张地说，作为一名的确被剧痛困扰的患者，医生因为戒备心而放任我忍受疼痛时，我的感觉更糟、更孤独。在这个过程中，医患双方均受到了伤害。但可以肯定的是，只要我们试着去更好地理解对方，我们彼此都将从中受益。

次日，那名住院医生亲自登门道歉，他应该是因为未能及时帮术后病人止痛而受到了上级的严厉批评。他看上去无比懊悔，但实际吐出的道歉之辞却显得有些苍白。我真想让他明白，被他毫无根据地下定论是种怎样的感觉。

"你无权那么做。"我刚开了个头,却没能继续讲下去,只是坐在病床上,无奈地摇着头。我感觉自己应该站起来,直视他的双眼,但当我刚想下床时,注射进脊椎的止痛剂就迫使我不得不尴尬地坐回去。那名住院医生一个箭步冲上来,生怕我不小心摔跤。看着无助的、连站也站不起来的自己,我不再有指责他人的气势。我叹了口气,用更同情而非愤怒的语气说:"如果你信任自己的患者,其实他们在大多数时候是诚实的。他们不是都想从你手里骗东西。"

医生们经常在患者病得最严重时介入他们的生活。不同于社交场合中的见面,医患双方见面时没有任何寒暄与恭维。在医生眼中,换上病号服的患者之间没什么差别。医生无法从衣着或发型推断患者的身份,也无法控制患者所处的环境。患者可能被疼痛折磨,除恐惧外,内心还可能混杂着愤怒、沮丧和失落感。每个患者的背景各不相同,有的人入院后担心家里的生活费没人缴、狗没人喂,有的人已经药物成瘾,有的人犯了严重的错误,有的人容易主观臆断,有的人做不到在痛不欲生时依旧待人友善,有的人从未被他人温柔对待,还有的人受过虐待或被信任的人出卖……但无论患者的背景如何,有一个共同点是货真价实的:他们真的已经尽力了。即使是出言不逊或恐惧不安的患者,也已经尽力了。

他们在尽力信任那些全然陌生、自己只在介绍中听到一声姓名的医生,这些人将守护自己一整晚。他们在尽力相信,医生不会根据他们过去的经历对他们下判断。他们在尽力忍受痛苦，不愿一而再再而三地按下呼叫医生的按钮。他们在尽力相信，自己值得获得医生的同情和真诚。身为医生的我们尽管不可能巨细靡遗地了解每位患者的经历，却应当不带偏见，相信他们会告诉我们真相。当患者向我们讲述自己的经历和诉求时，我们便可以倾听，并成为他们的见证人。他们信赖我们的意愿哪怕再少，我们也要在治疗中全力以赴。

第七章　发现真相

　　每天查房到一半时，我的右侧身体肯定会像灌了铅似的隐隐作痛。等到一天的查房结束时，原先的隐痛必然变得明目张胆起来。一开始，我尽量不去在意它，认为罪魁祸首要么是腹腔内正在逐渐被机体吸收的陈年血肿，要么就是疝修补手术中放置的人工网膜引发的炎症。但我心里清楚，这种痛感与以往有所不同。可一旦我承认它的存在，必将触发一系列我无法控制的事件。只要我说出来了，所有事都会变得一发不可收拾。因此，我一直放任疼痛不管，而且一拖就是三个月。细心的朋友难免会问："你怎么总是扶着自己右边身体？没事吧？"

　　事实上，我的回答是心虚的。我知道自己的身体很可能出了什么大问题，却一直没有做好正视它的心理准备。奇怪的是，包括我在内的每个医生一直接受的教导都是如何忽视自己的身体，并将人体单纯地视为一架机器。首先是学校的人体解剖课，我们的研究对象是尸体，却不关心那些尸体曾经过着怎样的生活，又是因为怎样的原因死亡。接着，我们开始了严重剥夺睡眠的临床实习，经常需要马不停蹄地上36小时的班。手术室的医生们更是置身体于不顾的好手。在一场长达12小时的手术中，他们要自始至终站在手术台边，要学会不吃不喝，学会不感到饥饿和口渴。医生们自身的机体需求被边缘化、忽视甚至弃之不顾。为了尽到工作职责，我们带着一种优越感，默认我们个个都是超人。在我们心里，医生和其他人不一样。

如今我才意识到，原来我竟是带着这样去人格化的职业特质怀上了第一个孩子。为了当一名好医生，我觉得自己应该尽量避免让肚里的孩子影响正常工作。于是，我对某些体征不管不顾。例如，严重水肿暗示孕妇的身体存在异常，我却穿上压缩袜，以便自己能多查几小时的房。我拒绝坐下休息，认为这不仅是一种虚弱的表现，还是一种特殊待遇。因此，当我的右侧身体开始出现坠痛时，我再次陷入了危机，此时的我仍不懂得如何真正与自己的身体和谐共处。

眼见这个问题越发严重，我却仍然想轻描淡写地处理。某天，我从自己的办公室穿过走廊，来到同事的办公室里，问他能否帮我用超声仪看看肝部的情况。这位同事以前曾和我一起接受专科医生培训，是个聪明、和善的人。他在尼日利亚读完医学院后便对超声治疗萌生了兴趣。在像尼日利亚这样的贫穷国家，由于缺少CT仪和核磁共振仪等先进仪器，超声仪自然在临床诊断中占据了重要的地位。我和这位同事是在同一年当上主治医生的，因此我信赖他的专业水平，并知道我们的同事关系不会影响他的判断。以前共同接受培训的时候，我们在值班室和办公室里，主要靠用超声仪互相帮对方拍心肺和血管影像来提高自己的诊断水平。

"当然没问题，我去取仪器。你想在哪儿做？"他只问了这句。

"在这儿就行。"我并不介意躺在另一位朋友办公室的地板上做个彩超。

我移开一把椅子,又搬开一张小桌,空出一小块地,然后静静地躺在表面粗糙的灰地毯上,将衣服拉高到腹部以上。同事将冷冰冰的耦合剂涂在我腹部表面,这种凝胶状物质有助于增强彩超的清晰度。随后,他在我身边跪下,先是将探头放在我的肋骨下方,然后开始将探头在我身上移来移去,以寻找视野最佳的角度。

"应该没什么事吧?"我心存侥幸,总觉得一个朋友在办公室地板上为我随手做的彩超应该没什么信息量。这时我才意识到,自己到现在仍未做好面对任何坏消息的准备。

"嗯……"他沉吟着。

"怎么了?"我突然紧张起来。

他在控制面板上一通摆弄,试着将彩超清晰度调至最佳。最后,他停了下来,将屏幕转向我,说:"看见这个了吗?"

"那个是血肿,我知道……它还在那里。"我赶忙解释道。过去一年来,发病当晚长出的保龄球般大小的血肿已经渐渐缩小至仅有乒乓球大。

"这个我也知道,但你看这第二块阴影是什么?"他指着屏幕问。

屏幕上显示着一个直径约 3 厘米的椭圆形球体。

"你得去做个正式的彩超,"他站起来说,"我来帮你预约。看看楼下放射科能不能现在就给你做。"

我知道他是对的。几小时后，我就躺在了放射科里，一位彩超技师为我检查那块阴影区。但她不停地将探头移来移去，也没弄明白那究竟是什么。最后，她放弃了，转身向放射科医生求助。

"听好了。"放射科医生一开口就是这一句。我一直不喜欢这样的开场白，认为它的潜台词无非是："希望你做好心理准备，因为我将要告诉你的是一个晴天霹雳式的坏消息，但我可不想看到你大惊小怪的样子"。

"彩超报告显示，你体内有一块阴影。"她继续道，看来，他们的确有所发现。

"我们看到，这块阴影有血流供给，但阴影不一定是肿瘤，这一点希望你明白。因此，我们建议你再做个CT或核磁共振之类的造影，以确诊是否为肿瘤。"

我点点头，表示理解。

走出放射科时，我尴尬地意识到是我自己默默地走到了这个地步，而我的主治医生和家人均对此一无所知。因此，我开始一个一个地通知他们。

我先给G医生打了个电话。他看了我的彩超报告，同意我接下来再做一次肝部CT三期增强扫描。他反思了一下，判断可能是此前为我注射造影剂的时机不对，以至于这块阴影一直未被发现。他帮我预约了一次CT扫描。

接下来，我又给兰迪打了个电话。只听他毫无防备地接起电话："嗨，我还在想你一整天怎么都没给我打电话呢。今天肯定忙坏了吧？"

第七章　发现真相　｜　141

他向来讨厌猝不及防的事情。看着这些日子在医院照常上班的我,他有理由相信可以问我一天过得如何,也万万没想到我会给他带来这样一个坏消息。

"其实……我觉得身体有点痛……不对……应该说是痛了有一段时间了。"我说。

"等一下,你说什么痛?我怎么以前从没听你提起过这事?"兰迪开始慌乱起来。

"没什么大不了的。"我假装无所谓,也借用起那位放射科医生的说话技巧来,"不管怎样,你听好了。"我向丈夫解释说,自己让一位医生朋友用超声仪简单看了下肝部,却因此发现异常。于是,我又去做了个正式的彩超,医生们发现了一块异常,并建议我去做个CT扫描。"就这些。"语毕,我暗自希望丈夫不要追问任何问题。

"但他们看见的是什么呢?"他还是问了这个问题。

我纠结起来,冥思苦想究竟哪个词可以替代"阴影"或"肿瘤"。最后,我说:"就是一些组织的集合,就像一个……一个球一样。"

"你是说他们发现了一块阴影吗?"兰迪问。

"可以这么说吧。"我承认道,感到无比沮丧。作为一名刚得知噩耗的病人,我真为自己能够面不改色地转告别人而惊讶。不过我很快反应过来:我可是病人,无须像医生那样充分考虑如何委婉地传达一个坏消息。于是,我说:"我不想多说,只想赶快做完CT扫描。到时候自然会有结果。"

"好。"兰迪的语气缓和下来,"那你要把这个消息告诉你妈吗？"这个问题虽然棘手，却是他必问的，因为他需要知道有哪些人知道这件事，以防自己说漏嘴。但正是这个答案异常简单的问题却让我进退两难，因为它必然会向兰迪透露出有关我身体情况的细节信息。如果我说"别告诉我妈"，便意味着情况严重，这样他会开始担心。但如果我说"告诉我妈吧"，就暗示他有了继续向我追问的余地，以便将事情的真相查个水落石出。从战术上来讲，这个问题的难度连中情局人员也不得不甘拜下风。

"我还没想好。"一番思考后，我如实答道。说实话，我真的还没想好。一切都发生得太突然了。

次日上午，在重症监护病房完成例行查房后，我如约去做CT扫描。我脱下白大褂，摘下别在胸前的铭牌，转而换上了有圆点装饰的蓝色病号服。在我的协助下，技师成功找到了一条比较明显的静脉血管，并为我实施了静脉注射。接下来，我又躺到了那张熟悉的检查台上。

"你的主治医生为你预约的CT扫描需要使用造影剂，因此一会儿当造影剂通过静脉进入你的血液循环后，你将会感到体内涌起一股暖流，甚至可能会有种失禁的感觉。不过别担心，那只是错觉而已。"技师意在让我做好心理准备，"请你躺着不动。当我说屏住呼吸时，请你更要注意别动，否则拍出来的片子就不清晰了。"

我点点头，对这些注意事项早已了然于胸。

我在硬邦邦的金属台上躺好，耳边传来熟悉的机器轰鸣声，

第七章　发现真相　143

身体被金属台推进外形酷似甜甜圈的扫描系统。很快，我便感到体内涌起一股暖流，造影剂顺着血流在我全身循环，使我的膀胱发热并收缩。

"现在请你屏住呼吸，身体保持不动。"技师通过扬声器向我下达指令。

这时，我突然惊奇地发现，自己竟然能在平躺的同时屏住呼吸了。时隔一年，这个真实可见的进步令我嘘唏不已。不一会儿，金属台就开始将我向外推，我恍然感觉自己躺在传送带上，正在被运送到一个不知名的远方去，与墙上挂着的白大褂和医生的身份渐行渐远。我已能清楚地看见前方的路，它漫长、冰冷，经过医院的走廊，通往手术准备区，最后抵达手术室。我坐起身，迫不及待地想逃离医院。

开车回家的路上，我一言不发，既没有收听广播，也没有接打电话。我试着聆听疼痛的声音，努力从中体会它想向我传达的信息。我任由自己浮想联翩，思绪从设想一系列可能发生的最坏情况，跳到我希望的一场虚惊。我思考着那些徘徊不去的可能性。在这35分钟内，我越想越觉得情况不大可能乐观。就算我什么也不去想，"情况不妙"的念头也总是鬼鬼祟祟、反反复复地回到我的脑子里。

到家后，我走出车库，向厨房走去。走着走着，我突然意识到自己情急之下没带走白大褂和铭牌。"太好了，"我想，"不管这东西是什么，它都已经让我变傻了。"这时，我的手机响了，是G医生。

"你在哪儿？"这是他的第一个问题。

"我刚到家。"我不明白他为何不直接进入正题。

"你现在能回医院吗?"他的声音里明显透出一丝急迫。

"我才刚到家,为什么又要跑一趟?"我说,但觉得自己已经有答案了。

"我和器官移植科刚刚研究完你的CT扫描报告。"他说。

器官移植?为什么还有器官移植科的事?我不懂。

有一些时候,你知道你将听到的话会永远改变你的人生。真正的难处在于,你得承认自己的人生已经发生改变,甚至已经改变了好长一段时间,而直到现在你才有机会了解其中的细节。可无论如何,事实就是事实。之前没有亲耳听到,并不表示它不存在。

"你听我说,你的肝区有两块阴影。至少从我们目前的推测来看,它们都是肝腺瘤。"G医生停顿了一下。

此时,我的大脑开始逐层检索起刚才这番话中的关键词。如同拆分俄罗斯套娃一样,先锁定"肿瘤"这个大类,接着是"肝肿瘤"这个子类,然后定格于"年轻女性高发的良性肝肿瘤"上。至此,我开始动用有关"肝腺瘤"的一切知识储备,我想起的确有一种多发于年轻女性人群的罕见肿瘤存在丰富的血液供应。包括雌激素在内的某些激素是诱发这类肿瘤的主要因素,因此妊娠期是这类肿瘤的高发阶段。在此期间,这类肿瘤不仅能长得飞快,有时还会因为过度扩张而破溃。"等等,"我最终说,"原来如此。"

"是的。从CT扫描图上看,其中一个肿瘤的界线不清晰,所以我们推测正是它的破溃导致了你上次腹腔大出血。但除了

第七章 发现真相 145

这个肿瘤以外，还有一个。"G医生又停顿了一下。"这两个肿瘤其实一直都长在那里，只不过由于被血肿挡住了，我们一直没发现它们的存在。然而，随着血肿的体积渐渐变小……"他的声音越来越小，最后轻得让人再也听不见。

我上一次住院经历如同放电影般一帧一帧地在我眼前浮现：剧痛发作、大出血、做化验、被确诊为HELLP综合征……我的大脑试图将刚才听到的"破溃肿瘤"放入其中任何一个可能的时间节点上。莫非早在餐厅第一次感到阵痛时，那个肿瘤就已经开始破溃了？还有肝衰竭，难道说我当时发生的肝衰竭不是导致大出血的原因，反而是大出血引发的？这么说，医生们对我的诊断从头到尾就是错误的？我自己下的诊断也是错误的？

G医生的声音将我从思绪中一把拉回现实。

"你现在得马上来医院一趟。"

"为什么是现在？"我赌气反问。既然这两个肿瘤已经在我体内长了一年，那我们凭什么现在才认为它们急需处置呢？原来造成我一切痛苦的元凶就是它们。在我查房时让我感到坠痛的是它们，让我走快一点就会气喘吁吁的也是它们，夜间在我的肋骨下搏动的还是它们。

"因为那个肿瘤已经破溃了一次，那次非常严重。"G医生解释道。

我知道啊，那可是发生在我身上的事。

"再加上我们又发现了另一个肿瘤，它也可能大出血。"G医生补充道。

"等等，你是说还有一个肿瘤？"我问。刚提出这个问题，我便记起了 G 医生之前说过的话。我的肝区一直长着两个肿瘤，其中一个在我妊娠期间破溃，另一个也蠢蠢欲动。一旦它们出来捣乱，我将陷入生命危险之中。

"我们打算给这两个肿瘤做栓塞术。届时，放射科的同事会为你注射栓塞剂，以切断肿瘤组织的血液供应。这样我们在后续开展肿瘤切除手术时风险会低一些。"G 医生说。

"又是手术。"我的语气中更多的是强调，而非质疑。像我这种情况，当然只能通过手术解决问题。

"我们计划把那两个肿瘤连同你的一半肝脏一并切除。"G 医生说。

"我的一半肝脏。"我重复了一遍，仿佛在练习接下来该怎样告诉别人。真不敢想象这则消息对我的家人而言会是怎样的晴天霹雳。

"明天，"我提议，"我明天再去医院，今晚就算了。"

"你不现在过来吗？"G 医生以为自己听错了。

"不，等明天再说吧。"我向他保证。

"好吧，但万一你……"他欲言又止。作为昔日的战友，我知道他想说些什么。"注意避免进食，你说不定需要做紧急手术。"

"当然。如果有新情况，我会随时给你打电话的。谢谢。"说完这些，我挂断电话，不愿再就这个问题多讨论一句。

我环顾四周，一时有些手足无措。距离兰迪到家还有 15 分钟，届时他将不得不从我口中听到这个噩耗，并和我一起坠入

第七章 发现真相　147

深渊。自从生病以来，类似场景已经发生了一次又一次。每次都是我先得知自己可能面临死亡或创伤的风险，而家人们还对真相一无所知。习惯这种情况以后，我知道急着将噩耗告知家人对任何人都没有好处。因此，现在的我静待时机到来，让兰迪好好享受最后几分钟的无忧无虑。

然而，这种等待又何尝不是一种煎熬。我试着在厨房里来回踱步，却发现这起不到一丝安抚心绪的作用。于是，我从冰箱里取出一小盒冰激凌，在桌边坐定，若有所思地挖了一勺。我真切地感觉到，有一群手术医生摩拳擦掌地等着把我拖进手术室，而我此刻唯一能做的就只有填饱肚子。手术医生特别害怕病人胃里有内容物，它们在手术过程中很容易反流进肺里。不停地吃，吃到医生不能给我做手术为止便是我那点可怜的抗争了。

边哭边吃冰激凌其实并不是件容易的事。它本来就和悲伤不搭调，太过喜气洋洋，总是与夏天、蛋糕和生日携手出现。最后，我把冰激凌放到一边，什么也不做，只是静静坐着。我摘下婚戒，放在指间把玩。这是一个旧习惯。

当初听说珠宝店可以提供婚戒刻字服务后，一时脑热的兰迪便选择将"只因你是完美的"这行字刻了上去。但令他始料未及的是，戒指的尺寸做了调整后，那行字竟然变成了"只因你是美的"。不过，正是这一小小的缺憾，反倒将这枚婚戒衬托得更加独一无二。

当这行字被刻上婚戒时，我还没有生病，没有手术，没有掉头发，腹部表面也没有留下永久性的伤疤。或许我该感谢这枚不完美的戒指，因为如果我们对未来的婚姻生活抱有完美的幻想，我们将无力招架现实向我们拍来的大浪。现在，我的人生就像戒指上刻着的那句话一样，只有一点点缺憾。

兰迪进门后，一看见我的样子，就感觉情况不妙。他看着我肿胀、颓丧的脸说："我们经历过更糟的事，所以一样能共同面对这一次。无论什么事，你直说就行。"

我哭着告诉他事情的前因后果，语无伦次。他耐心地等我说完，然后安抚我从头说起，以从中获取某些关键信息。他握着我的手，随着我的情绪慢慢平复，他也逐渐了解了事情的来龙去脉。

"问题是，我得切除一半肝脏，否则就会死，因为还有一颗肿瘤随时可能像上次那样引发大出血。我的天啊，还有大出血的可能！这可是千真万确的！你能想象吗？"

"不能。"兰迪一脸难以置信，显然的确无法接受我再次大出血的可能。于是，我补充了一句："要是再来一次大出血，我们恐怕就不会像上次那么幸运了。"他和我一样清楚，第二次大出血肯定会赔上我的性命。

我突然为自己长期忽略身体的疼痛而感到内疚。早知如此，何必当初？

"这个消息……让我灰心丧气。"我试着解释自己头晕目眩的感觉，"就好像……我又回到了起点一样。我以为自己已经抵达某个地方，谁知到头来一直在原地踏步。"

"这次我们也会顺利渡过难关的。你不会有事的，等着瞧吧。"兰迪顿了一下，试图从我的表情中看出我是否愿意向他解

第七章　发现真相　　149

释细节。最后，他小心翼翼地问："接下来该怎么办呢？"

"我明天到医院后，先咨询一下医生吧。他们本来希望我今晚就过去。"我坦白说。

"明天很快就到了。"兰迪说。

我耸耸肩，把头靠到他胸前，不愿再多想。

"没事的，"兰迪吻了吻我的额头，捧着我的脸说，"你想，你之前在原因不明大出血的情况下都挺过来了。更何况这次医生已经找到了出血原因，所以事情只会更加顺利，不是吗？"

"但愿如此。"我实在是没什么底气。

经过一整夜的失眠，我在次日清晨七点之前到了医院。我计划先和G医生他们讨论CT扫描结果，再去完成今天例行的查房工作。输入密码后，我进入医院的电子病历系统，调取自己的CT扫描结果。很快，我就注意到G医生他们已经在手术层为我预定了一间病房。这一定是他们为手术失败准备的后路。我一边看自己的CT扫描报告一边郁闷地就着咖啡吃早餐。果不其然，我在扫描图中一眼就瞥见了两块阴影，它们在造影剂的作用下，与黑黢黢的肝脏形成了鲜明的对比。我盯着电脑屏幕，对这两个搞破坏的小东西小声说："我可看见你们了！你们看上去也没什么大不了的。"

事实上，这两颗肿瘤比我想象中要温和得多。在我的设想中，它们应该是诡谲难辨的，而非像眼前展示的这样边界清晰、外形圆润。它们看上去似乎无心伤害我，而只是不小心在错误的地方迷了路。现在，它们希望被人解救出去。

我放弃抵抗，打电话给 G 医生："我看了片子，现在该去哪里找你们呢？"

"来吧，他们都在三楼的放射科等你呢。"他指示道。我给部门领导打了个电话，请他找同事帮我代班。安排好工作后，我向电梯走去。

接下来的三小时内，一小群系着防辐射围裙的人试图将一根细如丝线的导管从我的腹股沟插进那根贯穿两颗肿瘤的主供血血管中。为此，他们事先通过造影剂和交替放射的方式摸清了我全身血管的分布情况。但因我血压太低，他们全程没有对我使用麻醉剂。反正闲着也是闲着，于是我请他们调整了大屏幕的角度，好让我能够实时跟进手术进展。几块屏幕正好竖在我躺着的冰冷手术台上方，展现出一股精准而优雅的科技之美。了解肿瘤情况后，他们向肿瘤处注射了几百万个塑料微珠，以阻断肿瘤的血液供应，这就是所谓的"肿瘤栓塞手术"。最后，两颗肿瘤均被成功切断了血液供应，杜绝了日后使我大出血的可能。

作为这一过程的见证者，并像大仇得报的人一样，我由衷地感到无比畅快。无论我们对这些肿瘤做了什么，都不及它们对我的所作所为可怕。

"好了，你现在已经暂时脱离危险了。"一名放射科医生在术后护理区对我说。

"但是关于那些阴影，"另一名手术医生说，"我和几位肝脏手术专家讨论过，最后达成了一致意见。要想确定那两颗肿瘤是否为恶性，唯一的方法就是将它们取出。即便它们是良性的，

第七章　发现真相

也有转为恶性的轻微风险,且风险将随着时间的推移而逐年递增。因此,你还是需要切除肿瘤。"

"没错。"那名放射科医生补充道,"有了前期肿瘤栓塞手术的保障,日后肝脏手术医生为你做肝切除手术时,将不再有肿瘤破溃导致大出血的后顾之忧。否则,那位医生可能会被喷一身血。"

虽然这种画面让人不适,但它很有效。我同意切除那些肿瘤。

我穿着病号服,坐在肝移植诊所体检室里,无奈地摇着头。器官移植这件事总会使我感到恐惧。试想,你的一个器官被替换成一个陌生人的同类器官,你以后就要依靠别人的一部分活着了。接受器官移植简直像转世一样。尽管我知道自己要做的并非一台真正意义上的器官移植手术,而只是因为这个部门的手术医生正好有我所需要的手术技能而已,但打从一开始听到器官移植科手术医生的名字,我就有种在劫难逃的感觉。虽然距离上次有人跟我说"我请器官移植科医生来看看你的情况"已经一年有余,但此时此刻,我坐在这里,意识到该来的终于还是要来了。

最先赶到的是器官移植科的一名护士。她对我病史的细枝末节了如指掌,其准备工作之细致,令我十分满意。不过,虽然她已看过我的病历,并与 G 医生聊过我的情况,但这还是她第一次亲耳听我口述病史。

"我的天啊!你的病情真是一波三折!"她一见我便惊呼道,

"我听说了你的经历，真是太惨了。"她停顿了一下，随后向我做了自我介绍，包括她在器官移植科的主要职责。

"我大致了解你的情况，但能否请你从自身角度出发，描述一下你在过去一年间的病史呢？这样将有助于我更准确地掌握你的信息。"她的开场白之完美、态度之谦卑，再加上同理心和善意，不禁令我暗暗吃惊。

有了她这番引导，我开始很自然地描述自己的病史。她细心地将我口述的内容与那些冷冰冰的图表进行比对，几次提问也是因为发自肺腑地关心我的健康。最后，她停了下来，直视我的双眼。

"你失去了孩子，我为你感到难过。"她说。

"没事。"我习惯性地回复道，随时准备开始事先拟好的"能活下来已经很幸运"的那一套说辞。这套说辞的目的不仅是为了宽慰他人，也是为了不让我内心的真实感受被他人看穿。

"怎么会没事呢？"护士打断了我，"在任何时候，对一位母亲而言，失去孩子都不可能是一件无关紧要的事。"

这些善意的话体现了对患者的关心。失去孩子的痛楚虽然对她而言是抽象的，对我却是真切的。向遭受损失的某人表达你的悲痛或不安的简简单单的一句话，在灾难面前可能很无力。我们知道悲伤基本上不能解决任何实际问题，已经发生的悲剧不会因我们的一两句话而改变。因此，我们极力避免这种情感的外露，不愿让自己显得脆弱、无能。然而，即便如此，我们依旧可以承认悲伤的存在，带着谦卑的心，正视他人的痛楚，并适时给予支持。

第七章 发现真相 | 153

在充分了解我的情况后，这名护士表示需要离开一会儿，去请肝脏手术医生过来。

肝脏手术医生进门时，就像电影里一样气场十足。作为医院里的同事，我和他偶尔会在走廊里擦肩而过。我觉得他面熟，却从未与他正式认识过。他的名字和我已过世 7 年的父亲相同，着装专业，看上去一丝不苟，却释放出一股安定人心的力量。他在我对面坐下，除了偶尔需要在电脑上查看信息外，在说话和倾听时一律真诚而自然地直视我的双眼。他口齿清晰，总是不吝于向人表达赞美。他肯定了我惊人的康复力，我的同事和家人的支持。他翻看我的全部 CT 扫描报告，指出一些被人忽略了的小细节。

"你不知道，你能活下来堪称奇迹。"他用一种分享秘密的语气告诉我，"破溃的腺瘤通常都是致命的。"为了论证这一点，他引用了文献中的一系列案例。这些案例比较了临床上对破溃腺瘤的不同处理方式，结果显示哪种都不具备显著优势。"来看这个，"他指着一份文献说，"在目前见报的 45 个病例中，绝大多数人没能存活。所以你知道为什么我们这次决定采取一些非常手段了吧？"他转而描述自己如何与放射科医生配合，在肝切除手术前消融肿瘤病灶，并表示在肿瘤栓塞手术 6 周后，待机体组织冷却下来后，我才能接受真正的肝切除手术。这种创新性的临床路径对相关科室的人员合作提出了很高的要求。

他又描述了其他一些可能的创新方法，比如摒弃传统的垂直切入手法，改为使用微创内窥镜手术机器人，以免给机体留下大型的手术创口。他表示，这将是场大手术，术后康复期也将漫长而艰难，但他愿尽一切可能帮我将手术风险降到最低。他将充分考虑每种手术方案和潜在风险，并做好万全的紧急预案。我百分之百信任他，如果他想切除我丈夫的一半肝脏，我也不会有什么意见。

即便有如此可靠的手术组在背后支持我，手术前的6周仍让我感觉度日如年。据我自己的估算，我在肝切除手术中的死亡风险约为25%。虽然这个数字没有得到手术组的认可，且我感觉它的确有些偏高，但我无法让自己的正常生活免遭其影响。一想到自己被推进手术室后，将只有75%的可能性活着出来，我就寝食难安。但我也知道，这是我必然要跨过的一关。手术一旦成功，将为我过去一年的痛苦画下句点，并为我掀开崭新人生的扉页。因此，这场手术势在必行。

等到手术那天，我的忧虑已经提前耗尽了。那天清晨，我感觉浑身轻松，睡眼惺忪地抵达术前准备区。麻醉师简短地问了问我的情况，然后转身为我准备静脉注射用的麻药。我向家人道了别，留下他们焦急地在外面等候7个小时。最后，麻醉师为我做了全身麻醉，不省人事的我就这样被推进了手术室。

手术进行至第6个钟头时，在手术室外等候的兰迪起身去接咖啡。但他刚走到电梯，就接到我妈打给他的电话，说"护士长让你赶紧回来"。听到这则消息时，他真的以为我没能扛过这场手术。

其实，护士长之所以让他回来，只是因为接到手术组的通知，他们差不多可以出来将手术进展通知患者家属了。直到6年后的今天，兰迪仍旧没能完全从那通电话的阴影中走出来。每

第七章　发现真相　155

当被问及当天发生的事，他记得最清楚的就只有那通电话。

手术难度远远超出医生们的预期。尽管他们计划用微创手术机器人完成本次肝切除手术，但进展到最后，他们不得不回归传统手术方法，在我的腹部留下一条长达45厘米的切口。一年前发生的那次大出血事件，使我的肝部周围结上了厚厚一层钙化一般的硬质沉积物。医生们不得不将这层壳一毫米一毫米地凿掉，从而使作为手术对象的肝部暴露出来。我在手术过程中依然失了不少血，医生们花了好些力气才帮我止了血。最后，我活着被人从手术室推到了术后护理区，家人们很快就能前来探望我了。

兰迪被带到拉着窗帘的术后护理区。我还没睁眼，就感觉到他握住了我的手。他是我的依靠，无论我何时醒来，第一眼见到的总是他。我想翻身朝向他，然而腹部立刻传来一阵刺痛，提醒我手术刚刚结束。我呻吟起来。

"很痛吗？"他关切地问。

长长的创口在术后当然会痛。我感觉疼痛从腹部深处传来，这是被牵引器牵引了几小时的结果。但我只是说："有一点。"

晚上，疼痛不断加剧。我在病房里安顿下来后，他们问我现在疼痛处于0至10中的哪个级别，我毫无保留地回答说："大约5级。"

兰迪试图向护士们解释我目前的情况。作为一个经历过10级撕裂般疼痛的人，我对自己目前所处的疼痛级别深有感触。10级疼痛基本上代表死亡将至，全身的器官好像都被掏了出来。因此从我自定的这个标准来看，目前的5级疼痛已经相当难忍，但其他人似乎并不以为然。

"那就还处于可控范围内。"一名护士回应道。

"这我可说不准。"我不知道她怎能擅自这样解读一种纯出自主观的标准。

"5级可是你自己说的。"她反驳道。

"虽然如此。"我知道我俩在鸡同鸭讲。

"总之，5级不算很痛。"她还不忘加上一句，"作为刚做完手术的人，你这样已经很不错了。"

仿佛被她居高临下的姿态刺痛，我的脸唰地红了。我开始焦虑，担心疼痛会继续加剧，最后使我不得不像之前那样经历一个痛不欲生的夜晚。想到这里，我真后悔之前没把疼痛的量级说得更夸张一些。

护士拿着一套检测工具来到我床边，准备为我抽血化验。

"不用了。"我伸手示意她停下。

"你不做化验了？"她面带愠色。

我摇摇头，没有那个力气和语言来告诉她我需要时间来整理一下情绪，也不想在已经很痛的状态下被一根或几根针抽血。

"随便。"护士收起工具，转身离开病房。

"你的这位患者拒绝合作。"她在房门外对其中一名手术医生高声说，边说边将记录板扔到墙上的文件格里。

我不明白，事情怎么突然变成了这样。我根本就没有刁难她的意思，却莫名其妙地被她贴上了"拒绝合作"的标签。

反观自己，我又曾多少次用"拒绝合作"之类的词形容患者或其家属呢？结果令我面红耳赤。我们的确喜欢给患者贴标

第七章 发现真相

签，有的标签是"配合的"，有时是"药物成瘾的"，还有时是"现实的"或"难对付的"。我们正是在用这样过于简略的一两个词，让其他医生做好相应的心理准备。

说一位患者"拒绝合作"，言外之意是"我安排得如此周到，这个人竟然不听安排"。但到底是谁规定我们能够以自己的计划为标准来衡量患者是否顺从呢？为什么我们的计划不是和患者共同制定的呢？为什么我们总是执着于分出输赢呢？

我躺在病床上，被疼痛折磨之余，也感到十分脆弱。从何时开始，不仅是高度复杂的医疗服务，就连最基本的需求，我都不得不依靠陌生人的帮助才能得到满足！我原以为自己是一个能够掌控自身命运的完整个体，此刻却有了一种难以想象的无力感。经过这次手术，我发现自己的心态十分卑微，只想讨好手术组，认为自己需要让他们喜欢我，否则将无法得到最好的医疗服务。我甚至还以为，只要好好表现，他们就会愿意帮我止痛，就好像我得努力向他们证明自己值得治疗似的。

其实，患者对我们给他们贴的标签心知肚明。我收治过一名曾长期吸食冰毒的患者，他虽已戒毒多年，却是我们重症监护病房的老病号。我最后一次见他时，他刚做完胆囊切除手术。手术刚结束，我便前去探望他，却发现他痛不欲生。

"你需要止痛药吗？"我问，"你看上去很痛苦。"

"算了。"他拒绝了。"就凭我的病史，我知道医生不可能给我开止痛药的。他们认为我就是个毒虫。"

"不是这样的。"我辩解说，希望这不是真的。

"就是这样的。"他一副实事求是的样子。"因为有你在，他们可能会给我开点儿药,可一旦你走了,我就又成了一个需要修理的毒虫了。"

药物成瘾的问题有时很简单,有时又很复杂。医患之间的互相关心也是如此。我的疼痛经历反倒让我有了新的感悟,它让我反思过去的行为,并让我发现自己竟然做过如此多错事。以前的我怎么总是对人妄下判断呢?我凭什么以为只是看一下病历就能对患者了如指掌呢?我们对他人做出的种种假设比起说明他们的问题,更多地体现了我们的问题。没有人有权评判别人的痛苦。

医生们将切下来的肿瘤作了切片,并将切片送到检验科去做了癌细胞染色分析,结果没有在切片中发现任何癌细胞。后来,随着术后疼痛的渐渐消退,我也开始以惊人的速度康复。没想到,那层在手术中被凿掉的硬壳竟意外地带走了原本伴随我呼吸的疼痛。我的横膈膜再也不必抵住任何坚硬的壳了。短短6周内,我就获得了之前想也不敢想的进步。大多数时候,我都感到一身轻松。我畅想的未来再也不仅限于接下来的几周,我开始相信自己能活一年、两年甚至五年。

"只从理论上讲,如果从头到尾只是那两颗肿瘤的问题,而不关HELLP综合征什么事的话,现在既然肿瘤已被切除,那是否意味着我又能安全地怀孕了呢?"某天,我提出了这样一个问题。

没有一名医生想回答这个问题,无论是否"只从理论上讲"。我得到的答案都是模棱两可的:"你才刚好,就开始考虑再次怀孕的事了吗?"或是"天啊,你可真勇敢。"

第七章 发现真相 159

我不知道自己是不是在考虑怀孕的事，也不确定自己是否勇敢。我只是刚发现在我曾以为是死路的墙上，其实开了一扇窗。

第八章　人非机器

　　我对未来的乐观态度很快随着我重返工作岗位而消散。我仍然用着去年的日历，无论撕掉哪页，以前标注的预产期都会赫然映入眼帘，痛失的孩子和腹部的伤疤如潮水般席卷我的回忆。只要一走进医院，我就感觉自己像是在参观一座纪念馆。正是这个我日夜工作的地方，见证了我不小心失去的一切。在自己曾居住的病房查房时，我总是惊异于这里从外面与从里面看起来如此不同。我在候诊室里与患者家属们沟通，当初我的家人也是在这里焦急地等待着我是否从紧急手术中生还的消息。正如那位见我第一次下床走路像见了鬼的手术医生一样，往事的阴魂总是在我的生活中出没。

　　我开始注意到之前身为医生时忽略的东西。例如，对于候诊室里稀松平常的静默，我却能体会到其背后的焦虑。还有那些不易察觉的小动作甚至微动作，无论是一条抖动的腿还是无意识地咬指甲，我都会注意到。轻轻翻动报纸杂志的大拇指让我发现，它的主人根本没看进任何东西。有时，坐立不安的患者家属下意识地走到自动贩卖机前，却在一番犹豫之后，终究还是承认自己没有一点胃口。一切担忧、懊悔和绝望的祷告，都在其他人看不见的内心深处默默交缠，其激烈程度却不亚于行星的撞击。这些场景，这些回忆过去并过早地开始为所爱之人哀恸的人们，汇聚成一种巨大的存在。未来的悲伤被提前宣泄，浓缩成一滴眼泪，或是一声叹息。

大多数日子里，我都会在ICU手术的候诊室里遇到那位HELLP综合征患者的家属。病房里的立体声音响循环播放着乡村音乐歌手约翰尼·卡什（Johnny Cash）的歌。这位患者的脑水肿长期压迫神经元网络，进而损害着她对音乐旋律和舞蹈动作的记忆。她面色发黄，全身浮肿，身上插满管子。其间，她曾被暂时转出ICU，以接受清理腹部淤血的紧急手术。这就是我之前最畏惧的手术。她的父亲和丈夫不再抱有期待，索性接受了粗暴的现实，并被现实重塑为崭新、坚强的自我。他们并肩而坐，像极了两具石雕。他们知道自己心爱的女儿和妻子将永无康复之日，甚至可能熬不过今年的圣诞节。届时，家人将在她的讣告中悼念她，并帮她表达对产下的女儿和她生前酷爱的乡村音乐的留恋。

我总会抽空和这位患者的家人一起坐在候诊室里，明知这样无法力挽狂澜，却对此情此景倍感熟悉。我会向他们打听手术组那边有没有消息，他们总是摇头，仿佛这样能使手术医生的原话从他们的耳朵里掉出来似的。他们总是唉声叹气，还不时掏出手机，给我看小夏洛特的照片。然而，小夏洛特的母亲恐怕将永远没有机会亲眼看到这些照片了。照片上的孩子背负着家人的希望，远在天国的母亲将看着她茁壮成长。我万分庆幸这个小女儿活了下来，她就是联系这家人与逝者的纽带，是未来的象征。

"她真漂亮。"我看着照片评论。

"对吧?"他们异口同声地说。

"很抱歉……"我的声音渐渐小到听不见。我为这个一生下来就失去母亲的女孩感到心碎,也为患者的家属感到痛心。

我找不到完整的表达,前一秒刚在脑中构思出了一个完整的句子,下一秒就会推翻它。我觉得自己对这位患者即将面临的死亡也有责任。我想我会因为无力挽救她的生命而厌恶自己甚至医学事业好几年。更令人难堪的是,她的家属可以察觉到我对自身无能的失望。我的悲痛直指她的圆环内层。

"我们知道你已经尽力了,"他们如此安慰我,"我们感谢你所做的一切。你可能不知道你一直以来的支持对我们而言意味着什么。"让我尴尬的是,他们竟然比我更能清楚地描述我内心的痛苦。

我自觉不配得到他们的感恩。他们的话就像在我尚未愈合的伤口上撒盐。由于不知如何处理自己的情绪,我只好默默在心中修建起一座纪念患者的塔。悲伤和自责是这座塔的基石,累加其上的是我的羞愧和无能。这座塔必然摇摇欲坠。

在外人眼中,我仍是奇迹般康复的代表。单从我的外表来看,没人能猜到我经历了什么。我的头发又长了出来,人也重返工作岗位,随时准备着救治下一个危重病人。然而,每当呼叫器中传来约翰尼·卡什那首《火圈》的伴奏版时,我总会提前10层下电梯。一看到化验数据的某种组合或听闻患者的几个器官同时发生衰竭时,我就会感到恶心。晚上,我又开始被噩梦

第八章 人非机器

惊扰。

我就像一块天然磁石，吸引着病危的孕妇。从概率来看，数量多得不正常。每当我又一次被痛失孩子的回忆压得喘不过气时，就会有这样一位患者入住我负责的ICU。每当我的悔意逐渐累加时，也会有这样一位患者被推进我负责的ICU。而后在一瞬间，我会从过去的阴影中猛地惊醒。

我对每位患者都倾注了全部心血，哪怕明知失败在所难免。那位HELLP综合征患者过世后，我很久都走不出来。这不仅是因为她是我当上主治医生以来接手的第一位患者，也是因为我之前和她患过同样的病而有了身份上的重合。生病期间，绝望而无助的我知道自己必须完全依靠他人才能活下来。我担心，如果医护人员不愿和我充分沟通，也不愿尽一切可能的话，只要稍有差池，我就会死。这是忽视和冷漠导致的死亡。因此我暗想，当我再次恢复医生身份后，我要通过全身心的关注挽救患者的生命。我对自己发誓，绝不放过任何蛛丝马迹，也不能错失任何一个帮助患者哪怕康复一点点的良机。我从未想象过，如此努力地给予患者关怀，到头来却仍然眼睁睁地看着她死去，是一种怎样的感受。

生病时，我相信自己的治疗结果完全掌握在主治团队手里。可恢复医生身份后，我竟发觉自己根本无力掌控患者的治疗结果。我愿尽一切可能救她，却依旧没能留住她的生命。我得承认，许多时候，无论从象征意义还是具体层面上说，我已经迷失了自我。我辜负了自我期许。我得承认，虽然尽了最大努力，有时却还是注定迎来失败的结局。尽管我之前对那位产科住院医生说过那样一番话，甚至即便成功的病例数量远高于失败的，我却怎么也挣脱不出失败情形带给我的阴影。这种耻辱有着独一无二的完整性，就像一个反光、致密的黑色球体。

和患者家属坐在一起时的感受，我认为并不能严格地称之为难堪。我感到愧疚，还隐约觉得自己无能。我明白那位患者的死不能怪我，也明白她得的是一种来势汹汹的可怕疾病，患者本来就存活希望渺茫。我还明白，患者得了一种来势汹汹的可怕疾病，我的本职工作就是帮他们避免疾病可能带来的致命后果。然而，我失败了。后来，我以那位过世患者的名义向一家慈善机构捐了一笔款，实则是在以这种盲目的方式寻求宽恕。最后，我获得的不是那位患者的原谅，而是美国HELLP综合征学会赠予我的几块大型水晶牌匾，以纪念我的失败。我知道，正是因为我和那位患者有着某种心灵上的联系，她的离世才让我备受煎熬。与此同时，我还感觉自己或许有些鲁莽，没有遵循医生前辈的教导，在临床治疗过程中与患者保持一定距离。我真能做到与患者保持距离吗？即使我真的做到了，到头来谁又将因此受益呢？这个问题对我而言是永远无解的。为了学会如何在水下呼吸，我已在海底卸下了自己的盔甲。

那位患者的离世如同葬礼上戴的面纱，为我周围的一切罩上一层阴影。ICU定期召开发病与死亡率例会，同事们聚在一起，讨论过去几个月来的失败案例。我总是一言不发地坐着，静静地听别人分享每则死亡或致残案例存在哪些临床治疗上的失误，进而避免类似情况的再度发生。与会者批判式地比较、分析各类临床治疗路径，从中寻找系统性的问题。这些问题一经发现并得到纠正，将有效改善未来的治疗结果。

在这样的例会上，我总是盯着发言的同事们，心里想的却是他们没有讨论的那些事。当治疗结果糟糕时，一手导致该结果的人有什么感受？向患者家属通知噩耗又是怎样一种感觉？患者离世后，我们日复一日地照常查房，往事的阴影却一直阴魂不散，这又是怎样一种感受？大家在例会上讨论的只是临床治疗上的种种失误，却一直忽略了这样一个盲点：这些失误究竟给我们带来了怎样的心理影响？

医疗工作者对自身的心理创伤并没有敏锐的洞察力。一场急救之后，我们并不会组织团队成员开会，甚至不会和自己的心灵对话。患者离世后，我们虽有讨论失误根源的例会，却不会停下来评估同事的心理健康情况。训练有素的我们选择对自己和同事的情绪不加干扰。我们完全不知该如何应对失败的难堪。要知道，医院可不像教堂，没有忏悔室。

在医生的修炼之路上，我们被教导要隐藏自己的情绪，并不应受他人的情绪干扰。我第一次聆听这样的训导是在医学院读书的时候。当时，人体解剖学教授给我们上了一堂以威廉·奥斯勒（William Osler）为主题的课。奥斯勒生于1849年，因为首创专科住院医生培训制度而被誉为"现代医学之父"。他也是将医学生带出教室，让他们参与临床工作的第一人。尽管奥斯勒因擅于倾听患者心声而享誉全美，但教授向我们灌输的理念是奥斯勒提出的"常保宁静之心"的品质。据说，奥斯勒将这一品质视为医生应当具备的首要品质，它代表一种极端的冷静，即"在任何情况下保持冷静思考，即使遭遇风暴，依旧镇定自若；即使身陷囹圄，依旧头脑清晰"。具备这种品质的医生，习惯与自己的情绪保持距离，因而能够在同事讨论自身失误时保持冷静。在现代语境中，这种品质可被称为"宠辱不惊"。但这还不够，一名合格的医生还需要做得更好，不仅要将注意力完全放在客观事实上，还要屏蔽他人的情绪，使自己的情绪不至于受其干扰。

教授向我们灌输的理念是，为了保持头脑清晰和镇定自若，医生必须与周围的一切保持距离。为了成为一名好医生，我们不得不培养出一种隐忍的品质。我们聆听前辈的教诲，不假思索地接受传统的理念，就像继承了一个商业机密。从学生时代起，我们就在为日后的临床工作打基础，而保持疏离就是其中的一门必修课。

还是在医学院时，我曾在市内一家儿童医院实习。轮岗到儿科ICU时，我在那里待了两周，发现自己根本做不到与患儿及其家属保持情感上的距离。那里的每个孩子都经历过一场浩劫，相关事件总是本地晚间新闻的头条：房屋起火、蓄意谋杀、脑炎暴发，等等。病房里充斥着悲痛，它是那样的尖锐，使当时还是学生的我们根本难以忽略。

我们只要向患儿及其家属稍微表露同情，负责指导我们的医生就会立刻喝止我们。他们总是说："别忘了你们的医生身份。如果纵容自己沉浸在病房内散发出的悲伤氛围中，你们将无法有效地照料那些孩子，不能履行应尽的职责。"尽管我们的上司们总是以教条捍卫者的形象出现，但我们都觉得，曾经的他们应该和我们一样，在刚入行时也曾对患者敞开心扉。莫非他们正是因为感受过了所有的悲伤，才深知绝望无益于任何临床工作的开展？或许他们参与临床工作前就已在心里筑起一道墙？答案不得而知，我们也不敢问。

　　前辈期望我们像他们一样，在患者及其家属面前树立起冷静而疏离的权威感。同情则成了一种一无是处的情感。"关怀"患者是护士和社工的本职工作，医生只负责救死扶伤。有这样一种原则：如果你想治病，就去当医生；如果你想关怀患者，就去当护士。尽管有人悲伤，有人心碎，但不变的永远是医生例行的临床查房工作。

　　然而，当时太年轻的我们还难以真正做到镇静和疏离。身穿象征着无菌的白大褂，我们依旧有种奇怪的感觉。在外人眼中，我们是医生，身上的白大褂彰显着我们的职业身份，哪怕我们暂时还未正式踏入医生行列。白大褂与其说是一种日常服装，倒更像是一种带有实用功能的扮装。我们在口袋里塞满小纸条，上面写着必须记下的专业知识。我们时刻带着检查神经反射的小锤子和照射患处的手电筒。我们虽然还不是正式的医生，却已能用齐全的配件假装成真正的医生。

　　曾经有一个心脏严重畸形的孩子因医治无效去世。我和一名同学站在病床边，她抓着我的手腕。我俩都是第一次亲眼看着一个孩子死去，第一次试图接受这样的现实。就在刚才，我们目睹了医疗组成员全力抢救这个孩子的英勇场面，现在却被要求离开，让护士留下来清理孩子的尸体，以便让孩子的父母进来看他最后一眼。我们被困在一种肃穆的共同悲痛中无法自拔。主治医生向孩子的父母通知完死讯后来到我俩身边,厉声呵斥我们:"你们还愣在这里做什么?!"我想我知道答案,但一看见她的脸色,就知道她根本不需要我们回答。

她紧紧地盯着我们说:"你们的表现实在是幼稚、愚蠢。如果你们纵容自己与这个孩子靠得太近,就必然会为他的死感到痛苦。你们都是学医的人,应该知道生死有命……如果你们为他的死感到痛苦,就不能履行医生的职责。要是一直这样下去,你们以后还怎么救治更多的孩子?"她停了下来。我再一次知道,她并没有期望我们给出回答。

"对吧,你们不能。别再犯傻了,别让病房里的其他孩子因为你们的愚昧而受到生命威胁。"

我和同学对视了一眼,然后尴尬地移开了视线,同时努力消化着这位主治医生的训导。根据她的评价,我俩行事鲁莽、愚蠢、幼稚且没有医生的担当。我们没有判断力,犯了严重的错误。我信了她的话,深深地懊悔自己没能专注于下一个病人的需求,甚至把关注下一个病人当成一种分散注意力的方法。根据这位主治医生的建议,如果我们为患者的离世而多愁善感,那么最后损害的还是其他患者的利益。此外,倘若我们承认自身情绪的存在,就会让那些我们应该保护的人丧命。

当时,我以为她的鄙夷完全是冲着我俩而来。回首过去,我不禁想,她是否其实也在责备自己?在我看来,她无论如何也做不到不和那些孩子建立一丁点儿情感联系,也不可能对孩子们的治疗结果漠不关心。我们暗下决心,当我们成为权威以

第八章 人非机器 169

后，我们会找到不一样的处理方式。就其本质而言，压抑内心反而能够积蓄抵抗挫折的必要力量，而当内心被压抑到某个临界点时，情绪终将由内而外地爆发，但这个过程可能需要耗时几年。

过渡期间，我们很快学会了如何压抑情绪。毕竟，只要我们流露出一点儿情绪，就会立刻引来一句"你受不了了，这里的工作恐怕不适合你"。我们了解到，即使要哭，医生也只能躲起来偷偷抹泪。不管是躲进储藏间的柜子，还是在回家的车上，总之得是独自一人的时候才行。

参与一场噩梦般的接生后，无助的我们难免想放声大哭。正当我们擦着泪水、试图重新镇静下来时，我们却发现根本没有安全之处可供我们内心的伤口愈合。在这座医学院附属医院的柜子里，有时不仅放着毛绒动物玩具，还会暂时堆放着夭折婴儿的黑白相片。每当要收集纪念盒中的东西时，我们一拉开壁橱，死婴的照片赫然映入眼帘，我们会吓一跳。一想到医院对夭折的婴儿缺乏尊重，我们就感到恶心。讽刺的是，给夭折婴儿拍照的本意是为了表达对神圣生命的崇敬，却同时践踏了婴儿和我们自己的人性。这种讽刺压得我们动弹不得，我们也找不到可以自我疗愈的地方。

我又想起了那位对我说错了话的产科住院医生。他曾在我住的ICU角落里号啕大哭，担心自己干不了这一行。我现在才明白，原来我的病房就是他进行自我疗愈的安全港。他和我一样，接受的都是那套空洞、无理的教条：医生不该有情绪。年轻的住院医生渴望着一种归属感，因此尤其容易成为教条的牺牲品。正如任何一位门外汉一样，我们以为只要按规矩来，就能获得归属感，就能被医生群体接纳。前辈教导我们，要努力征服并压抑情绪，再将情绪在心中默默消化。但我们不知道的是，或许还有其他更合适的对待情绪的方法。或许，我们可以找一个角落释放情绪，理解并允许自己与患者及其家属建立情感上的联系，进而产生一种情感共鸣。

身为医生的我们总是创造着虚假的自我。我们将先人流传下来的古老教条奉为圭臬，然后各自打造全新的个人形象。我们对前辈的教导全盘接收，在自己周身缠满教条的同时，也让真实的自我几近窒息。这种伪装注定不是长久之计，绝大多数人终究会通过其他途径释放真我。我们的情绪就像气泡，总有一天会浮出水面。我有一些医学院的同学发现难以与自己的情绪抗衡，于是转而试图通过酗酒和毒品麻痹自己。还有一些昔日的同窗转了行。另一些人甚至选择了自杀。

因为羞愧、内疚和悲伤是无法被永远压抑的。

羞愧并非一记疾风骤雨般的重拳，而是慢慢侵蚀着我们的内心。它从我们心里最脆弱的地方乘虚而入，在我们的伪装表面凿开洞，让外界的光照进来，继而引发我们的自我怀疑。它在我们耳边轻声絮语，提醒说我们不过是打着医生招牌的江湖骗子，并且最终不可能骗得过任何人。它用摧枯拉朽的力量，使我们感觉无能的自己暴露于光天化日之下。与此同时，医学科班教育却让我们变得冷酷，我们被训练成了规避自身和他人情绪的机器。

情绪就像一张丑陋的照片，我们想烧掉它，或是挖个洞将

第八章 人非机器

它埋葬。我们中的一些人试图压抑它,或在它的基础之上建立新的自我。然而,情绪的毒素一直留在心底,不断向下渗透,污染着我们深层次的内心。

医生是对自己格外苛刻的一群人。我还在纽约某医院做内科住院医生时,有段时间轮岗到传染科,被派去监督一名表现不佳的实习生。他在实习期间一直显得焦虑,接连犯了几个错误,直接导致上级给了他很低的评分。他做的每个医疗决策和每份报告都受到了仔细考核,并最终被判定为不合格。在焦虑和考核的双重碾压下,他破罐子破摔,不仅没处理某位患者的阳性血检结果,还开了几份错误的单子,并误读了若干化验结果。好在他的每个失误都在影响患者前被及时发现,因此最终没有造成任何人员伤亡。我们很难将他犯下的错误称为"无心之过",并按照医院的程序,对每个错误进行了严正的审视。我被派去监督这名实习生,需要每天向主管我们这些住院医生的领导汇报他的当日表现。就这样,我得以见证这位实习生越来越严重的心理问题:他先是开始喃喃自语,后来又被送去接受正式的心理评估。等到月底时,医院的某个高层领导下了指示,决定暂停这名实习生的进修计划。他们建议这名实习生接受系统性的心理疏导,他需要重新实习一年。

这名实习生接到这个消息时,正值美国独立日小长假的周五晚上。他从傍晚5点开始,每隔1小时接连给我打了3个电话。在烦躁、内疚和逃避情绪的交织下,我没有接他的电话。到周日时,他先后用自缢、注射过量药物和割腕的方法尝试自杀。

他不认为院方应该暂停他的进修计划,却相信自己的错误值得用性命来弥补。我们直到周二才找到他的尸体,因为那天他没有如期出现,重新开始实习。

"我们害死了他。"当朋友们听闻这则消息而露出惊恐或遗憾的神情时,我这样说。他们摇着头,认为我不该对这起事件做这样的解读。然而,我对自己犯下的罪孽心知肚明:"是我们的怀疑和评判杀了他,换成任何人,都承受不起那样不近人情的审视。"

导师早就下过定论,"听着,他显然不适合做这行,有的人就是不适合"。当时也有流言说他有些心理疾病。就这样,我们对不称职和羞愧的信仰代代相传。就好像一个人要么有抗压力,要么完全没有。培养医生抗压力的环境好像可有可无,开诚布公的对话和对患者的同情心也并非必需,更别提打造一种能够帮助医生恢复心理健康以更好地救治患者的文化了。

但这是不合理的:医生的职业性质决定了我们时不时就会遭遇挫折。医疗系统的复杂性使失败在所难免,人体本身就注定是一个由盛转衰的过程。每个人终有一死,我们的患者当然也难逃这个终极命运。既然我们早知如此,为何不将培养抗压力纳入医疗教育体系呢?为什么一个医生的悲伤情绪就要被视为异常?一种致力于培养医生抗压力的文化,有必要做好准备面对各种情况,医生队伍也要团结起来,不让任何一个人轻易掉队。

当第二个实习生从公寓窗口向外纵身一跃时,第一时间冲到楼下的是他的一个朋友,也是我们昔日的同窗。他冲出去给坠楼者把脉,摸到的却只有暴露在外的骨头。实习生残破的躯体被送至我们医院的急诊室。我们听见先辈的训导在耳畔回响，时刻提醒我们，如果让悲伤乘虚而入，我们就无法救治更多其他的病人了。我们被训练成对死亡无感的冷血机器，甚至对自己的死亡也无动于衷。我在电话室里拨通了母亲的电话，强装镇定地说："又有一个，我们中又有一个人自杀了。"

"天哪，太可怕了！我真不明白你们那里是怎么回事，要不你还是回家吧？"她建议道。

但我们当然不会回家。

相反，医院礼堂为死者举行了一场简单的追悼会。有人在会上朗诵了死者十几岁时写的一首诗。死者笑容洋溢的照片被投影到大屏幕上。次日，依旧在这间礼堂里，我们参加了一场有关控制慢性心衰的研讨会。

医疗工作者没有一个安全之处疗愈心灵，这种现象的问题在于，对外行而言，我们的世界几乎沉重得让人无法承受。我也曾试着向人倾诉我一天的经历，努力从中寻求慰藉，却总是不可避免纠缠于细节。我发现，一件事如果严重到需要我对其本身进行解说的地步，那么对周围的任何人而言，他们将只能看到这件事的内容本身，而无法看透现象，看到背后我的情绪与需求。我变得易怒，觉得他们抓不住重点，这反而加剧了我的孤独感。

正是在这样的背景下，我拾起了绘画的爱好。通过将躁动和噩梦转移到画布上，我的心灵获得了慰藉。我用一层层颜料掩埋痛苦的内心独白，在象征主义的意象中找到内心的平和。尽管新的伤痛仍然一个接一个地进入我的生活，但不知怎地，只要拿起画笔,让脑中的意象自然浮现,我就能静静释放许多相互冲突的情绪。艺术能够理解死亡,它知道生命中不可承受之事在所难免。透过艺术的视角,我们看到,无论此刻的感受是什么,前人都已有过体会,并且顺利地挺了过来。就算有的人最终失败了,但他们创造的艺术作品将流传千古。艺术作品再现了他们的心灵遭受的折磨,并使欣赏着作品的我们感同身受。在艺术的点拨下,我们知道自己经历的并非什么前所未有的东西,而只是人类历史长河中微小的痛苦与救赎。艺术表达是隐晦的,它知道我们的下意识反应几乎总是流于表面的空洞。为了真正表现一个物体,我们必须用一层层颜料深度探讨它的特性。我们的下意识反应充其量只是一种基础,而只有重新回过头来审视眼前的物体,我们才能注意到之前忽略的一块区域,进而为之打上阴影或高光,进行突出。真正理解事物的方法只有一种,那就是再三审视它。

我画过披着斗篷的年轻女子,要么安然地坐在船上,要么在厚重、不透明的蓝色水域中露出一半身体。我还画过变装的年轻男子,他们换上军队制服,戴上动物标本制成的面具,对战争或伪装带来的死亡威胁一无所知。出现在我画中的意象还有一只带有星星图案的羊,它刚从一片小森林来到一块空地上,迎接它的却是一片更大、更阴暗的森林。最寒冷的冬天也是我画作的内容。一个有着古铜色头发的小女孩坐在那里,悲伤地等待着一个永远也不会出现的人。还有一幅画中,鲜花在一堆肋骨旁怒放。

我从未真正走出患者离世和同事自杀的阴影。但随着时间的推移，我学会了主动将自己与他们的羞愧转化成一种怀念。他们将永远与我同在，提醒我要更谨慎，更懂得体恤他人。

就这样，我选择向前看，尊重自己经历的每一次损失，却因此感觉那些逝去的人一直从未离开。我仿佛能捕捉到他们发出的微光，这些光像玻璃瓶里的萤火虫一样，为我照亮前方的路。

当上主治医生后，有段时间我对组里的人好得近乎讽刺。我带饼干给刚结束值班的同事吃，表扬他们取得的每个进步，夸奖他们工作得力，表示自己十分体恤他们付出的辛劳，并敦促他们寻找释放情绪的途径。显然，我做得有些过了。但他们不知道，我在看到那丝微光之前究竟经历了怎样的黑暗。摆在他们眼前的只有我盲目的认可。他们也知道，无论自己犯下什么错，我都会无条件地以积极的态度帮他们解决问题。这大概是我唯一知道的保护他们的方法。

除了避免临床失误以外，我还想为他们提供怎样的保护呢？当时，我还不知道成功会是多么转瞬即逝。哪怕一切进展完美，生活重新步入正轨，也终归是一个暂时的状态。我们无法将成功定义为打败死亡，因为死亡不可能被打败。无论我们暂时取得了怎样的胜利，关于死亡的不争事实永远在前方等着我们。只有学会互相扶持，我们的生活才能真正步入正轨。这种真正意义上的胜利，才是我们必须努力探寻并获得的对象。既然前方必定有黑暗，那我们能做的就是互相搀扶着熬过苦难。

黑暗和苦难，我们都在劫难逃。

彼此关爱着走过黑暗，是我们要追寻的目标。它就藏在黑暗的阴影之下，也是我们找到生活意义和方向的地方。

第九章　转化与洗涤

　　总之，病发当晚以来，我花了两年时间，历经好几场手术才恢复健康。我不能说"我花了两年时间才完全康复"，因为这不是事实。我并未像预期那样圆满抵达终点，而是成了一个再也回不去的人。过去的我已不复存在，我在此过程中发现，每次器官衰竭或手术，都在慢慢将我转化成一个新的人。

　　发病两年后的四月，我的身体已经恢复到能够帮着家人下地栽花的程度。黄杨树篱围成的一块区域中，我播下一排排亮粉色和红色秋海棠的种子。我喜欢浇花，也喜欢看着它们成长。不过，附近的鹿吃掉了花园里一半的幼苗。待到季末，种子纷纷发芽、抽枝，我却惊讶地发现自己生起了闷气。我对兰迪说："我们本该种球茎植物的，或者什么多年生植物。"眼看自己倾注如此多心血的东西很快就会凋谢，我觉得很不好受。这些秋海棠的确给我们带来了视觉上的美感和心灵上的快乐，但我明年还想看到它们重新绽放，就像那些多年生植物一样。我有了一种执念：这些生命始终拥有某种不灭的记忆，它们年复一年地绽放，既相同，又不同。

　　郁金香及其他多年生植物的生命周期给了我启发。它们每年的重生孕育着希望，待到花期结束时，它们又将优雅地回归尘土。腐烂就是它们转化的方式。凭借过去积累的细胞生物学知识，我知道如今自己身体的细胞构成与小时候、在医学院读书时和做住院医生的时候已经截然不同。过去发生的每一次新陈代谢过程中，都有旧细胞被新细胞取代。当然，我仍在一定程度上延续了昔日的个性，往事给我留下的记忆也依旧鲜明，然而当初那些细胞组成的那个人已经不在了。每一天，我所知的关于自己的一切都已成为记忆。如果死亡是一种再也无法追回的状态，我们已经死了无数次。

发病那晚，来到医院的我仍是一名医生。这是我面向世界时默认的身份。过去14年来，我一直在追寻这一目标，全身心地投入这项事业。医学成了我解决工作和生活中所有问题的思考方法，也是我观察、评估和计划事物的逻辑框架。就连那晚我被送去急诊室的途中，我想的都是一个医生本能会想的东西，而无法把自己当作一个病人。即便遭遇剧痛，我的第一反应也是列出所有可能的诊断结果。当我发现自己在产科候诊室里眩晕到站不稳时，我体内的医生自我却变态地享受着亲历病痛的快感。基于对医学本身的深深执着，我觉得能有这个机会亲身体验之前一直学习的病情是一件幸运的事。我知道自己生命垂危，却依旧对自己所患疾病的内在机制敬畏不已。

在我向患者身份转换的过程中，最先出现的是外在的浅层象征：病号服、病床和药物。然而，纵然我具备了病人该有的一切外在特征，这感觉却仍像几年前刚穿上白大褂时一样不真实。我并不认为现在这个输着液、穿着病号服的状态属于我。

相反，我以一个局外人的身份观察着眼前的一切，这在一定程度上不能不说有一丝讽刺。这种患病的状态与我的自我认知不符。刚住院的那几天，我还是习惯从医生的视角观察问题。凭借以往积累的医学常识，我解读自己的化验结果，并以此估算自己在手术过程中的死亡风险。面对医院同事做出的临床决策，我总是持审视态度。我抗议他们让一个生命体征不稳定的病人自己去做CT扫描，也认为他们没有全力促成我尽快手术。我没有向家人吐露情况究竟有多严重，而是遵守一直以来的训导，继续与身为病人的自己保持着距离。

在这段日子里，率先发生改变的是我的肉体。它先是变得浮肿，奇形怪状，就像电影《查理与巧克力工厂》(*Charlie and the Chocolate Factory*)中经常吃口香糖而胖成球的薇拉·毕瑞葛雷。后来，它又以小时为单位开始脱水。我几乎损失了全身的血量，接着又被输进了别人的血。大块大块的器官被切除，后来又悄无声息地长了出来。我失去了语言和记忆力，好在其他功能尚存。身体的变化导致我的视角也随之变化。我没有主动终止医生的身份，而是医生的身份抛弃了我。失去了治病救人的能力，我和世界的联系变得虚无缥缈。为了使新的、更急需的部分长出来，我不得不让一些旧的部分死去。这些新的部分是焦虑的，它们了解动弹不得的感受，也尝过痛苦和无助的滋味。当我经过时，它们就像带有倒刺的种子和袜钩一样，会勾住我。

刚回到工作岗位时，我对白大褂的感觉相当陌生。我用各种借口避免穿上它：谎称它的聚酯纤维成分让我皮肤瘙痒，或

第九章 转化与洗涤 179

是自己不小心把咖啡洒在上面，或把它落在了车上。一整年，我都称它为我的"医生戏服"。为此，我选择穿着商务服饰来医院上班，不是穿西装外套就是连衣裙。

即便重返工作岗位，我的心还停留在病人的认知层次。我能感受到患者们的恐惧。看着他们的 X 光片，我能感受到他们肺水肿的重量，并知道他们正经历着怎样的痛苦。此外，我发现与患者感同身受、透过其患者身份看到更深层次的做法是正确的，而我此前一直警惕着，以为这么做会使我分心。因为这场病，我的过去全部分崩离析了。那些所谓对待患者的"正确"方法，那种严肃而隐忍的态度，也都一去不复返了。

若将我们的一切剥夺，我们又会是谁呢？人生得意时，我们一般不会思考这样的问题。一旦遭遇重大变故，我们支离破碎的自己便散落一地，我们舍弃建立身份认知的基础，将其视为一种附属品，并任其自生自灭。我们通过各种关系来定义自己的每种身份，而当我们失去某个人，我们便失去了一个定义自己的标签。继续生活的我们被砍去了一部分。随着生命中一次次失去的累加，我们不再是谁的妻子、母亲或女儿，却在此过程中同时拥有了其他的一些身份。我不再是过去那个医生，也不再是一个准妈妈，然而，我将永远是一名患者。以前的我渐渐腐烂、消弭，我却从中发现了生命的尊严和美。

两年后的今天，在一种面目全非、新旧交替的状态中，我第一次开始感觉到生命的圆满。于是，再怀一个孩子的计划被我提上日程。

我预约了自己信任的每一位医生，他们知道我经历过什么。去见他们之前，我准备了长长的问题清单。通过提问，我将内心的恐惧诉诸语言：再次怀孕的风险最高可能有多少？在雌激素的作用下，我的肝部再度出现血肿的概率有多大？那场大病会不会再来一次？我历来有列出问题清单的习惯，因为将记忆中的琐碎任务写下来能让我保持专注。我发现自己可以将许多东西写出来，就连忧虑也不例外。结果证明，这些医生不仅是我值得信赖的人，更可以说是滋养我的土地。他们能有效使我停止焦虑，好让我心中那一点希望的种子在废墟中发芽，向光生长。我从他们身上学到，人与人之间的关系能够塑造我们，使我们从中汲取成长所需的大量养料，并使我们能够安心将自己托付于他人之手。因为知道背后有这些医生在支持着我，我有了重新信任自己身体的勇气。次年春天，正值郁金香开始绽放之际，我发现自己再次怀孕了。

我对自己的身体好不容易建立起了信心，可我的家人或同事并没有同感。想想也是，他们听到我宣布怀孕的消息时，想不感到害怕也难。他们和我不同，还没有机会好好地消化这则重磅消息，也不知道我掌握的信息：那些医生们告诉我，我可以怀孕，风险与大多数女性怀孕时没什么不同。我体内的肿瘤已被完全切除，HELLP综合征也不存在复发的问题，因为我从一开始就没得过这种病。尽管一切指标都显示我可以怀孕，却没有人相信我。

没有人向我们表示祝贺。我们收到的反应要么是"你疯了

第九章　转化与洗涤　　181

吗"，要么是"你不要孩子不行吗"，还有"我一时接受不了这个消息"，再有就是"太好了，现在你可真是自寻死路了"。

我知道，周围人的担忧不无道理，因此我更愿意将这些话视为爱的证明。我的一场大病让每个关心我的人伤心欲绝，而他们的恐惧并不是危言耸听。我只是无法理解他们。从刚怀孕的那几周开始，我就明确了两件事：第一，这次怀的是男孩；第二，我肯定能顺利生下他。至于我为什么对这两件事如此笃定，具体原因我也说不清。但我在怀孕不满一个月时便告诉丈夫："我不希望你担心我，这个孩子和我都会好好的。"

"很高兴你能这么想。别误会，我当然觉得这是件好事。话说，你怎么就这么确定呢？"兰迪一脸怀疑。

"我就是知道。"我无法通过语言向他解释。这几年来，我日夜担心前方又有一场大灾难随时可能降临，或是对肿瘤的生长提心吊胆，谁知我却在此过程中发展出了一种敏锐的直觉。正是这种直觉使我确信，我和孩子都将安然无恙。最后，我想来想去，决定用兰迪可能理解的唯一方式向他解释我信心的来源："我知道这次怀孕一定不会有事，就像我第一次见你的那天就有预感我会嫁给你一样。"

兰迪笑了，原谅了我并不贴切的类比，并接受了这套把自信归结于运气、命运和偶然的说辞。

"你就等着瞧吧。"我再次向他保证。如今的我怎么也理解不了他人的担忧。不知不觉间，我和周围人像调换了身份似的，这次焦虑的不再是我，而成了别人。

我俩的相遇可以说是命运开的一个玩笑。当时，我刚结束了在纽约的住院医生培训，转而被分配至密歇根的这家医院继续接受专科医生培训。临行前，我随身携带了一本日本小说家村上春树的书。当年，村上在美国还没到家喻户晓的程度，但我已然成了他的忠实读者。之前我那位跳楼自杀的同学同样是村上的死忠。在我30岁生日之际，他曾送给我一部村上的短篇小说《生日女郎》作为礼物。与兰迪第一次见面的那天，正好是村上的新书在美国发售的日子。刚上完瑜伽课的我狂奔到书店，却意外地发现密歇根这种中西部地区的书店并不像纽约曼哈顿的书店那样钟情日本小说。见书架上没有摆放村上春树的新书，失落的我转而走进书店的咖啡厅，打算用咖啡因抚慰自己受伤的心灵。就在我刚坐下准备学习时，我竟然无意中瞟见了那本我想买的书：《海边的卡夫卡》。它当时就躺在咖啡厅里的一张桌子上，桌边的男人正是我未来的丈夫。

回头想想，那并不是他的书，毕竟他更喜欢冯内古特和塞林格的作品。或许是别人把书落在了他面前的桌子上？于是，我走上前去，问他能否给我这本书。他瞥了一眼书的封面，狐疑地看着我。

"你想要这个村什么树写的《海边的卡夫卡》？"他挑衅般问道，刻意拼错了我挚爱作家的名字，这显然证明在他看来，我对这本外国文学作品的渴望，不过是用来搭讪他的一种做作伎俩。

"是的，而且你手上拿着的可能是整个美国中西部地区的唯一一本。"我也毫不示弱，语气中透露出一股来自纽约人的

第九章 转化与洗涤 183

鄙夷。

"行,那你拿去吧。"他假笑着把书递给了我。

我对村上春树的仰慕之情绝不允许有人对他的书如此轻慢,于是,我又花了 15 分钟,向面前的这个男人宣传他,并将他的写作风格和冯内古特、塞林格等作家的进行了一番对比。看着这个男人一脸不太相信的表情,我只好起身给他拿了一本村上春树更为人熟知的作品,以示佐证。

"你读读这本。"我命令他。

"现在?"他问。

"不是现在,但你会明白我是对的。村上春树的书妙不可言。"我坐等他开始阅读,尽管心里知道这不大可能。

就这样,在书店里,一个奇怪的女人盯着一个男人,要他读一本日本小说。兰迪说他当时不知所措,于是只好请我共进午餐。

若干年后的今天,我俩坐在产检室里。我端详着他的脸,努力回忆以前不认识他的日子。结果,我什么也想不起来。这时,他紧紧握住了我的手。

"没事的。"我对他说。

"你一直这么说,但你万一有个三长两短怎么办?"他说。

看着他侧脸的下颚线条,我突然回想起某件往事。那是在一年前,我们坐在一位社工铺着合成地板的办公室里。我们决定领养一个孩子,因此正在这间办公室里接受社工提出的常规问询。社工对着一张问题清单向我们提问,突然冷不丁地问了兰迪一句"你为什么想要为人父母"。这个宽泛的问题来得如此突然，以至于我们一瞬间无法给出令人信服的答案。我的脑子转得飞快，最后打算用一种存在主义的世界观来回答这个问题，比如"让人类的香火代代延续"之类的。其实，我真不知该说些什么。我看着丈夫，却发现他并不如我想象得那样紧张，甚至没有皱眉。他好像觉得这个问题并不难，只是真诚地回答道："我希望能在早晨醒来的时候，听自己的孩子说说今天想做什么，然后说'好啊，那我们一起去完成吧'。无论做什么都好，我只想让孩子小小的梦想成真。那种感觉应该会很棒。"

就在这一刹那，我之前有过的想法和藏在潜意识里的思绪一齐涌了出来。我感觉没人比兰迪更值得为人父母，而为了实现他当上爸爸的心愿，我什么都愿意做。尽管领养也能让我们当上父母，但我不得不承认我心中存有一丝懊悔。那种两个人将自己的DNA和个性进行融合，进而创造一个小生命的神奇过程，我们恐怕再也体会不到了。社工的问题拷打着我的灵魂，我开始担心我们领养的决定只是出于恐惧而做出的。此刻，我们得对自己坦诚，重新考虑是不是应该再尝试一次怀孕。

离开社工办公室时，我们依旧坚持要领养一个孩子。后来，我俩做了一个大文件夹，用来展示我们家庭生活的温馨和有趣。文件夹里有不少我们夫妇俩与其他孩子共同参加活动的照片，比如大家在一起吃冰激凌、做手工，等等。最后，我们成功进入了候选家庭名单。等待消息的过程中，我们却开始动摇，怀疑自己是否有可能太过谨慎，或是太过乐观。我们甚至不知道，经过那样一场浩劫后，我的身体是否还可能再度怀孕。此外，我们还担心，是否会有哪位生母愿意选择像我们这样的家庭。就这样,我和兰迪争论不休。经过一番苦思冥想,我俩决定信赖上天的力量,让命运替我们拣选应该走的路。同时,我们会活在当下,且无论未来发生何事,我们都将欣然接受。我站在教堂里默默许下诺言:"无论你将怎样的孩子带给我,我都会接受命运安排。"神奇的事情发生了。在我们还没等到领养消息时,我就怀孕了。

这就是我们现在坐在产检室而非社工办公室里的原因。产科医生走了进来,坐下时叹了口气。他面带笑容地看了我们一眼,转而专注地盯着手中的产检报告。他正是我心目中一个产科医生应该有的样子:人近老年,双肩微驼,两鬓斑白,犀利的目光从镜片后透出来。他有一双清澈的蓝眼睛,传递出一种要把每件事情做好的热望。微笑的神情之上,是一对紧蹙的眉头。

"我知道自己来得有点儿早。"我抢先解释道。听见他刚才那一声叹息,我立刻以为他的潜台词是:这才怀孕不久,你们夫妻俩就来了,未免也太激动了吧?"我也知道,孕早期的确没什么好查的。但是……你知道上次的事,所以我们可算冒了很大的险。所以我早早来了,以防万一。"

"没事。你大概怀孕6周了,对吧?已经可以来检查了。"他宽慰我们。

但他的笑容里夹杂着一种悲伤的神色。他说:"我一直在缩减自己的工作时间,恐怕不会再接诊那么多孕妇。要是能把工作量减少到每周8小时就谢天谢地了。我已经和上级谈过了,我觉得我的年纪再也不允许我一天看那么多病人了。我仍然热爱我的工作，只是需要在工作和生活中多一些平衡。"

他谈起这份工作如何影响了他的个人生活。例如，他的第一次婚姻并不顺利，原因是他没能成为一个理想的丈夫。他和妻子互相指责，将婚姻的失败推到对方头上，最后，他们的婚姻彻底破裂。为了熬过刚离婚的日子，他有时会依靠不健康的生活方式。好在他后来开始通过运动排遣郁结，并发现情况渐渐好了起来。他说，现在他只剩下一个怪癖，就是嚼口香糖。

"为人父母，要操心的事很多，"他承认，"同时兼顾丈夫的角色和医生的职责更是难上加难。我们终日肩负着许多恐惧、焦虑和愧疚，你不觉得吗？"

我点点头。兰迪看看我，又看看产科医生，不明白我俩在暗中交换怎样的信息。

"首先，我要恭喜你怀孕6周。接下来，我们要做个血常规检查。两周后，再请你来做个彩超检查。运气好的话，那时我们应该可以听见孩子的心跳了。"他笑着说，"但我需要再三提醒你的是，鉴于你之前的情况，这次怀孕也不会一帆风顺。但无论过程中有怎样的坎坷，结果总会是好的。"

我的鼻头突然发酸。我能感受到这位医生经历过的一切，我也知道他对我们夫妇的充分理解。我相信他刚才说的话，无论过程中有怎样的坎坷，结果总会是好的。

被焦虑折磨的患者有时会让医生受到打击。他们无休止地向医生提问，很容易被误以为是在质疑医生的能力。医生们因此经常采取自卫的态势，甚至更差，对患者居高临下。如果此时听见医生说"别担心"或"注意休息就行"之类的话，患者

第九章　转化与洗涤 | 187

更可能有一种受到侮辱的感觉。在生病的日子里，我就经常听见医生们对我说这种话。但在那时，也有像这位产科医生一样操心的医生。他们了解患者背后的故事，并为患者设身处地地着想。正是他们亲身经历的痛苦，才使他们变得谦卑。

在接下来的6个月内，这位产科医生一直跟进我的孕期健康状况。他有问必答，平复我们不时产生的恐惧，并审慎地兑现着自己的诺言。正如他之前向我们保证得那样，孕期的大多数时候一切正常。直到第27周时，一个严重的问题才浮出水面。

事情还得归结于病发当晚我接受的那场紧急手术。医生们只是潦草地为我缝合了伤口，好让包括子宫在内的器官大致归位。由于完全不是本着加速伤口愈合的目的而缝合的，更别提将以后怀孕的情况考虑在内，当孩子在我的子宫里越长越大时，子宫壁的过度延展已经达到了危险的程度。

当天，做完例行彩超检查的一小时后，产科医生给我打来了电话。

"嗨，你在哪儿？"他问。

我知道这种问题意味着肯定没好事。"我就在医院里，你可能已经听说了，我刚做完彩超。我准备回ICU工作。"语毕，我突然意识到自己有些语无伦次，可能是因为我在潜意识里不想听到任何坏消息。

"正好。"医生完全没察觉我的异样，继续说，"请你现在就去妇产科候诊室，跟那里的人说，我已经帮你在产前护理病房安排了一张床位，并让他们给你注射一针类固醇，以促进胎儿的肺部发育。现在就动身，明白吗？"

"为什么这么急？出什么事了吗？"我的大脑一片空白，不知这突如其来的紧急情况意味着什么。

"子宫壁没有肌肉组织，正常厚度至少在2厘米以上。而你在腹部手术创口区域内的子宫壁因为过度延展，目前只有约2毫米厚，已经达到了破裂的危险边缘。所以你需要赶紧卧床休息。事情就是这样。"

我的第一反应完全是自哀自怜。我暗想，为什么自己总是过不去怀胎七月的坎？然而，这种怨天尤人的失望很快被村上春树《生日女郎》中的一句对白轻轻抚平："无论什么降临到一个人的头上，都阻挡不了他或她活成心目中的样子。"

"不会有事的，"医生向我保证，"我会让新生儿科的专家来一趟。我们会打点好一切事宜。新生儿科的专家对早产儿早就见怪不怪了。"

"我相信你，但现在引产会不会太早了一点？"说话间，我想起了第一个孩子的黑白照片里她那半透明的小小身躯。

"或许我们还可以再拖上几周，具体情况再看吧。但无论如何，你都会没事的。我希望你谨记这一点。"说完这话，医生挂断了电话。

我呆坐在椅子上，手里握着手机，不知该先给谁打电话。

办完入院手续后，护士发给我一套病号服，并为我紧紧戴上印有个人ID的纸制腕带，这不禁使我回想起儿时参加狂欢节的类似场景。我低头看着这身病号服和脚上带有松紧带的荧光色长筒袜，这才意识到自己又回到了患者的身份。不一会儿，护士将一根长长的针头猛地扎进我的后背，仿佛在强调这种身份上的转变。闻讯赶来的兰迪摇着头，不敢相信昨日竟然重现得如此快。

被叫来的新生儿科专家向我们介绍了一切可能发生的情形："孕期第27周，胎儿需要辅助呼吸。等到32周时，这种需求会大大减少。胎儿脑室内出血，即血液流进胎儿脑部的风险，虽然将因为类固醇的保护而降低，却仍然不失为一个现实的威胁，而且胎儿的周龄越大，这种风险也会相应降低。通常情况下，像你这样怀孕27周的孕妇，胎儿流产的概率很小。我们可以尽己所能保住胎儿，但也不排除胎儿残疾的可能性。"

对于这位专家表露出的自信，我微笑了一下，心里却十分清楚，我上次流产的时候正值怀孕第27周。

我听他讲述着每种预估风险的大小和每个可能发生的最坏的情形，内心却认为一切都不会发生。我并非不尊重医生仔细评估的各项风险值，只是更愿意倾听身体自发传来的信息。它曾一次次地警示我前方可能存在的危险，而现在，它已悄悄地向我保证，这次一定没问题。

无论前方还有什么挑战或阻碍等着我，我都会活出自己心目中的样子。仿佛有个声音在告诉我，我命中注定是这个孩子的母亲。

我在产前护理病房里过得悠然自得，享受着应有尽有的书籍、食物和亲朋好友的关怀。兰迪每天早晨上班途中会顺便过来探视，每晚下班回家时会再来一次。他总是给我带来大束大束明艳动人的郁金香，好让我的病房增添活力。看着这些花，我总会想到季节流转带来的重生。我母亲每次来的时候都会带着大包小包的熟食和毛线。她不厌其烦地教我编织，还总能轻轻松松地织出美丽的毯子作为示范。我从网上下载了几个花式，织出来的帽子和小靴子却总是歪歪扭扭的。这段住院时光在一派祥和中流逝。其间，我偶尔会接受一些检查，但在大多数时候，我并不觉得自己是个病人。

朋友和同事们不时来探望我。由于我所在的病房恰巧处于医院里的共享办公区，同事们有时在白天过来，权当短暂的休息。他们看见我一切安好的样子，总是掩饰不住惊讶。但在他们的祝贺背后，我仿佛总能看见一条悲伤的影子。过去那段痛苦的经历让他们心有余悸，他们中的一些人更是因为昔日的误诊和临床失误而带着负罪感踏进病房。正是在这间病房里，尽管我早已习惯住院的日常生活，却仍然每天有新的体会。我母亲总会用茶或自制手工饼干招待访客。在碳水化合物、咖啡因和共同度过的时光的作用下，他们渐渐变得畅所欲言。虽然他们总是成双成对地前来，但在我的记忆中，我总会和他们坐在一起，围成一圈，品着塑料杯里的浓茶或咖啡。经过开头的一段沉默后，总有那么一个人会挑起话头。

"我所在科室里有个小男孩。他虽然还没达到真正意义上的脑死亡状态，却已基本全面丧失了生活自理的能力。所幸，他还能依靠呼吸机呼吸，并不时会眨一眨眼。但他的家人怎么也接受不了这个现实，还一直渴望奇迹出现。现在，这个可怜的小男孩住进了疗养院，恐怕余生都得在那里度过。只要一想起这件事，我就觉得害怕。不知怎地，我觉得自己本该阻止这一

第九章 转化与洗涤 　191

切发生,却不知道该怎么办。我当时怎么做才更好呢?"

我这才意识到,原来这样的倾诉,可以说是对医生心灵的一次洗涤。上面这种想法经常困扰着我们,它们给我们的压力之大总会让我们将其一口气倾吐而出,不给我们一丝喘息的机会。藏在医生心中的这些问题属于他们自己和房间里的所有人,也属于我,我们都不期待一个具体的答案。这些是我们拥有的共同回忆,以一种传统的叙事形式讲述。通过对共同的经历进行反思,我们团结在一起,甚至好像因此突破了个人认知的极限。此外,经由这种小组式的经验分享,我们希望集合众人的智慧,更好地解决此前无法参透的困惑。

我们很少对彼此的困惑做出回应。相反,我们总会举出另一种困惑的情景。有时,向他人倾吐心声反而会被视为一种挑衅或侵扰。但被大家忽视的是,我们之所以忍不住向他人倾诉,实则出于一种发自内心深处的懊悔。这种懊悔因医学体系中存在的缺陷而起,而在这些缺陷面前,我们都感觉无能为力。

"我们医疗组告诉这位患者,由于他的病情已经发展到晚期,肾病科决定不给他做血液透析,并真诚地建议他接受一些临终关怀类的服务。后来,肾病科的人来了,说他们要给这位患者做透析,这让我们的科室之间显得缺乏沟通。我承认,我们科室之间的确沟通不良,导致各方都搞不清状况。现在,这家人对我们已经失去了信任,也没有采纳我们对临终关怀的建议。"

当一位同事吐露完内心的困惑后,我们通常会陷入一小段时间的沉默。这不是尴尬,而是一种无声的支持,仿佛在说

"我十分理解那种糟糕的感受,但对于这个问题,我暂时也没有答案"。我看到,由于缺少发泄情绪的其他途径,我们只好将别人撒在我们身上的怒气默默消化。我们相信,在冲突面前选择退让与沉默才符合医生职业素养的要求。附近医院的医生朋友有时也会造访,而我总是被我们彼此间产生的共鸣震撼。

"我们组不太确定这位患者的情况有多危急,所以为这位96岁高龄的患者做了30分钟的心肺复苏和气管插管。今早,老人的女儿怒气冲冲地来到医院,不明白为什么我们要做那样的事。但除了'抱歉',我还能说什么呢?说实话,我也不明白我们为什么要那么做。"

在大家的表述中,我们经历着各种各样的痛苦。有时是情感上的麻木,有时是成瘾问题,还有时是彻头彻尾的疲惫。

"我发现,每天见证着各种悲欢离合,我渐渐变得麻木。最近,我开始酗酒。我知道这样不好,但不得不承认,这是目前唯一能帮我入睡的方法。"

"我开始认真考虑,要不要申请调到其他科室去,或是改读MBA。临床工作与我想象的不同。我并不觉得自己活得有意义,也没觉得自己给他人的生活带来了任何改变。"

有时,我们回忆着在外人看来极度悲伤的时刻。但外人有所不知的是,这些都只是我们日常工作的一部分而已。

"这位孕妇患者不愿接受输血,因此我告诉她,'不输血也可以,我们会帮你把孩子接生下来,抱到你眼前。你将和孩子有一两个小时的相处时间,然后就要说再见了'。她看着我说,'你的意思是我会死吗?'于是,我只好告诉她,'是的,不输血的话，你就会死。虽然我不同意你的做法，但我将充分尊重你的意愿'。"

对于发生在我们眼前的生离死别，我们也不知该如何处理自己的情绪。

"就在今天，我眼睁睁地看着一个7岁的孩子向他的母亲道别，因为这位母亲得不到合适的肝脏配型。小男孩看着我说，'请问你能治好妈妈，让她早点回家吗？'在这种情况下，我能做什么？事后，我害怕得不敢回家，因为我知道，只要一看见和他差不多大的儿子，我就会忍不住想象未来某天失去他的情景。"

历经一次次心碎，在排山倒海般的愧疚感前，我们迫切地渴求着某种能帮我们增强心理承受力的机制。身为医生，我深知我们有多容易让人们失望。即使我们的全部举动都出于治病救人的善意，也似乎总是因为缺少必要的自我疗愈手段，而让自己的心灵伤痕累累。

此前我没有意识到，原来我们每次举行的小型分享会，都是在探索回忆究竟给我们留下了怎样的心理创伤。鉴于这种创伤的发源地正是我们的工作场所，我们没有机会洗清它们沾染的痛苦印象，反而要时常直面这些痛苦回忆，我们得另辟蹊径，以一种不同的方式处理我们的失败。病房是我们和患者共同经历创伤的地方，因此不适合作为医生们排遣情绪的圣地。它们需要被以一种全新的方式利用起来。有意思的是，我们日复一日地接收新的病人，或执行下一道治疗程序，在此过程中抹去了对前人的回忆。对于共有一段痛苦回忆的群体而言，抹去回忆通常是大家用来逃避源于悲剧的羞愧感的方式。然而,我们是否意识到自己是在故意逃避这段痛苦的回忆?我们之所以不去面对它,是不是因为我们缺乏指代我们默默吞下的痛苦的标志?由于没有一个具体的场所供我们悼念这段回忆,我们把它们吸纳为自己的,将其深埋在心中,藏在胸口,握住不放。

总有一些事能够伤害我们心底同一个脆弱之处。那种拼尽全力却依旧回天乏术的感觉,在每个人的心中都留下了一道烙印。尽管我们渐渐习惯对这种感觉避而不谈,但只要有机会分享彼此痛苦的经历,我们柔软的内心总会受到触动。它超越了个人的心理创伤,而使一群人的共同痛苦得到升华。通过组织这类小型分享会,我们得以重新审视过去不愉快的经历,并在彼此的包容和理解中达成新的共识。正是在这样的分享会上,我才知道,无论是我作为病人发现的不足,还是我作为医生体会到的纠结,都不是我一个人独有的感受。我还了解到,尽管我们暂时没有相应的解决方案,但我们至少可以成为一个互相扶持的集体。

我们分享时,我那在一旁埋首编织的母亲会抬起头来,无论对谁都说一句:"你们的工作可真不容易啊。"我们点头表示赞同。对我们分享的悲伤故事与内心挣扎,连我的母亲都能感同身受。分享会上没有评判,也没有指责,有的只是全然的接纳。虽然我们获得的只是一种单纯的应和,但对于经历过那些风浪的我们而言,这正是我们所需要的。没想到,在产科病房这样一个看似不起眼的地方,我和同事们竟然找到了心灵的慰藉,获得了心灵的净化,而这里离我之前差点死掉的地方仅隔了几米的距离。最令人出乎意料的是,我们发现为心灵疗伤并非一项耗时耗力的浩大工程,反而非常简单。我们在这个安全的地方开诚布公地分享心事,并因此重获新生,有了重新投入工作的力量。

事实证明,即使后来我出院了,我们在这间病房里结成的友谊依旧长存。以至于若干年后,我们偶尔在电梯或过道里相遇时,仍会略过无聊的寒暄,直抒肺腑之言。

"你知道医学院又有人自杀了吗?"一个同事一边和我走进会议室一边问我。我点了点头。

"我最近一直在想,要不要给医学院的学生们组织一场有关羞愧的研讨会。你愿意来帮忙吗?"他问。看着他悲伤的眼睛,我当即答应下来。

现在,每当遭遇触动人心的事件时,我们总能直面现实,并寻找彼此。例如,一场急救过后,只需一条内容为"我想倾诉"的短信,我们就会聚在一起,聆听彼此的心事。

后来,我们的小圈子渐渐扩大,越来越多的人加入了。我们一起展开头脑风暴,寻求共鸣。我们组织主题研讨会与沟通工作坊,帮助自己和其他医生同事掌握必要的工具,用以驾驭艰难的对话。我们还会发表以同理心为主题的演讲,通过电子邮件分享好诗,并借助写作的方式进行自我反思。我们承认彼此缺一不可,并因此携手前行。

但在这一切发生之前,有件事让我深刻体会到了结成这种圈子的必要性。入住产前护理病房四周后,我的情况出现恶化,子宫随时有破裂的危险。它开始隐隐收缩,进一步挑战着子宫壁张力的极限。当晚负责值班的产科医生前来做了自我介绍,准备随时为我做引产手术。他一直喋喋不休地在病房里对我说教,使我恼怒不已。他面色疲倦,而且隐隐给人一种不耐烦的感觉。他没问我任何问题,而是上来就说:"据我了解,原定计划是明天一早送你进手术室。但如果你的情况继续恶化的话,我只能庆幸已经见过你了。"我琢磨着这句话,越想越不明白。他想着至少要见我一面,就好像在给人做手术之前,他只要走一下这个过场就够了似的。

"好吧,那你看过我的彩超报告了吗?"我问。

"还没,不过没关系,不用担心。"他试图安慰我。

然而,我却觉得他的这句话无异于一种侮辱。他凭什么用这种居高临下的语气,以为简单地说一句"不用担心"就可以让我放心?我认为他应该看看数据,用事实来下结论。"胎盘的位置正对着计划实施手术切口的地方,对吧?"我故意停顿了一下,想看看他的反应。他没有反应,我只好继续道:"我之前做过一次紧急剖腹产手术,而且手术医生当时采用的是垂直切口。这些你应该知道吧?"我想再给他一次回应的机会,但他还是一言不发地盯着我。终于,我被彻底激怒了:"假如你在这次的手术过程中发现那块伤疤,并决定从同样的切口切入,是否就会直接刺穿我的胎盘呢?这一点你考虑过吗?没有。你连我的彩超报告都没看,怎么可能考虑过呢?你对我的病史有一点了解吗?"

一旁的兰迪并未插手,而只是冷静地听着我的长篇大论。

显然，他知道我终于敢开口捍卫自己的权利了。

这位产科医生终于开口了，但他不仅没有一丝道歉的意思，话语间却满是傲慢和自以为是。"听着，你不能既当裁判员又当运动员。现在很清楚，我才是裁判员。"这是他第一次正视我的双眼，而他这么做的目的是为了向我示威。

我整整沉默了五秒钟，一面与他对视，一面在心里盘算着下一步该做何举动。一种方式是向上面投诉，炒了他，但这样就会造成今晚无人值班的局面。还有一种方式是接受他这种傲慢的态度，把苦水往自己肚里咽。

"我拒绝你给我做手术。现在你可以滚了。"我受够了对无理的医生一忍再忍，也受够了这些人一次次地浪费我将自己生命托付给他们的信任。最后，我给主治医生打了个电话，求他务必阻止这位产科医生进手术室。

"我不想让那个人给我动手术。"我愤怒地说，"我不是故意刁难他，只是发自内心地不能接受他。他不值得我信任。"

"如果需要我从家里赶过来为你接生的话，我一定会来。"我的主治医生向我保证。事后他才向我承认，其实他当时非常担心，万一我今晚就要分娩，他有可能没有精力驱车赶到医院。他昨天刚值了一晚上的班，已经连续48小时没合眼，于是暗中祈祷我能安然度过今晚。这样，等他明天一觉醒来，他才能有充沛的精力保证我的手术质量。

那个晚上我确实没出问题。次日清晨7点45分，我在他的帮助下通过剖腹产手术顺利诞下一名重1.7千克的男婴。孩子虽然早产，但身体健康。第一次听见他那清脆、响亮的啼哭时，我瞬间松了一口气。而这口气，我感觉已经憋了至少两年。

我的孩子终于来到了世上。

从这一瞬间开始，我又经历了一次人生的转化——这次我成了一个母亲。

第十章　新生命

　　我的儿子被转送至新生儿加护病房前,先被护士检查了一遍,再用干净的衣服包好,被抱到我面前。手术过程很艰难,他的呼吸极其微弱。手术医生说,他们剖开我的腹部,发现暴露出来的子宫壁已经伸展到极限,薄得就像一张透明的红色膜。

　　鉴于这类高风险手术可能给我带来的创伤,主刀医师不得不让兰迪在术前做好心理准备,让他了解每一种可能的突发情况:"如果我表情轻松地对你说'去外面等着好吗',就表示请你放心,手术进展顺利。因为假如你继续待在手术室里,你就会看见或听见某些让你神经紧张的东西。但如果我表情严肃地对你说'立刻去外面等着',就表示我要求你离开手术室,去候诊室等着,因为接下来我们要处理一些棘手的事,而我并不希望你旁观。你明白我的意思吗?"兰迪模仿了一下这两种语气,预演了怎样的说话方式算是紧急,怎样又算是轻松。医生和我都做好了突发状况的心理准备,且不约而同地认为紧急情况大约有五成的概率发生。我们知道,倘若紧急情况真的发生,医生将对我实施紧急子宫切除术,以免我因失血过多身亡。

　　手术过程中,他虽然没有动用那句"立刻去外面等着"的暗号,却急促地重复着"把胎头吸引器给我""我要胎头吸引器"以及"为什么这个胎头吸引器不能用"之类的话。当时,我的失血量已达1升,血液染红了整个手术台。好在他最终成功地帮我止了血。

脊椎麻醉给我一种横膈膜以下部位全部瘫痪的感觉,并干扰了我的正常呼吸功能。我平躺着,四肢被厚重的带子固定在手术台上,脑中一直不停地想着一件事:原来被钉在十字架上的耶稣是窒息死的。这是一种溺水的感觉,吸气似乎成了一个徒劳的动作。我突然想起了那位跳窗身亡的朋友,他在空中自由落体时大概就是这种感受吧。我的心仿佛一下子提到了嗓子眼。一旁的麻醉师反复向我保证没事,却为我戴上了氧气面罩。

随着麻药渐渐褪去,我总算好过一些,但这也意味着医生们给我缝的每一针我都能感觉到。粗粗的手术缝合针刺过我的皮肤,又从另一侧的皮肤表面穿出。多亏缝合线的张力,我的腹腔内组织才得以被固定在原位。虽然依旧没有痛感,但是身体会随着缝合针的进进出出而摇晃,着实让我有种超现实之感。大约缝了六七针,我云淡风轻地对主刀大夫说:"你知道我能感觉到你在缝针。"听到这话,他加快了速度,尽早结束了手术。

在忙而不乱的手术过程中,我肚里的孩子不小心将两大口羊水吸进尚未发育成熟的肺里。当我被抬下手术台、送至产后护理病房时,我意识到了这个问题对孩子的危害。兰迪来到病房,一脸自豪地用手机向我展示孩子躺在新生儿加护病房恒温箱里的视频。看着孩子发紫的嘴唇和凹陷的肋骨间隙,此时的我只有一个想法:他需要呼吸机。于是,我立刻追问:"为什没人给他用呼吸机？"

很快就有护士为孩子接上了呼吸机，并从气道里给他先后注射了两次黏稠的表面活性剂，以帮助其肺部尽快恢复扩张。我坐在轮椅上，被人推着来到新生儿加护病房。眼前这个红扑扑的小生物在恒温箱里动来动去，身上连着许多条监测生命体征用的电线和电极。一条极细的线穿进他的脐带，小小的护目镜防止他的眼睛被用于治疗新生儿黄疸的紫外线直射。他的喂食量以毫升计，体重的增加只能用克来衡量。病房里的一切都是如此的迷你却精准，像极了一个通了电的娃娃屋。

尽管我从未把这两次怀孕联系起来，但新生儿加护病房的护士们显然对此持有不同的看法。她们好像都知道我第一个孩子夭折的事，其中几人甚至当时还在手术现场。她们一般不敢在我面前重提这件往事，以为这会勾起我痛苦的回忆。虽然这话总体没错，但其中有个逻辑问题：她们看到的只是一个没能用心肺复苏术唤醒的 27 周早产儿，但我们不能孤立地看待这件事，还需结合我当时病危的情况来理解。从这个角度看，我不仅活了下来，还四肢健全。光是这两点就足以让我感激涕零。我们不能只将注意力放在失去了什么上，更要看我们得到了什么。

一名护士小心翼翼地向我提起，她就在我第一次分娩的手术现场。随着她开始从自身角度回想当晚的事情经过，我突然意识到，原来她就是那位让我抱抱夭折的孩子却被我拒绝的护士。当时她那失望的神情，我到现在还记忆犹新。

"那晚真是太可怕了。"她的语气依旧小心翼翼。

我被勾起了回忆。是啊，那晚的确可怕。

"这次情况会好很多。"她向我保证。我仔细观察她的表情，希望从中判断她是否真心这么想。然而，她就像一名空姐，即使飞机严重颠簸，也不允许内心的担忧被脸上的一丝表情出卖。

儿子出生后不久，这位护士就率先并时常将孩子抱到我面前，鼓励我抱抱他。看着孩子极度娇嫩的肌肤，我十分肯定现在还不是抱他的时候。护士提醒我，孩子的皮肤还很脆弱，因此我抱他的动作应该尽可能轻柔，以免给他的皮肤造成过强的压力，导致撕裂。这种描述自然让我想起了那个皮肤开始分解的死婴。这次，这名护士依旧坚持要我抱抱儿子，原因是母亲的抚触对母子均有好处。我突然有种奇怪的感觉，在前后截然不同的情境下，她那"母亲就该抱抱孩子"的想法还是无法变通吗？

抱孩子可是个技术活。我不仅需要克服思想上的障碍，还得在护士的指导下毫无纰漏地完成整套动作。这位护士全程没有一点怨言，且非常娴熟地指导我完成了第一次抱孩子的过程。她首先解开孩子身上连着的各种电线和管子，将它们放在安全的地方，接着教我如何给自己彻底消毒，最后才将孩子递给我。我儿子的体重是如此之轻，他是我这辈子抱过的最轻的人。他被我捧在手心里，骨头轻飘飘的，整个人仿佛随时可能像只鸟儿一样飞走。

护士说得没错，母亲抱孩子的确对双方非常有益。我抱着儿子，感受着他轻飘飘的身体，内心却感到无比踏实。他既有

第十章 新生命 203

一种向上的力量，让我的人生变得轻盈，同时又像带来了重力，让我的双脚坚实地踩着大地。

"嘿，小家伙。"我对怀里的儿子轻声说，"我们可等你好久啦。"这一瞬间，我终于理解了家庭成员间的共生关系。因为孩子的出生，我们的小家庭仿佛被优雅却隐形的藤蔓缠绕起来，团结得更加紧密。我的身体不再只是我的身体，一个小生命从中分离出来，逐渐长成一个独立的个体。我们将永远存在于彼此的人生轨迹之中，永远被引力、爱与其他看不见的力量联系在一起。

如有神助一般，我儿子并未像其他许多早产儿一样遭遇各种问题。诸如脑软组织大出血和先天性心脏病之类的致命疾病都会为患儿家庭带来痛彻心扉的噩梦，留下的后遗症甚至可能伴随患儿的一生。好在我们幸运地躲过了这些劫难，我儿子只出现了几种常见的小问题，其中大部分担心都是多余的。可即便是这些小问题，也足以使我们对这个小生命的安危牵肠挂肚。

例如，我们从这段经历中学到，由于早产儿的呼吸系统尚未发育成熟，经常出现呼吸暂停的情况，这会导致心率大幅降低。经验丰富的护士通常只需对出现呼吸暂停的早产儿进行适当的刺激，如托背、揉身体、弹足底等，就能使孩子恢复正常，让他们想起自己需要呼吸。有时，护士会凑近孩子，轻声说："小家伙，你可别吓我啊。"我总是暗自希望护士尽量不要当着家长的面说这类话，因为这会使家长误以为孩子情况不妙，让恐惧加剧。毕竟，呼吸暂停虽是新生儿常见病，但有时的确是某种感染或重病的症状之一。

后来，护士为我儿子拿掉了机械呼吸辅助装置，仅保留一个小小的吸氧鼻饲。我坐在一旁，发现他每小时都会出现好几次呼吸暂停和心率骤降的情况。每到此时，我都像看着他在死亡线上挣扎一样。理智告诉我不是这样的，呼吸暂停只是新生儿的一种常见情况，在一定程度上甚至可以说是婴儿成长过程中的必经环节。我之所以有这种觉悟，是因为早有心理准备。这里的一点好处是，新生儿常见问题的种类比较有限。尽管每个早产儿的体质各不相同，但他们可能出现的问题具有一定程度的可预见性。相较之下，成人的重症监护病房简直堪称地狱。新生儿的发病原因通常已知，因而医护人员可以事先尽可能做好防范措施，并告知家长："鉴于某原因的存在，我们担心某问题可能发生。如果某问题真的发生，我们将展开某行动来应对。"

因此，新生儿加护病房里竟然形成了一种我之前以为不可能存在的信任关系。开诚布公的讨论、及时的病程跟进、持续的沟通和信息披露，为我们结成了一张安全网。因为绝对信任这里的医护人员，我敢把儿子一个人留在这里过夜。我知道，医护人员对他可能出现的问题心里有数，不仅能做出迅速处理，还会将处理结果及时告诉我。

尽管如此，真正的焦虑有时也会找上我。现在每每回想起这种时候，我还心有余悸。记得有一次，儿子的呼吸暂停格外顽固，护士不得不重新给他安上呼吸辅助装置，且由于无法排除潜在细菌感染，必须给他使用抗生素。这时的我真希望自己能代替儿子成为病床上的那个人。比起自己经历过的一切，眼睁睁地看着他的情况不断恶化更使我痛苦。回想之前生病的日子，我的家人看着我与病魔斗争，必定更加煎熬。想到这里，我才体会到，原来当初我竟是如此身在福中不知福。

恒温箱的一角悬着一个小小的圣诞老人挂饰。我注视着这枚挂饰，暗自希望它最终成为一个小吉祥物，哪怕只是个单纯的装饰也行。我想象它被我们挂在家里的圣诞树上，隐没在几百个圣诞树挂饰里。真不明白，为什么这枚挂饰与我当时拿到夭折的女儿的遗照时获得的小泰迪熊挂饰一样大？要是这次再带着一盒儿子的遗物回家，我可能真的活不下去了。

细心的护士们察觉到了我的担忧。尽管她们因为不想给人虚假的希望而无法向我保证孩子的健康，却会用一些逸事和妙语给我鼓励。"有的孩子天生有着无比强大的求生欲。我们发现这种求生欲时，就会非常安心。"她们也向我描述了一些生来没有什么求生欲的孩子，据说这些孩子的眼睛里没有那种想要活下来的光。"注定要离开这个世界的孩子，几乎就像从未来过这个世界一样。在他们降生的过程中缺乏一种东西，一种火花。"

带着护士们分享的经验，我端详着儿子的脸庞。我在他的脸上看见了许多力量，觉得他周身散发出无数道光。他浑身通红，手脚动来动去，小小的身躯好像蕴藏着巨大的能量。最后，他不仅恢复了正常呼吸，甚至还呼吸得比之前更稳健。就这样，他很快被转入加护级别更低的新生儿病房，在护士的指导下学习进食和成长。四周后，他依旧无法做到吮吸、吞咽和呼吸动作的协调统一。可就在圣诞节前的某天，他终于学会了。我们便知道，可以带他回家了。

分别时，几位照顾过他的护士与我们拥抱，并向我们送上诚挚的祝福。一位护士对我说："我永远忘不了你躺在手术台上接受剖腹产的全过程。当时，医生一直催促我们找胎头牵引器，因为手术室里的那把用不了了。就在这时，我的耳边传来一个坚定、平静的声音，'请问有人能帮他修一下牵引器吗？'我四下张望，努力寻找声音的主人。定睛一看，原来说话的人就是你！等手术接近尾声时，你只是冷静地对医生说了一句，'你知道我能感觉到你在缝针'。然后我就一直想，'我的天啊，如果这位女士在这种情况下都能镇定自若的话，她以后在养孩子时遇到任何困难肯定都不在话下！'"

"我当时看上去很冷静吗？其实我心里紧张死了。"我向她坦白。

"亲爱的，那么你已经做好当妈妈的准备啦！"她开怀大笑。

这位护士是我儿子的责任护士，被派来全程跟进他住院期间的护理工作。这种责任制的好处在于，护士得以与患儿建立持续而密切的关系。正因如此，接孩子出院时，我真心觉得这位护士简直可以说是孩子的第二个母亲。她为他付出了太多心血。

讽刺的是，从儿子出生到出院期间，原本有几个月的时间可供我们做好接他回家的准备，但我们就是迟迟不愿着手。自从上次不得不退回订购的婴儿家具后，我和丈夫就在一定程度上变得迷信起来，总觉得这个房间不吉利，因而不愿为刚出生的儿子布置房间。几个朋友得知我们的纠结后，不仅安慰我们，还用亲身经历向我们证明，如果不事先布置好房间，等孩子回家后，我们会手忙脚乱的。

我的朋友达娜——就是发病当晚陪在我身边的那位——对我说："你知道你只需要准备好什么吗？两套婴儿连体衣，一些尿不湿，再来几个奶瓶就够了。"她领养了两个孩子，和我一样不太想让家里挤满太多的婴儿用品，而其中有些东西甚至可能永远也用不上。"不过这么做也有一个问题，"她提醒我们，"就算你这么回家了，最后肯定还是会开车到'宝宝反斗城'去，一手拿着墨西哥卷饼，一手疯狂地翻阅母婴用品店的商品目录，看你到底还要买什么婴儿必需品。"

我另一个男性朋友的经历更加离奇。孩子出生后的两个月内，夫妇俩一直就买不买摇篮的问题争论不休。僵持之下，他们从梳妆台里抽出一格抽屉，铺上几层毯子，让孩子一连两个月睡在抽屉里。直到两个月后的某一天，他和妻子终于达成共识，买了一个摇篮回来。谈到这件事时，他一直强调自己在第三世界国家长大，因此在为人父母的方面并不符合美国标准。

最后，从种种迹象上看，基于我们很可能要把儿子接回家的现实，我终于决定采购一些婴儿家具。即便儿子已经出生，但我总感觉自己为了做出这个决定，在信念上实现了质的飞跃。我和丈夫买了一个象牙色的摇篮、一架高高的法式橱柜以及一座婴儿用梳妆台。梳妆台上安着几个复古风格的黄铜把手，拉开后可作为小桌板使用。我们还保留了上次购买的摇椅及配套的搁脚凳，它们在我之前养病时也帮了大忙。这次，我们给这把摇椅加了点配饰，不仅放上了一个蓝色的抱枕，还在椅背上搭了一条我住院时织的毯子。房间的一面墙上挂着我创作的三幅画：第一幅画上是一只大到几乎占满整个画面的大象，它穿着芭蕾舞裙，努力在一个小球上保持平衡；第二幅画是猴子形象的马戏团长，它穿着燕尾服，头戴高帽，手中还拄着一根拐杖；第三幅画上是一头大熊，它戴着生日礼帽，骑着一辆很小的自行车，车轮在一条高高挂起的钢丝上滚动。我之所以将这三幅画挂在儿子的房间里，是希望让小小的他知道：如果我们任凭想象力驰骋，那么即使是看似最不可能、最奇思妙想的事情，也有可能发生。

把儿子接回家的头一晚，我坐在摇椅里给他喂奶。我亲手织的毯子盖在我的膝盖上，它上面肉眼可见的每一个小线头都让我感到惊讶。即便从织完到现在这么久，这条毯子的编织过程依旧清晰可见。我按照新生儿加护病房的护士教我的那样，一手支着孩子的后颈，一手给他喂奶。丈夫僵在一旁，哑口无言的样子让我以为自己的动作有误。

"怎么了？"我问，"有什么不对吗？"我看到他热泪盈眶。

经过很长一段时间的沉默，他才开口道："我想起以前看你在这张摇椅上睡觉的样子。你知道吗？当时我整夜不敢合眼，生怕你会在我睡着的时候死去。我会时不时听听你的呼吸，特别害怕失去你。"想起惨痛的往事，他摇了摇头。

我以为自己理解了他的意思：我在摇椅里给孩子喂奶的样子让他想起了过去的我。于是我说："但我现在没事了。不用再担心了。"

"我不是这个意思。我现在不担心，也不难过。"他擦了一把眼泪，"我很开心，像是一个天大的梦想终于实现了一样。那时候，我甚至不敢奢望有一天能看见你在这张摇椅上给我们的孩子喂奶的样子。我只是希望你没事。"

"你梦想成真了。"我微笑着说。

"是的。"他也笑了起来。

我坐在摇椅里，哄着怀里的孩子，心想，每个孩子身上都浓缩着上一代人的特色。他们从父母那里各自继承了一半DNA，延续了家族的历史与习俗，性格上还有父母的影子，甚至在人生抱负上也可能受到父母的影响。先人已逝，却在后人身上留下了精华。儿子的中间名与我父亲的一样，都是马尔万（巧的是，这也是给我做肝切除手术的医生的名字）。我和丈夫有意给儿子取了个简单的名字——沃尔特。虽然我们也曾想过要给他取个更友善、更像晚间新闻主播或是迪士尼动画片里的魔术的名字，但最后，出于我对诗的热爱，我们还是决定给他取了这样一个名字。

"我向你发誓，"我引用了一句沃尔特·惠特曼（Walt Whitman）的诗，对怀里的儿子柔声说，"世间有神妙之事，美得不可言喻。"

我已经找回了失去的语言能力，然而有时仍会觉得词穷。这个房间里发生的"神妙之事"，我根本无法用语言描述。但我知道，即便语言有时是苍白无力的，某天我仍想亲口告诉儿子，他的身上承载着我们如此多的爱，还有如此多无声的祈祷与祝福。

第十一章　与患者同在的医生们

由于严重早产,沃尔特的行走能力及其他大动作发育比别的孩子迟缓。三岁前,他的身体协调性一直很差。我们不仅通常拒绝承认这一点,还做了一系列补救措施,比如不厌其烦地跟在他后面,随时准备接住就要摔倒的他。在这个阶段,我拍了许多照片。除了经常挂在他嘴边的口水外,其余画面都承载着美好的回忆。不同于擅长隐藏内心感受的成人,天真无邪的孩子们身体感受到什么,嘴上就会说出来。沃尔特如果对自己不协调的肢体感到气馁,就会将沮丧表现出来。他如果摔痛了,就会毫不犹豫地放声大哭。这种诚实是如此纯粹,更加衬托出周围大人们在这方面的不足。在成人的世界里,我们好像不知该如何与内心的感受共处,只知道一个劲儿地隐藏它们。我们不喜欢让别人看出我们内心的脆弱,便成年累月地建起一层层保护,使我们的自尊心免遭外界伤害。长此以往,即便我们看见他人身上的无助甚至脆弱,也认为正确的做法就是假装没看见。

沃尔特三岁时,似乎已经彻底摆脱了早产带来的种种问题。我们计划给他办一场以马戏团为主题的生日派对,于是邀请了一个乌克兰家庭前来，教沃尔特和他的朋友们如何玩高空秋千，并让孩子们为大家献上了一场表演。派对现场安置了独轮车、平衡木，甚至还配备了一个临时的马戏团长。孩子们的小脸上涂着亮闪闪的颜料，小女孩身穿花式芭蕾舞裙，小男孩们则戴上高高的帽子。他们在球上努力平衡身体，面带微笑，为刚学会杂耍技巧感到无比骄傲。

这群教练好像不费吹灰之力，就帮孩子们完成了这些看似不可能的任务。孩子们时而窃窃私语，时而咯咯笑，在欢笑中学会了各种杂耍技巧。但最让我们印象深刻的是，就连年纪最小的孩子也在学习杂耍的过程中展现了无比的专注。无论是走过悬空的细绳，还是勇敢地踩着独轮车，他们好像天生就不知道害怕为何物，只知道享受过程中的刺激，并将精力全部集中在当前的任务上。这便是专属孩子们的神奇力量：他们愿意全身心地投入目前正体验的事。

沃尔特三岁生日后不久，美国有史以来最寒冷的冬天来临了，一切都变得银装素裹。积雪超过了一米厚，呼啸的寒风能在几分钟内冻伤裸露的皮肤。从室内向窗外看去，可以充分体会一种静止之美，一种邻里之间默契抱团取暖的祥和之美。尽管被暴雪的强大力量所震撼，我仍然能够从中感受到一种威胁。身体上的寒冷固然令人唯恐避之不及，但我还是会站在家门口的台阶上，近距离接触这种威胁。我呼出的气可以迅速结冰，睫毛上粘着冰晶，排山倒海般的恐惧感向我袭来。我立刻回想起上次有类似感觉的时候。

我有充分的理由惧怕这种威胁。最近，腹痛日益加剧，且发生得愈加频繁,以至于我甚至能区分出三种不同的痛感。有时,我俯身去抱儿子时,能感到一种撕心裂肺般的疼痛。几年前通过手术修复的腹壁,因为儿子出生的这场剖腹产手术而再度破裂。现在,我的腹壁又出现了大大小小的裂孔,需要进一步通过手术进行修补。每当腹部传来一种紧绷感,我就知道这是一种急促的信号,警告我别再轻举妄动,否则接下来出现的就会是那种撕心裂肺般的剧痛。我也知道我不能去抱起孩子,虽然这种诱惑有时强烈得让人难以抵挡。

之前那场疝修补手术中,医生用人工网膜为我腹腔内的器官组织做了粘连。我的小肠钻进人工网膜的小孔里,大肠则扭在一起,引发痉挛。这是第二种疼痛,它根本无法通过转移注意力来缓解,而更像是组织坏死和扭结时产生的一种让人绝望并无法呼吸的痛。当这种疼痛来袭时,我要么动弹不得,要么无法说话。它如果不走,就会以压倒性的优势,占据我的全部思维。

第三种疼痛是肝切除手术后的一种继发性疼痛。为了疏通胆汁,医生当时在我的胆管里开了一道窄缝。随着时间的推移,这条窄缝里积压了泥沙状的胆汁盐与结石,不仅引发了一种钝痛,还使进入肝脏的细菌在此形成感染。那一年,我几乎每个月都会被送进医院,请医生处理之前遗留下来的一些问题。每次腹痛和住院期过后,我都越发感觉自己的长期存活率越来越低。

我变得悲观,也变得务实。甚至在那个寒冷的冬天来临之前,我就动用自己的亲友网,为沃尔特找好大量未来可以依靠的人。尽管我才是他的母亲，但我开始努力将自己的角色边缘化。我之所以做出这些行为，是因为担心自己某天不得不离开这个世界。我试着为沃尔特铺好后路，这样万一我真的去世，或不得不因重病长期住院，他的生活仍将继续，我的丈夫、母亲及周围的亲友将替我给他无微不至的照顾。为了实现这个荒谬的目标，我确保自己绝不独占与他的任何回忆，将我们共有的每一件小事拍照留念并做成剪贴簿，写下我们的每段对话，还将有趣的故事与周围的人分享。我几乎病态地避免做一些必要的事，比如给他买新鞋或他最爱的零食，而让兰迪和我母亲对他的各项喜好了如指掌。

那一年，我经常想，要是我真的离开，沃尔特究竟能保留多少关于我的记忆？我反思了一下自己四岁前的记忆，发现基本上一片空白，只好接受了他以后可能根本不记得有我这个人的现实。至少，我对他的人生并不会造成什么实质性的影响。我相信，在他的记忆中，我曾经的存在将被浓缩成一种让他思念的温暖气息，或许带着印象中甜甜的香草味，又或许是某人的笑容中一种令他似曾相识的感觉。即使看到精心制作的童年生日贺卡，他亲近的朋友也会起哄，认为这是小时候喜欢他的女孩给他的情书，进而更加彻底地刷新他儿时的记忆。然而，我自以为是地做出的种种铺垫行为，竟没有一项为我带来实际性的心理安慰。相反，我每天都会感到死神的逼近，相信死亡能够抹杀一个人曾经活过的所有证据。一边是茁壮成长的儿子，一边是日渐凋零的我，这不能不说是一种黑暗的讽刺。

每当兰迪注意到我因为疼痛加剧而开始慌张的样子，或是顶住腹部右侧的动作,他都会关切地问:"需要去医院吗?"

"应该不用。"我总是心虚地回答,并勉强挤出一个笑容。我不想让丈夫担心,不想让他以为这是什么天大的事,于是佯装什么事也没有发生。

其实我应该去医院,可我总是不愿承认。我自认已经成为一名疼痛专家,知道哪种痛感可自行消失(无须服药,在家休息数日即可),以及哪种痛感才需要去医院重症病房住院接受治疗。

说实话,由于住了太多次院,我对医院已经厌烦了。但在大多数时候,住院是我唯一的选择。有几次,我对疼痛的严重程度估计错误,耽误了很久才去看急诊。有了这些前车之鉴,我却又变得矫枉过正。为了证明自己是个"称职"的患者,一旦发现身体存在任何一丝异样,就立刻去医院就诊。尽管我好像怎么也摸不准合适的就医时机,但我渐渐发现,如果不经过深思熟虑、一有问题就去医院的话,医生们便会暗暗对我产生怀疑。这种质疑虽然隐蔽,却足以令敏感的我面红耳赤,这让我还是宁可再等等,直到别无选择。

这种情况并不少见。当病人对症状的主诉模棱两可,化验和影像结果又显示一切正常时,医生们总是倾向于认为这位患者除了医疗需求外,必然还存在其他的就医动机,比如获得某些额外的关注,或是为了求得心理安慰。有的人明明没病,却总是希望自己生病,这种认知令医生感到不适。由于每天被太多渴望痊愈的病人环绕,医生们真的很难理解为什么有人反而盼着得病。对于这类人,我们倾向于将其归类为"心理有问题的人"，并自然而然地与其保持距离，生怕沦为他们不按常理出牌的游戏中的一枚棋子。还有些时候，我们承认化验结果并不能完全反映真实存在却观察不到的问题，因此虽然没有打消怀疑，却依然会对他们保持观望。

在我工作的医院里，由于我自己也是一名医生，因此其他医生对我的怀疑态度被弱化了很多。每当我因为一点小问题就"大惊小怪"时，他们会将我暂时安置在观察室里，密切观察我是会出现恶化还是虚惊一场。当然，我的情况每次都会恶化，我从未安然踏出过观察室。

在接下来的一年内，为了解决反复出现的腹痛问题，我做了一系列小手术。医生们首先需要帮我疏通胆管，清除胆管内的沉积物，以免进一步感染。他们原定用一种可扩张的球囊撑开胆管周围紧张的括约肌，手术却因胆管闭合而宣告失败。后来，他们改用括约肌切开术，试图用手术刀切开胆管括约肌，不料疤痕组织增生又使括约肌进一步收紧。最后，他们不得不在我的胆管内放置了一套支架，希望周围的括约肌组织能顺利愈合，并保持开放状态。谁知，那些支架竟然堵塞了我的胆管。见我病情危急，医生们不得不再次用手术取出了那些支架。

从支架被放进胆管的那一刻起，我就一直能感觉到胆管被撑开的滋味。这种感觉并非让人无法忍受，只是会每时每刻提醒你它的存在。如果一定要用文字描述的话，我觉得就像牙医让我连续几天大张着嘴，好让他能够同时将双手伸将我嘴里拔牙一样。这种侵入感持续的时间太长了，如同一台日复一日地发出低声轰鸣的机器。此外，它时时刻刻的存在导致我放松戒备，对埋伏在前方的灾难视若无睹。手术结束后，过了几天，我自我感觉身体恢复得差不多，可以回去工作了。像我这样无视不适感的好手，自然会忽略支架撑着胆管的感觉，并急着重返工作岗位。当时的我怎么也不会知道，我的身体很快会给我狠狠的一记下马威。

那时，我刚将车开进院区，突然感觉眼皮沉重得抬也抬不起来，仿佛只要我闭上眼，它们就再也不会睁开似的。如同第一次发病当晚的情形，我再次毫无征兆地感觉天旋地转。当我艰难地停好车后，那种醉酒般的眩晕感却愈演愈烈。最后，我好不容易挪到电梯间，对遇见的第一个人说："我觉得我得败血症了。"

败血症是一种全身感染，可导致患者出现低血压症状，并可致器官供血不足。倘若发现得早，并在最短的时间内进行最好的治疗，患者的死亡率可降至三分之一。一旦患者出现休克症状，死亡率将迅速攀升至50%以上。如果始终不对症状进行干预，或未给予足够的重视，死亡率将高达百分之百。

我被送至急诊科，躺在轮床上。护士麻利地为我安排各项化验。等待医生前来的过程中，我还顺便做了个超声检查。躺着的姿势让我觉得稍微舒服些，因为此时血压无须抵抗重力，我的脑部可以轻松获得供血。我努力集中精神给丈夫发短信，告诉他我在急诊室，而他应该在来市区上班的途中顺道来医院看看我，届时我将向他详述事情的来龙去脉。我知道，大多数人都不会以短信的形式将这类噩耗告知自己的配偶，但这是我

第十一章 与患者同在的医生们　　217

和丈夫之间的日常，况且我的手机在急诊室里没有信号，因此我无法打电话给他。

急诊科医生走了进来。他被提前告知患者疑似患有败血症，并伴有腹痛。我和这位医生互不相识，他显然刚来这家医院工作不久。更不妙的是，我们医院刚换了一套新的电子病历系统。我的大部分病史被记录在旧系统中，而这位医生并不知道如何操作旧系统。他歪着头，用怀疑的眼光打量着我，说："我刚才看了一下你的血象，从中并未发现任何异样，所以……"他突然停下来，一时不知接下去该说些什么，只好等我在心里默默体会他想表达的意思。

我向他解释了来急诊科的缘由，并附带着介绍了一下自己的病史。我对他说，我之前就有过一次同样的感受，那次我差点死了。这一次，我认为自己在病情真正恶化前就诊的做法没错。毕竟，我曾亲眼见证同样的情况在如何短暂的时间内变得一发不可收拾。我权衡过来医院的时机，只是在尽力做着我认为对的事。这位急诊科医生只是耸耸肩，表示他会让我在观察室的病床上躺着，但他觉得我没事，甚至不认为我住院的费用能达到可以医保报销的水平。

无论面对怎样的患者，医生的心态总难免被往事的阴影笼罩，且这种阴影存在多种不同的表现形式。如果患者表面上看不出异常，医生会认为他们是在博取关注，并因此对其产生负面情绪，尤其在医生本身已经过度劳累或想回家的时候。患者如果当面要求医生注意避免之前的错误，或表达出哪怕一丁点儿指责的意味，就会直接触发医生的自卫机制。当一名患者的情况让医生想起过去的失误，医生的恐惧心理就会被激发，他们会急于避免重蹈覆辙。

医学教育系统没有把我们培养成对心理阴影有所意识的人。我们既看不见自己身上的阴影，也对他人的熟视无睹。因此，我们怎么也想不明白，自己的导师和朋友们究竟在深受什么困扰。只有当冰山一角不时浮出水面时，我们才好像能够猜到他人所受痛苦的全貌。我们时常听到诸如"肯定没有比这更严重的病例了""希望这次可别像上次那样"或"如果她死在我手里，我发誓从此退出这一行"之类的话，这种情绪既非孤立存在，也非静止不动，而是能渗透进我们的思想，影响我们的决策。随着我们一再强化这类想法，它们会进入我们的潜意识，就像一条反复在上面驶过的小径——车辙逐渐成了路，最终铺下轨道。这也成了我们内心最脆弱的地方。如果将我们每个人比作一只鸟儿，那么这些脆弱之处就好比我们用来粘翅膀的蜡。等到下次靠近太阳时，最先熔化的地方就是它。

但正如其他弱点一样，心理阴影也可以被转化成一种力量。倘若我们能够发现它、审视它并勇敢地与它对抗，往事的阴影就能变得具象，获得实体，甚至从此成为我们的盟友。驱使医学研究不断进步的，正是那些疑难和失败病例。它们固然让人心碎，但其存在的意义绝不是激发医生的恐惧，而是为了改变更多人的人生。然而，如果医生们一直像被教导的那样忽略过去的阴影，这些阴影反而会变为一堵墙，挡住外界的一切声音。

我躺在观察室的病床上。护士进来为我测血压，却发现血压低得甚至无法显示数值。她耸耸肩，转身去取另一台血压计，认为问题出在仪器上而非我的血压上。她刚踏出病房门，我就开始剧烈地打战，心跳加快，手脚冰凉。这些显然都是全身感染的症状。

当新取来的血压计依旧测不出血压时，我请求护士把那位急诊科医生叫来。

医生走进病房时，我牙齿打着战说："我好冷，身体一直抖个不停，血压低得没有示数，恐怕需要进ICU。"我判断自己的病情正迅速转为危急，且出于精简表达的目的，我只对医生说了最基本的细节。我想当然地以为，有了这些基本信息，哪个医生都会赞同我的建议。

这位医生看看我，笑着说："你可能只是太焦虑了。你这么年轻，有一点问题就忍不了也很正常。"

我这才意识到，他这是在回应我不知不觉流下的眼泪。在他眼里，有一位女性正躺在病床上哭泣，边哭边说自己很冷，还怀疑地板上放着的那台血压计质量有问题。我对自己应该进ICU的坚信，在他看来只不过是因为想寻求一个心理安慰而已。他说得没错，我的确非常害怕，但我的恐惧并非无理取闹。相反，这正是因为我知道前方有什么在等着我。虽然医生有必要学会辨识患者的情绪，但如果医生想当然地将患者表现出的症状归咎于情绪影响，这种努力的意义就会大打折扣。将我的症状视为焦虑的表现，说到底只是一种来得不是时候的同情。这位医生没能正确地辨别出我的情绪，而实际只是在一味否定我的自我判断，剥夺我提供建议的权利。

败血症素来以难以早发现著称。医学界用尽各种方式试图解决这个问题。为了提高患者存活率，我们医院过去一直走在败血症"早发现、早治疗"的前沿。可一旦问题落到个体身上，医生们就未必能尽早发现败血症的征兆了。这位医生的疏忽激怒了我，但此时的我根本无力反抗。我试着大声告诉他，即便我是一名很容易小题大作的年轻女性，但心动过速、寒战和腹痛这几种症状加在一起，至少也该引起他的警惕，而不能仅仅归结于焦虑。正因为他缺乏对败血症的心理准备，不到一小时，我的病情恶化速度就远远超出了他的想象。

威廉·奥斯勒曾说过一句广为人知的话："认真听你的患者在说什么，他们在告诉你诊断结果。"这句话的内容在多数情况下成立，患者的确总是在向医生传达有关病因的信息。然而，倾听患者的心声又谈何容易？患者表达信息的方式可能是迂回的，其内容中充斥着我们认为多余的信息。我们可能会感受到时间的压力，从而希望患者能单刀直入地提供我们所需的信息，但我们也知道这是不太可能的，他们只能告诉我们他们知道什么。因此，我们的倾听效果总是不尽如人意，我们一边受心理阴影的影响，另一边又要权衡各种利弊与时机。

我进入ICU后，护士们为我架起几个大输液瓶，以便同时向我体内注射抗生素、补液及血管加压药。血管加压药能够挤压我的外周循环系统，进而达到与升高血压类似的效果。我还是不停地打着寒战，尤其是咯咯打战的牙齿，我真担心它们会随时碎裂。

"你觉得冷吗？"兰迪问，他知道我的痛苦源自寒意。

"这是感染的症状。"我对症状的严重性心知肚明。

次日上午，我被安排接受胆管支架移除手术。手术组人员需要对我进行全身麻醉，为我接上呼吸机，再将一个微型内窥镜插入我的食管。根据术中突发情况和并发症的不同，手术预计持续1~3小时不等。但无论持续多长时间，我都得全程采取趴着的姿势。我在术前准备区见到了这次的麻醉师。他是一个说话轻声细语的中年人，颈部挂着一个手术口罩。这时，他突然认出我曾在他们科室做过一次讲座。

"真抱歉在这里见到你。"他边说边扭头看向身旁的助理麻醉护士，"奥迪什医生上周在我们科室举行的讲座，你去了吗？"护士摇了摇头。

"哦，那场讲座真的很有启发。尤其是做我们这行的，有时会在病人面前口无遮拦，还以为病人听不见我们说话。"他发自内心地感谢我做的那场讲座。当时，我列举了自己在手术室中亲耳听见、医生们却认为我听不见的话，比如"她快不行了""她的情况越来越差"。

"谢谢你。"我开始觉得不自在起来。莫非这将是我的宿命吗？从今往后，每当我以患者的身份准备接受治疗时，就会有人搬出我过去做过的演讲，然后在我面前，他们会变得这也不能做，那也不能做？我不禁开始质疑自己试图改变医院文化的种种尝试，毕竟我不仅仅是个医生，还是一名患者，还处于这种文化的影响下。

"该道谢的应该是我才对。你做的事情很有意义。"他笑了起来。接着,他看着我的化验报告说:"从病历上看,你以前有时会在麻醉后感到恶心。此外,你已经接连做了好几场手术。那么哪些药对你效果最好呢?"

"我不清楚他们上次具体给我用了哪些药,但感觉效果还不错。"我说,"但我知道,他们给我用了一点类固醇缓解恶心。"

"好的,那这次我们也这么办。请不要担心,不会有事的。"他向我保证。

然而,手术期间,我又像是陷入了一场几乎溺亡的梦。我好像被一片深蓝的海水环绕着,水质很重,黏稠得使我几乎看不见任何东西。平常作画时,我总会如实呈现出梦中海水致密的样子,而非画成半透明状。在别人眼中,这肯定是一个绘画新手学艺不精的结果,然而这样的水不过是我呈现在帆布上的记忆而已。我即使完全清醒,也经常有接近窒息的感觉,仿佛气管和肺都被梦中黏稠的海水堵塞了似的。

"我快要喘不过来气了。"我告诉一旁的麻醉护士。

她看了看我,提议说:"可能是你太长时间趴着不动造成的。需要我给你来点儿通鼻喷雾吗?"

我知道她判断有误,却不知该如何说服她。鼻塞的感觉我当然知道,但眼下的这种窒息感,绝对与鼻塞不处于同一个量级。麻药让我昏昏欲睡,这种飘飘然的疲惫感将我置于不利的境地。我强迫自己保持清醒,保持警觉,不要失去语言能力,然后看了看身旁的体征监测仪:供氧量还行,心率偏高,但总体还好。

助理护士和麻醉师分别站在我的两侧。听了我的肺音后，他们不约而同地摇了摇头。麻醉师对我说："肺音清晰，生命体征也都正常。我们会把你送回ICU，你肯定很快就会好起来的。"我听见他边走边对助理护士说："我就不明白了，这次的麻药配方明明与上次一模一样，为什么效果会有这么大的差别呢？"

我顿时意识到，这位麻醉师可能以为我认为呼吸困难是他用药的问题，并因此下意识地提高了防备心。可实际上，我完全无意影射他在其中负有任何责任。因此，我一时不知该说或做些什么。

走进通往ICU的电梯时，我突然感觉全身瘙痒，嘴唇也好像肿了起来，仿佛刚刚被整容医生注射了一剂胶原蛋白。

我指着自己的脸问兰迪，却惊异地发现舌头渐渐不听使唤："我的嘴唇是肿了吗？"

"是啊，肿得厉害。是他们放在你嘴里的内窥镜造成的吗？"他问。

"是就好了。"我哑着嗓子，勉强发出声音。我实际上是对麻醉师使用的一种抗生素产生了严重的过敏反应。我越想越气。我好不容易走到今天，要是因为一场过敏反应死在电梯里的话，简直是为我的人生画上了一个又蠢又草率的句号。我好不甘心。如果说过去五年间我在自己身上看到了什么可贵品质的话，那就是，我不会因为这点儿事死掉。

我知道自己恐怕已经错过了在术后护理区治疗过敏反应的最佳时机。沟通不良与防备态度影响了医护人员对我病情的客观评估，否则我不至于此刻被困在电梯里，被严重的过敏反应困扰，求救无门。

护工以最快的速度推着我穿过好几条长长的走廊，将我送至ICU。一些医护人员早已等在那里，其中的耳鼻喉科医生一见我浮肿的脸和呼吸困难的样子，便立刻开始为我检查呼吸道。她将一根带有光纤的内窥镜插入我的右鼻孔，使原本已经呼吸困难的我更加痛苦。所幸，她的动作非常迅速。

"啊，的确是肿了。肯定是过敏反应。"她确认道，并向药剂师建议，"请给她用盐酸苯海拉明、类固醇和盐酸雷尼替丁，并停用患者过敏的抗生素。"终于有人替我说出了这一显而易见的要求。

几名药剂师一拥而上，通过记录给药时间与我的身体反应，排查到底是哪种抗生素引发了过敏。在之前的手术中，为了同时杀死许多种不同的微生物，医生给我用了三种不同的广谱抗生素，自然使情况变得更加复杂。考虑到我接下来还得用抗生素治疗败血症的客观现实，事先找出一干抗生素中的元凶就成了一件至关重要的事。最后，药剂师们给出了一个最有可能的结果，并警告说他们也不能百分之百确定，因此接下来我仍需密切关注自己的用药反应。

为了改善气管肿胀导致的内腔狭窄的问题，医生们对我的呼吸道也做了一些处置。我闭上双眼，避免被一屋子神色慌张的人搅得心神不宁，同时试着平复呼吸，不去想那些恐怖的事情。我将自己与旁边的躁动隔绝开来时，思想上反而逐渐达到了一种内在的平静。这种做法是我从瑜伽课上学来的，也是我一直向自己的患者推崇的。有意识地放慢呼吸，拉长吸气和呼吸时间，相当于向身体发出"可以放松了"的信号。用深而长的呼吸解除身体的"警报"系统，预示着并最终让我获得平静。每一次呼吸都使我得以吸纳宁静之气，并吐出不需要的烦躁之气。我提醒自己，越是在看似不可能的情况下，越要做到心如止水。就算飓风也有中心，也可以在中心获得全然的宁静。我想起自己曾经在手术室里有过一次全然放松的经历。这是一种既扩散又凝为一体的平静，就像呼吸。在不知多少次深长的呼吸之间，时间悄然流逝，我坚持完了那次手术的全程。

我睁开双眼，一抹微笑不知不觉爬上嘴角。我看见飘浮在这间屋子里的"恐惧"，决心与周围的人分享我刚刚找回的平静。于是，我上气不接下气地对众人说："好消息是……我觉得……自己已经……体验过……各种……突如其来的……休克了。失血性休克……心源性休克……败血症休克……还有过敏性休克……所以……我的人生完整了。"

我的玩笑话打破了屋里紧张的氛围，整个医疗组的人都明显地放松下来。我仿佛能看见他们摘掉了平常戴来示人的面具，并意识到我着实让他们吓了一跳。他们看着自己的朋友兼同事与病魔做斗争，并努力判断应该在什么时候采取什么措施才能救我的命。我知道他们正承受着怎样大的压力，而这种压力又因为缺少系统方法甚至语言表达而无处排解。我们的医学教育体系从来没有教导我们如何为自己开辟一块心理空间，好让我们的心灵在风暴中依旧保持平静。

"万一还有神经源性休克等着你呢？"我的医生朋友朝我挤

挤眼,也对我开起了玩笑,"先别放弃。"

我摇摇头,心里暗暗惊讶,有时我们竟会用这样的黑色幽默来帮助自己度过艰难的时候。我想起那位器官移植科的住院医生说我需要找一个新肝。我还想起另一位医生边笑边向我走来,说:"你可别死在我手上啊,求你了。"我想,有没有可能,每次幽默其实都暗示了恐惧?每句玩笑话都像是对过去某个心结的致意,承认心中的确有那些脆弱之处?因为无法用其他方式表达情绪,我们是否只剩下开玩笑这一种排遣心理压力的方式?有没有可能我们将真实的心情过度浓缩成一句句俏皮话,从而可以不去感受它们?我担心,倘若连医生自己都不对自身感受进行识别与回应,我们又如何帮助患者在疾病和康复过程中应对各种各样的复杂情绪?

我希望幽默不是一种掩盖问题的方式,而是一种帮我们疏导心结的中间站。这样一来,它就像一个书签,可以让我们不时回来看看,检视一下自己的情绪。它也像一块空地,一条条路从这里扩散到各个方向,引导我们接受自身的局限,并在人生之旅中不断成为更好的自己。

"你的呼吸功能看样子好些了。"ICU 的住院医生安慰我说,"药物起效了,肿胀部位明显开始消退。我希望你知道,今晚我哪儿也不去,就在这里陪你。我们大家都在这里守护你,直到你的呼吸功能完全恢复。你不会有事的。"

像他这样年轻一代的医生接受过关于同理心的特别培训。他们被教育要意识到他人情绪的变化,并对这些情绪做出反应。我做了个深呼吸,测试自己的呼吸功能是否真像他所说的那样有所好转。的确，最难受的时候已经过去。我尽管自知还未完全脱离危险，却因为他的一番话而感到安心，并因为他对当前情况的反应感到宽慰。听他说话的时候，我能感受到他的确察觉到了我内心的恐惧。他能与我感同身受，并知道怎样才能让我安下心来。

最让我震惊的，莫过于他仅仅用几句话便在ICU里建立了来之不易的信任关系。他在这寥寥数语中展现出的医者风范比我此前24小时在急诊科那些人身上看到的总和还要多。

一想到他在医院轮岗时接受的沟通培训项目正是由我负责的，我就有一种不真实的感觉。他掌握的与患者沟通的几个步骤，作为培训项目开发者的我再清楚不过了。然而，当他在我面前实际展示这些我再熟悉不过的沟通技能时，我仍被一种全然的真挚打动，而这种感动几乎发生在一瞬间。医生能做到这点，需要足够谦逊，能接收到我的恐惧，并知道安抚对我有多大力量。在此过程中，他得允许自己与我情绪相通，并预期自己将为整间病房营造怎样的气氛。我看向病房角落里的一名在读医学生，想知道他在目睹了这样一场对话后能否分解其中涉及的医患沟通技巧，并在日后的临床工作中反复运用。还是说，他只会把这当作一种无法掌握的魔术？

两周后，我顺利地以主治医生的身份回归工作岗位，也因此终于有机会亲口问他。我将这位医学生拉到一旁说，我曾在他面前奄奄一息，现在又成了他的上级，他可能会感到尴尬。

"完全不尴尬！"他一脸真挚，"你的职业虽然是医生，但这并不表示你不会生病。我们每个人都可能生病。"

我笑着说:"当我因为呼吸困难而害怕时,病房里那位医生对我说了一番话,有效地安慰了我。我发现你当时也在,不知你还记得他说过什么吗?"

"我想,他只是提供一个医生应该向患者提供的帮助吧。他说你会好起来的,在你脱离生命危险前哪儿也不去。大概是这种话。"

"是啊,一点儿也没错。"我说。

"我知道你对沟通很有兴趣,所以想告诉你一件事,你肯定会觉得很酷。"他说,"你知道,医学院的面试内容通常包括申请者的研究经验和职业规划之类的东西。但我所在的医学院已经不再进行这类传统面试了。现在,校方会让我们背对背坐在一个房间里,其中一人面前摆着一个已经搭好的乐高模型,另一人只被分到一堆乐高积木。评委会考察我们能否展开有效的沟通,最后两人共同用那堆积木搭出一个一模一样的玩具模型。你说酷不酷?"

"真是太酷了!"

"我也这么觉得。但在当时,我们都觉得太难了,因为只有身处其中你才知道,原来真的只有字斟句酌才能把意思准确地传达给对方。"他说,"你还得用心聆听对方在说什么。"

我不禁开始反思,自己究竟有多少时候能真正做到认真倾听,而非在听人说话的同时心里只想着如何达到自己的目的,或盘算着接下来该说些什么。又有多少人在倾听的时候能不带任何先入为主的偏见,不是只听自己想听到的东西?比如,我们当然希望那只是简单的鼻塞,而非抗生素使用不当导致的过敏反应；我们也希望患者的病情能不那么危重，这样我们便不至于眼睁睁看他们日渐衰竭而束手无策；我们还希望那位脑水肿的患者能有所好转，她好有机会见见自己刚出生的孩子；最后，我们希望，当一天结束时，医患双方都能安然离开医院，好像任何身体或心灵上的创伤都不曾存在一样。

通常情况下，我们为沟通预设的目的不过是一种自我保护机制而已。或许我们的动机很单纯，仅仅是为了让患者和自己都能收获好结局。与患者及其家属展开交谈时，我们每个人都带着往日的阴影。当我们走进他们的世界，我们也不知道自己是否有能力承受更多痛苦。我们既不擅长测评自身的心理承受能力，也不擅长观察他人是否也和我们自己一样备受往事的困扰。但自从听了那位医生和这位医学生的话后，我不禁想，他们身上展示出的新型沟通技能，是否表明医院沟通不良的问题正在好转？倘若当前的医学教育体系已经开始做出调整，那么有没有可能在未来的某一天，每位走进病房的医生都能卸下心防，而非硬撑出一副铁石心肠的假象？或许到那时，我们再也不用强迫自己完成不可能的事，强装出不费吹灰之力的样子，而是抱着一颗真正愿意倾听的心，走到患者中去。

我的呼吸功能一直在恢复，前来病房的医护人员也越来越少。直到某天 ICU 里只剩下兰迪在陪护我时，我才意识到，我们此刻身处的这间病房，通常被视为一个被诅咒的地方。这里的每间病房都见证过太多的死亡和悲伤，没有哪间病房会在这一点上"鹤立鸡群"，但我所在的这一间是个例外。过去一周内,这里发生了太多让人心碎的事。我放眼四周,试图寻找当时的证据,却什么也没找到。这时,我不禁回想起上一个住进这间病房的患者,而当时我还是他的主治医生。

那是一名年轻男子,他的癌细胞已扩散至全身。为了向肿瘤提供养料,他的肌肉被逐渐消耗,最后只剩下一副瘦骨嶙峋的躯壳。医疗组已经对他的病情做过好几次会诊,先是发现化疗失败,后来甚至连肿瘤清除手术也不见效,只能眼睁睁地看着他的情况越来越糟。在我们眼中,他短暂的未来一览无余。我们因此承受着巨大的心理压力,但考虑到他的孩子年纪尚小,且他本身有着极其强烈的求生欲,因此我们一直将早该讨论的话题无限搁置。然而,我们发现好像有一堵墙横在我们面前。我们怎么忍心告诉他,这不是他曾经历过的事,而是一个无望的终点。

我们需要开诚布公地与他讨论未来,以我们的知识引导他,这是我们的职责。我们需要了解他希望以怎样的方式度过剩下的日子,应该与他讨论临终关怀和姑息治疗的方案。我们知道他的日子所剩无几,知道为他做心肺复苏会是一件令人何其痛心的事。我们知道肋骨在按压下发生断裂、眼球因为体内骤升的压力而暴突时是什么感觉,也能想象踩在他的血泊里,眼看着失去凝血功能的他一直血流如注的感觉。我们在付出努力前就被尚未袭来的往事的阴影留下了伤痕的烙印。我向上帝祈祷,希望这位病人别让我们走到那一步,这既是为了他自己,也是为了整个医疗组。

姑息治疗组的成员需要参与讨论患者临终关怀事宜。我平复心境，时刻注意自身情绪，积极地做着心理建设。姑息治疗组的一位医生温柔地询问了这位患者对自身情况了解多少，并从患者的话里得知最后一轮化疗已宣告失败。她态度谦逊地询问这位患者，他是否准备好度过最后的这段日子。患者告诉我们说，他希望能亲眼见到长子高中毕业。听到这个神圣的愿望后，我情不自禁地微笑起来，感谢他出于对我们的信任，愿意与我们分享自己的心愿。然而，当得知患者的长子还有18个月才毕业时，姑息治疗组的那位医生皱起了眉头。患者转过头去，双眼噙满泪水，为自己贪心的愿望而难过。我们不得不告诉他这个残忍的现实：他的愿望恐怕不能成真了，因为他的生命只剩下几周。患者叹了口气，耸了耸肩，仿佛知道自己的期望高得不切实际。

我们问他是否考虑过回家，他表示不想让孩子们看见自己死在家里。于是，我们主动提议，不妨尝试联系校方，请他们通融一下，为这位患者的长子提前颁发毕业证书，并在医院里办一场简易的毕业典礼。他笑了起来，因为这个提议而非常开心。我们离开病房，感觉好像做了些有用的事。尽管我们无法挽救患者的生命，我们却找到了使他剩下的日子变得有意义的方法。我们的心好像联结在一起，有那么一瞬间，仅仅是拥有这样心意相通的状态似乎就已足够。在没有彼此伤害的前提下，我们用自己的肩膀，稳稳地为他分担了一些压力。

然而，他在那天晚上就去世了，没等到简易毕业典礼举行的那天。他在做好准备之前离开了，没能自主决定是否接受我们的心肺复苏术。于是，他的肋骨还是断了，血流成河，浸透了我们的鞋。我请他的家人不要往地上看,这样他们便不会看到我的鞋因为被血浸透而发出声响,就好像我刚从户外的大雪中走进室内一样。

"你在担心吗?"兰迪转过身,直视我的双眼,"你安静得可怕。"

"我只是在回忆一个曾经住在这里的病人。"我如实答道。

"我需要知道细节吗?"他问。

"或许还是不知道的好。"我叹了口气。

"那位病人死了吗?"他问。

"是的。死了。"我想起大股大股的血柱扑打在地板上的声音。

"那你还要继续说下去吗?"他用手肘碰了下我。

我叹了口气,无奈地摇摇头。事到如今,我还能说什么呢?说有时好心就是会带来坏结果,坏到使我们心碎,甚至开始怀疑日后是否还能继续做下去?还是说我们看到的这些惊悚、可怕和血腥的场面会伤害我们?我并不觉得我们有资格顾影自怜,毕竟医生只处于整个圆环的外层,而我们身边的患者及其亲属才是在中心苦苦挣扎的人,他们遭受的痛苦比我们要多得多。因此,放任自己沉溺于伤害或悲痛之类的情绪中,无疑是自私、无病呻吟的表现。尽管我们只是在为他人的境遇而伤感,可这种伤感有时来得太过强烈,以至于我们好像在一瞬间见证了全世界最悲伤的事,而不得不需要片刻喘息时间。然而,我们并未提前建构好让自己得以喘息、停顿或洞察自身情绪的心理机制，从而在负面情绪来袭时觉得恶心、厌恶，并采取玩笑、酗酒、逃避或防御的机制来应对。我担心大家不知道其实还有其他方式可以排解负面情绪，我想了解如何才能做到在与他人感同身受的同时，不会让他人的苦难像某种暗黑物质般转移到我们自己身上。有时，我感觉自己好像看到了一些端倪，参透些许摆脱阴影、自我疗愈的方法。

"我们……想帮他。"我的话音刚落，眼泪就如决堤般一涌而出。

"那是肯定的，你们不是一直在帮他吗？你们已经尽力了！"兰迪试图安慰我。

"我还以为我会傻乎乎地死在电梯里。"我哭着笑了起来。

"没人会让你死的。"

"我们无法阻止死亡，这就是问题所在。没有人能够'让'一个人死，而是那个人自己就那样死了。这是别人再怎么努力也无法阻止的事。"我想起了我的医疗组成员。那位做父亲的癌症患者离世后，我的组员个个面色惨淡而凝重，简直像一群刚卸完妆的马戏团小丑。

"那不是你的错。我没有任何指责你的意思。"兰迪突然意识到，我们说的不是一件事。

"我知道，只是……我觉得没人能懂。"我极力解释着那种无力感，"有时就好像我们在玩高空抛接球。手上同时有太多个球，一旦其中一个没接住，一个生命就陨落了。有时，陨落的人其实是你自己。你可以救很多人，却不得不承认你会在这个过程中受尽伤害。"

"你觉得自己受伤害了吗？"兰迪问。

"从某种意义上说，大家都和我一样心累，还深受往事的困扰。"尽管我知道这并非全部事实。我发现在我们为何深陷于此这个问题上，我忽视了某些无形的东西。

"但结局也不是每次都那么差。"我绞尽脑汁地组织语言，试图描述医学让我充满信心的时候。我想起自己曾经治疗过一名患者，她曾两次从肺癌的魔爪中逃出。这位患者有两个心愿：一是和孙子孙女们一起过完圣诞，二是不要沦为一个靠呼吸机生存的废物。她思维清晰，能够明确表达自己想要什么，我们因此得以共同商讨并制定了一份双方均可接受的治疗方案。最后，我们决定不切除她的第二个肺部肿瘤。手术虽可提高她的存活率，却需要大量切除她的肺组织，而剩下的肺组织又不足以使她脱离呼吸机生活。摒弃手术方案后，我们改用了放疗。整个沟通过程中，我注意倾听她的心声，并尽己所能地告知她每种潜在治疗途径的利弊，才制定出符合她价值取向的治疗方案。在她接受放疗时，我也一起紧张得屏息凝神，默默希望放疗结果能帮她撑过这个12月。有时，我会从睡梦中惊醒，担忧我们的治疗方案是否太过保守。虽然我不断提醒自己，这是她想要的方案，可仍会担心得睡意全无。

后来，这位患者不仅活过了圣诞节，还肩负起为全家做圣诞大餐的任务。她烹制了一只填了土豆泥的火鸡，做了红薯炖菜，炒了盘四季豆，还做了两种馅饼。她给每个孙子孙女都买了礼物，并让孩子们当着她的面拆开了礼物。此外，她还在抽屉里给每个孩子留了份亲笔信。我收到了她寄来的圣诞卡片，随信附了一张她和孙子孙女并肩站立的相片。我想,这是我所收到过的最诚挚的感谢信。

"有时甚至还有奇迹发生。"我告诉兰迪。我试图从记忆里掏出让人信服的证据,想要解释当我真正用心聆听时,便会发现自己的日常生活虽然忙碌、紧张且有缺憾,却带有一种神圣的光环。那些让我自豪的时刻总是转瞬即逝,却曾经真真切切地出现在我的人生中。它们充满爱、尊敬、人性与科学,比什么都美好。

"这么说来,好的结果总体上多过坏的。"兰迪用他那独特的线性思维方式做了总结。

我叹了口气,点头同意。我们相视一笑,决定接受他对一种远远更为复杂的情形的简明概括。"对,好的结果总体上多过坏的。"重复完这句话后,我意识到,这是对我永远也无法言明的感觉的一种准确描述,但我全身的每一个细胞都明白。细胞的一个优势是,它们不会受制于言语。

兰迪总是对我不离不弃。他总是陪在我病床右侧,握着或是揉搓我的手。无论我是被疼痛折磨,还是因自己或他人而陷入悲伤,他总是陪在我身边。他不具备我身边的医生拥有的治疗能力,但他的存在就已是我最有效的良药。我意识到,他对我痛苦的自愿见证,在一定程度上缓解了它。他会正视让他感到难过的场景,从不会犯恶心。他从不逃避,却也从不会侵入只属于我的心理空间。他明白我需要个人空间,一方面努力体会我的感受,另一方面也知道疼痛是我需要独自扛过去的苦难。由于不想让任何先入为主的偏见使自己陷于被动,他总是敢于提问，相信他人也会对他真诚相待。是他教会了我，要相信"我们站在一起"这个事实所具有的疗愈力。

作为医生，我们总觉得自己做得还不够好。我们见过太多，知道有些病魔还远不可战胜，觉得自己肩头的担子重得根本赢不了这场战役。我们根据病况确定自己是失败还是成功，这是不对的。一旦将与疾病的互动过程视为一场战斗，就表示我们默认要有一个明确的结果，分出谁赢谁输。然而，我们倘若足够诚实，能直面死亡本身的样子，坦然接受"人必有一死"的事实，我们的故事便能得到改写。既然人必有一死，便意味着所有的治疗措施都只是暂时性的。理解这样的前提后，我们终于得以接受这样一个事实：身为医生，我们最大的能力其实不是治病救人，而是应对病痛。我们让苦难改造我们，并直面他人的苦难，帮助他人转化苦难，获得新生。

每位年轻医生都曾将自己想象成横在峭壁顶端的一块屏障，挡住随时可能坠入深渊的患者。在我们一厢情愿的想象中，只要成功阻挡他们坠落，我们就是他们的救世主和英雄。我们对坠落的必然性闭口不谈，对自己背后死亡的虚无视而不见。这种思维导向倒也有一定好处。它使我们得以苟活，毕竟谁也不想直面底下那个能够吞噬一切的大洞。我们愿意站在悬崖上，努力接住向下跌落的病人，再将他们往回抛一点，并告诉他们别向下看。我们不希望他们看见我们看见的东西，不希望他们看到我们看似强大的治疗能力也会失败。

相反，如果我们坚信"与患者同在"的意义，就会敢于转过身来，继续站在悬崖上，和他们一起直面深渊。尽管它是那样巨大、黑暗，却阻止不了我们开诚布公地讨论它。当患者与我们共同面对底下这片深渊时，我们能根据自己的经验，给他们些许来自前人的启迪。过去那种逃避死亡的思维定式并非不可撼动。我们其实可以看向同一个方向，坚信我们站在一起必有意义。从很多方面来说，它就是我们需要的全部。

我花了10年时间才想通，医生应该坚定地站在悬崖边，与自己的患者共同面对死亡。我曾一直坚信，医生就该与病人一起蔑视死亡。但经过岁月的洗礼，看着身边一些同事被内疚折磨得了结生命或诉诸酗酒、吸毒等逃避现实的方式，我才明白，如果不想崩溃，我们需要学会接受。我变得更珍惜社群的力量，愿意与医生同事们分享自己的忧虑。试想，如果我们从一开始就向医学生灌输与患者永远并肩面对当下的道理，我们的医学事业将变得焕然一新。如果他们在学习专业知识之外还能正确理解自己在患者人生中扮演的角色，进而发展出强大的心理承受力，那么医生们将不用再背负如此重的心理包袱。

与患者共同面对前方的路，这一理念将使我们在救死扶伤的同时成为患者的见证者与引路人。过程中的每个时刻都将因此变得充满人性，而这种人性会影响的不只有患者，还有我们自己。

我的丈夫就是这么做的。他相信爱的力量，相信他的陪伴就是我需要的东西。

那天晚上，我再也没有做那个关于溺死的梦，而是梦见自己走在悬崖之间一段紧绷的绳索上，下方还是那片黏稠、不透明的深蓝色大海。

第十二章　破裂的圣器

我担心，经过这么多事，我们可能会对刚出生的沃尔特过度保护，不忍心让他自己去体验苦难、磨砺出坚毅的性格。我不知该如何舍弃这种保护欲，但决定至少该明白，我想让他成长为怎样的一个人。

我和丈夫希望把儿子培养成一个性格友善、敢于冒险、自我驱动的人。他具有艺术审美，愿意承担失败的风险，并信仰坚持的力量。确定了这个终极目标后，我们不妨往回推。倘若我们想实现这一目标，就得为他创造出一个鼓励他朝这些方向发展的成长环境。接下来，我们还得让他从小就知道，他可以相信自己的判断。为了使他拥有这样的自信，我们又得让他看到我们对他的信任，并帮助他在充分估计风险后勇敢地投入每件事中。我们会任由他经历每一次小失败，对他的努力尝试予以嘉奖，同时不那么看重结果。这样，等他长到四岁，如果他问"我能自己走路去溪边吗"等问题，我便能自然而然地回答"当然，我相信你"，哪怕我心中的下意识反应其实是他不幸溺水的场景。他在攀登湿滑的岩壁时更换抓地力更强的鞋时，出于对他的信任，我们会假装没看到，让他自己搞定。外出游玩前,他应该能够自主预判出离家的距离,并避免让我们担心。

沃尔特能做出正确选择。他虽然有时也会犯一些小错,但也能从中获得无比宝贵的教训。他喜欢收集不起眼的小物件,那种只有孩子才会当宝贝的东西。他去树林里玩耍时会带上心爱的小石头,哪怕我们说他很可能弄丢它。他果然弄丢了它。他感到失落,但也明白选择冒险的是他自己。我们愿意让他体会难过的情绪。尽管我们极想帮他解决问题,却总会忍住这种冲动。当他经历失败时,我们会给他鼓励。我们一起做瑜伽时,如果他摔倒了,我会鼓励他:"真棒!你冒险尝试了这个动作,最后果然摔倒了,可妈妈从来没有像现在这样为你感到骄傲!"

我想让他对周围的世界保持强烈的好奇心,因此,我会一边做晚饭一边让他在旁边做手工,或进行某种科学小实验。他会把小苏打和醋混合在一起,用产生的二氧化碳吹气球,直到气球爆裂。兰迪下班回到家后,经常会发现沃尔特在用成堆的面粉玩火山喷发,或用手指在厨房的工作台上画画。我总是笑着说:"吃上晚饭和满足儿子好奇心的代价就是家里一片狼藉。"兰迪也总会点点头,说:"没关系!"然后卷起袖子,帮忙将家里打扫干净。

我想让沃尔特知道坚持的力量,于是让他去学习连续专注几小时才能学会的魔术技巧。选择魔术是因为这是一种我完全无法插手帮忙的完美艺术,他得自己琢磨和练习,才能变出让人叹服的魔术。为了使像我这样的大人对他变的魔术发出由衷的赞叹,沃尔特总能兴致勃勃地投入学习。

或许正因如此,我们那好奇心十足、勇敢无畏且富有冒险精神的儿子才会在五岁时摔断了胳膊。他从学校操场上最高的游乐设施上跳下来，落地时左前臂撑地，就这样骨折了。这种跳法真是让我闻所未闻。但他只哭了一小会儿便停了眼泪，耸耸肩，不再当一回事。虽然他的左手肘骨折了，但他在事发后的几天内一直平静得出奇，我甚至没注意到他身体的异样，以为他只是轻度擦伤。我想，小孩也该经受这些磕磕碰碰。尽管儿子不愿将骨折的事告诉我们，他在肘部被不小心碰到时也会疼得皱眉，却在周六照常上了游泳课，还练了空手道。一周多后，儿科医生例行上门家访时，我轻描淡写地向他提起了沃尔特从高处摔下的事。

基于近期对他的观察，我向儿科医生汇报说："他上周在学校操场上摔得挺重，抱怨了两天，但结果好像没什么事。另外，我发现他如果吃太多添加了红色色素的食物，就会起疹子。"沃尔特最近沉迷于一款叫"草莓巧伴伴"的速溶巧克力粉，却因此发起了疹子。

医生听后，抓起沃尔特的左手肘。见他疼得脸扭成一团，医生严肃地注视着我，点头说："这可不是开玩笑的。"他的表情仿佛在对我说"你怎么连这都发现不了呢"。他看了看表，敦促我在医院放射科下班前带沃尔特去拍个片。

在此之前，我竟然完全没注意到沃尔特的伤。这怎么可能呢？

一旦扯及沃尔特，我就无法保证百分百的客观。我希望他茁壮成长，因此无意识地筛选他符合我预期的日常表现。他已经很久没哭过了。一般来说，小孩在摔断胳膊后都会哭个不停，但他没有。摔伤后的第二天,他看上去似乎好了不少。又过了一天,他几乎再也没提过这件事。这根本不像是一个人骨折后的表现。正常的骨折不是会越来越疼,而且会疼很久吗?我选择性地过滤掉了一些让我不安的信息,仅留下我想看到的东西,这属于典型的证实性偏见(confirmation bias)。我正是因为不希望沃尔特的身体出一点儿差池,因此在这一既定目标的驱使下,有意地忽略了某些客观存在的迹象,进而错失了发现真相的机会。一个人只能看见自己想看见的东西。

我看着沃尔特的X光片,自责不已。原来,我一直没能和他一起面对疼痛。

儿科医生拿来了救急的固定材料和手肘骨折吊带。他先打湿材料,使材料的化学组分在水分作用下发生聚合,得以支撑手臂,再在材料上缠好弹性绷带。儿科医生建议我们在去见骨科医生前先做这样的应急处理。沃尔特耐心地抬起手肘,让儿科医生为他夹好固定材料。我告诉他,医生发现他的手肘骨折了。

"是断了吗?"他一脸惊讶。

"看起来是的。"我指着X光片上那一条明显的裂缝,告诉他是这块骨头摔断了。

"那这个东西就能治好骨折吗?"他指着手肘上的固定材料问。

"是啊,它可以帮你固定住骨头,让骨折慢慢愈合。"我说。为了让他了解人体拥有多么神奇而强大的自愈能力,我补充道:"最棒的是,它在愈合后会成为你手臂上最强壮的部位,因为骨折的地方会长出强壮的新骨头。"我故意停了下来，观察他的反应。

"能再指给我看看是哪里骨折了吗？"他说。

"你看见 X 光片上的那条线了吗？那块非常清晰的阴影就在告诉医生，你那里骨折了。但如果不拍片的话，光从外面是看不出来的。"我承认了自己的盲点，"为了发现骨折的地方，我们得看得深入一些。只有先发现骨折的存在，我们才能开始治疗。否则，骨折的地方永远不可能愈合得好。"

儿科医生在旁边看着我，显然知道我指的已不仅是骨折那么简单的事。

我希望与沃尔特分享自己的人生感悟。尽管我之前没能发现他的骨折，但骨折这件事本身并没有什么可隐藏的。我们每个人都可以在受到伤害的同时变得更强大。伤痛反而能让我们从中发现更强的凝聚力和更完整的自我，但前提是，我们得愿意承认并正视伤痛的存在。

"太棒了！"沃尔特兴高采烈地说，"新骨头会像达斯·维达的机械臂一样强壮吗？"

儿科医生打断了我们的对话。他一面向我示意手肘骨折吊带的绑法，一面叮嘱我后续的注意事项。

我看着沃尔特，默默赞叹他吊着手的样子还挺酷。不知他从这次事件中能获得怎样的启示？我曾因一场大病获益良多，没有疾病的精神洗礼，我不可能变得与过去判若两人。其实，回首过去，刚从医学院毕业的我和其他同学一样，以为毕业标志着知识的积累到达顶峰，培训也已抵达终点。每当回忆

第十二章　破裂的圣器　　243

起这种一厢情愿的想法，我就有一种如坐针毡的巨大悲痛。曾几何时，我们沉浸在"医生是患者的保护神"的臆想里，自负地以为自己能改变世界。然而，无论是对医学的精微之处、苦难的深刻含义还是我们要在真相罅隙间的阴影中寻求的一点安慰，我们都知之甚少。我们不知道还要在现实的深渊中沉思多久，也不知道在与患者携手面对疾病前需要在多大程度上了解他们的苦痛，更不知道我们和患者、周围的同事有多需要彼此的支持。

在患者面前，我们可能并未做好当医生的准备。

或许，只有当自己的身份转变为一名患者时，我们才能看见此前身为医生时的盲点。若非攸关切身利益，我可能不会对周围人究竟承受着怎样的苦痛产生由衷的怜悯与感悟，但这并不表示我作为医生的职业态度不端。确切地说，当今医学界之所以呈现这种局面，不能全怪医生自己。就我个人而言，我最初带着一颗开放的心踏足医学事业，却在漫长的临床培训过程中被教导要关上自己的心房。不仅如此，和我一样的千千万万名医生都被有意或无意地灌输着疏离的观念。我们被告知，要和患者刻意保持距离，要冷静地接受一切迎面而来的困难。

前辈告诫我们，这么做不仅可以保护我们自己，还能保护我们的患者。倘若我们放纵自己的情绪，就会对患者的生命构成直接威胁。试想，当一名医生在办公室里告诉患者确诊癌症的噩耗，看着患者在自己眼前病情越来越严重，最后甚至丧失与病魔对抗的斗志时，如果连医生自己都沦为情绪的奴隶，又怎么可能照常为患者进行评估、诊断和治疗呢？

然而，这其实是一个谎言。

我们完全有可能在体会他人苦难的同时保持自己的心理健康与判断力，与他们直面残酷的现实，并用专业技能尽力为他们提供帮助。但要想实现这一目标，我们需要坦诚地面对情绪。同其他人一样，医生也容易因为自满、内疚、羞愧和逃避等情绪而做出错误的临床决策。长期的职业训练仅使我们相信负面情绪是可以被克服的，却不知道被我们否定的情绪如同一颗不定时炸弹，随时可能重新浮现并爆发。容许情绪的存在并正视它们，不仅对我们好，也对患者好。

当我们置身于混乱、动荡的环境中，当黑暗吞没了我们，如果身边能有一个曾经历过黑暗的人为我们指出通往光明之处的路，在黑暗中成为我们的眼睛，这是我们的幸运。当我们允许自己向他人展露人性，才能在勇敢地与情绪对抗的过程中，更深地理解情绪。只有这样，我们才能发现哪里需要我们，然后去到那里。只有这样，我们才能相互搀扶，毫发无伤地共同穿过风暴。也只有这样，我们才能理解直面风暴之举的真正价值。

有人说，疾病，甚至死亡通知，是天赐的礼物。对于这样的人，我们总会觉得他们太过天真，带着理想主义情结，在明明无望的境地下执意寻找事物的光明面。"疾病是礼物"这一概念本身就是一则悖论。正如大多数其他悖论一样，它与我们大脑的逻辑思维习惯格格不入。我们试过，失败了，然后便一直在两个极端之间来回摇摆，有时选择这个，有时又倾向于那个。这个消息真有那么坏吗？背后是否还有什么深意有待挖掘？我们耐着性子，思索着每种可能性，一旦发现可能更好的解释就会采纳。有时，我们将各种解释放在一起两两比较，知道它们虽不相容，却希望它们都是对的。当它们确实无法共存，我们仍不免感到沮丧。有时，我们也会试着对其中一种解释进行删节，看这样是否就能与另一种解释完美吻合。或许我们只是想说服自己，经过一场终会结束的痛苦，我们会有不可估量的收获。然而，我们根本说服不了自己，深深扎根于我们内心的对相互冲突的事实不适感会让我们抹杀其中任何一种的价值。

以前，我一直不喜欢那套所谓因祸得福的理论。在我看来，抱持这种想法的人，好像在刻意避免正视痛苦，并强迫性地朝幻想中的圆满看齐。我失去了渴望的第一个孩子，并在近8年的时间内一直大病小病不断。这些疾病的背后究竟蕴藏着怎样的深意，当时的我不得而知。只有回过头看，我才体会到，原来一时的痛苦是为了帮我避免后续更多痛苦的发生，原来我可以从痛失孩子的过程中收获宝贵的感悟。不只是我，周围的其他人也会从这件事中有所收获。我想，即便第一个孩子只是一场黑暗的虚空，但她短暂的一生中也有光，也有意义。失去她的经历，竟然帮我打开了一扇通往人心深处的疗愈之门。这扇门，在生活风平浪静的普通人眼里未免太过隐蔽。我得承认，已在天国的女儿用她羸弱的身躯，让同样不够强大的我体悟到许多不为理性思维接受的真理。

我明白，要每个人拥有与我类似的经历并不现实，我也绝不希望其他人去承受我经历过的痛楚。但因我曾和死神那样接近，就像宗教朝圣者一样，我希望能将自己的所看、所想、所知与每个人分享。在 ICU 查房时，我将自己的患病经历与组里的同事分享，希望借此让他们明白同理心的重要性，以及他们肩负的职责之神圣。我还将想法与我一拍即合的同事召集起来，组织有关沟通技能的培训。我一直坚信，医务工作者们能做得越来越好。为此，我不错过任何一次公共演讲的机会，尽可能让更多同行了解同理心的重要性。正因如此，我接受我工作的医院邀请，出席世界败血症日大会的区域分会，并在会上从患者的视角谈了自身经历。这场会议旨在提高公众及业内对败血症的重视程度，并让医务人员了解该病究竟能够对患者造成多大伤害。准备演讲 PPT 时，我细细回忆着过去作为患者的种种感悟，并扪心自问，我想向听众传达哪些信息。

我所在的医院一直走在败血症研究、诊断和治疗的前沿，多项有关败血症最佳治疗方案的研究就在本院急诊部开展。伊曼纽尔·瑞弗斯（Emanuel Rivers）医生及其研究团队发现了败血症的全新管理模式，主张采用早发现、目标导向的治疗方法，无疑提高了该病的预后结果。当我站在台上发表演讲时，伊曼纽尔和一些曾为我做过手术的同事就坐在听众席里。当初，正是这些同事为我排掉肺积液，并目睹我在手术室里奄奄一息。毫无疑问，没有他们及别组同事的鼎力相助，就不可能有今天这个生龙活虎的我站在台前讲述自己的故事。尽管我对他们的感激之情无以复加，但我仍坚定地认为，他们的才华、奉献和成功并不能构成我经历的全部。我的经历是一则在黑暗中摸索的故事。

我向听众讲述了自己的一系列住院经历和成功的治疗结果：

大出血、流产、低温症导致的严重凝血障碍、大量输血、肝肾衰竭、呼吸困难、中风、发现肿瘤、肿瘤栓塞和切除手术，还有败血症。在每段治疗经历中，我都能从医生口中听到一些令我胆战心惊的话。现在，我将这些话打在PPT上，黑底白字，无声地展示在观众面前。

你是从哪里看出胎儿死亡的呢？
她快不行了！
她要放弃了。
那晚真是太可怕了。
你的肾不配合。
这不是我能决定的。
你应该抱抱（死去的）孩子。我不想告诉你太多细节，只是在太平间里过不了几天，死胎的皮肤就会开始分解。
至少你还没死。
你在家服用多大剂量的止痛剂？
你确定现在的疼痛级别已经到8了吗？我一小时前刚给你打了吗啡。
或许你只是太焦虑了。

就这样，我站在台上，以一个过来人的身份讲述着自己成功抗击败血症的故事。但在这则成功故事的背后，各种让患者感到失望的情景每天都在上演。乍看之下，两者似乎互相冲突，却又都客观存在。我带着台下的医生同事们一起回顾自己的这段就医之路,他们在思维的巨大冲击下不约而同地发出惊呼。这恐怕是他们第一次了解,原来医生竟会在无意中以这样或那样的方式让患者失望。我告诉他们,许多看似不可能却应该做的事,其实不用花费多少力气就能完成;让我们功亏一篑的,正是那些最不起眼、最简单的细枝末节;我们在伤害患者的同时也伤害了自己;我们不知该如何调整方向,让自己与患者共同面对死亡;我们也不知道如何应对自己和他人的情绪。在那一瞬间,放眼台下的观众,我知道我们都有一个共同的目标,那就是让现状变得更好。

我相信,只要携手努力,我们一定能变得更好。

有时,我们将一个问题暴露出来,却发现答案并不像自己预期中那样简单。真正的问题其实不是这个问题,而是背后更深层次、更抽象的问题。它们虽然抽象,却又无比顽固,它们紧紧地抓住你,渗透进你的心里,你不知道这些问题对你的影响有多深远,何时你才能走出它们的阴影。你只有从根本上转变各项观念,才有可能完全摆脱这个问题的纠缠。直到现在,我仍在这条艰难的路上继续前行,努力发现真正的问题,并正视其巨大、可怕和难以动摇的本质。对于某些欠妥的行为,我尝试挖掘其背后的文化因素。正是这些文化因素创造出了一个年复一年运行着的体制,而这个体制又培养出了千篇一律的医生。我试着探索它如何塑造了我,我又能如何改变它。

在医疗的世界里,尽管痛苦随处可见 —— 它出现在每位患者及其亲属身上,也存在于我们和我们的同事自身 —— 医务工作者却不允许自己沉溺其中。而或许正是因为痛苦太过寻常,它才格外容易被我们忽略。无论是对我们自身、家人还是患者而言，最重要的莫过于正视并处理痛苦。然而，我们一直刻意压抑痛苦，甚至打着"治病要紧"的旗号，将痛苦推到一旁不闻不问，而只关心患者的病情。

经过严格设计的医学课程固然使我们有机会解剖尸体，却在同时使我们对自己的感受变得冷漠。前辈教导我们，要尊重眼前这些供我们解剖的尸体，它们既神圣，又神奇。为此，我们必须完全忽略自己的身体、情绪以及对二者的调谐。我们要尊重我们的导师，敬仰他们，哪怕要付出忽视真相的代价。尽管患者因疾病而痛苦，年轻的医生们却对一则则病例心怀狂热，乐于看到教科书上的理论化为临床上的真实案例。在他们眼里，以患者作为牺牲品来换取专业上的精进，就是对患者表达敬意的最佳方式。此外，我们还刻意与自身的情绪保持距离，唯恐它们玷污了圣洁的医疗事业。在当前的体制下，一个个大同小异的医生个体被培养出来、送上临床战线，实际上却并未做好充分的心理准备。随着时间的推移，这种不匹配还将进一步加剧医生的疏离感。不知怎地，医疗事业竟演变成如今这种前后矛盾的样子，这不能不说是一种讽刺。人们一方面不允许医生体验情绪，另一方面又希望医生表现得富有人情味，懂得体恤和关怀患者。那些学会剥离情绪的医生，即便身处充斥着各种情绪的病房，也会自然而然地在情绪的表达面前转过头去。

大环境的不当风气只是导致医生情感淡漠的部分原因。医生们之所以忽略痛苦，还因为我们不相信自己有能力消除痛苦。在痛苦面前，我们觉得自己弱小无能，完全失去了平日里救死扶伤的医者风范。然而，如果我们能承认自己的弱小甚至无能，就能收获宽恕与平和。即使仍然濒临崩溃边缘，我们仍可在自我疗愈的过程中变得更强壮。就以骨折为例，凑近 X 光片细看，你会发现骨折处有细小的骨质增生，那正是骨头在自愈的标志。

我希望每个医生都敢于承认，每段治疗过程都不是医生一人英雄式的独角戏。在充分运用医学知识的基础上，倘若我们还能注意倾听患者的心声，诚实面对自己的身体与情绪，并关注人际沟通技巧，或许就能构建出更加身心调谐的情景。我注视着台下坐在前排的听众，他们是我的一小群同事，从最初的引产手术一路伴我走来，如今已成为引领医院变革的先锋。他们面带微笑，不时向我点头示意。刹那间，是他们让我看到，我们的集体正在发展壮大。放眼望去，会场后方不时闪现光点，那是人们用手机拍照时的闪光灯，还有医院向住院医生派发的无线传呼机屏幕发出的绿光。这时，一件陈年往事突然如潮水般涌进我的脑海。

那是当年我还在纽约某医院担任住院医生时，从一位年长的患者口中听到的奇事。我会原原本本地复述他的话。

他让我先坐下。"你看上去怎么总是一副急匆匆的样子呢？"

我皱着眉头，暗示他我很忙，恐怕没时间陪他。但见他一副坚决的样子，我只好勉为其难地坐了下来。

"好，现在我们可以谈谈了。你还好吗？"他问。

"我好不好不重要，关键是你好不好。毕竟生病的人不是我。"我试图将话头抛还给他。

"没错，我是你的病人，所以我的情况肯定比你糟糕。可正因为我是一个病人,我才会关心你今天好不好。"他朝我眨眨眼。

"我挺好的。"我答道。原来我的情绪竟对他有如此大的影响,这让我感到有点儿难为情。

"你一直没睡过。"他提醒我,然后停顿了一下,强调说,"这就是问题所在。"他面色发灰,花白的头发和特殊的口音不禁让人联想到小时候在学校里看过的老式黑白录像,而他则像极了录像中的爱因斯坦。

"做我们这行的都这样。我现在还处于临床培训阶段,更是没办法。这就是我们积累临床经验的方式,很重要的。"我说,"每个医生前辈都是这么过来的,而他们也的确成了很好的医生。"我有些没底气地说出这些话。

"听好了,你知道真正'重要'的事是什么吗?让我来告诉你。"他郑重地说。

我向前坐了坐,注意力瞬间高度集中,以为他要告诉我什么新发症状。毕竟,像他这样终究难逃死神魔爪的重症患者,每个新发症状都是一次危险的警告。

"我给你讲个故事吧。你准备好了吗?"他问。见我点了点头,他直视我的眼睛说:"创世之前,天地间只有神。"

听到这里,我立刻坐了回去,轻叹一口气。这可不是我想听的东西。

"世界被创造出来以前,宇宙间只有神存在。后来,神决定要创造出一个世界,于是呼出一口气。一瞬间,世间就有了黑夜。"他一面解释,一面做夸张的呼气状,"再后来,世间又有了白昼，与黑夜轮番交替出现。"讲到这里，他张开双臂，"最后，神用创世之光填满了十件圣器。"

我稍微放松了一些，隐约觉得他绘声绘色的叙事方式有些好笑。他挥舞着关节僵硬的双手，一边比画着那十件圣器一边数着："一、二、三……"

"但是这些容器有个问题。它们无法承受神降下的强光，纷纷破裂。装在圣器里的光星星似的漏了出来。"他用十指模拟着光漏出来的样子。

听到这里，我笑了。宗教吸引我的一点就在于，每则宗教故事的背后都有其深意。倘若你只是一味地认为"这些故事不过是不懂科学的古人为了解释某些现象而捏造出来的罢了"，就不可能与宗教故事产生共鸣。但如果你提醒自己，这些故事本质上是一种隐喻，那么你就不会被古人的愚昧所激怒，而会先放下疑虑。隐喻就像一张地图，驱使我们去一探究竟。宗教故事的背后藏着更有价值的东西，而我想找出这些"神谕"。我喜欢想象自己能有怎样丰富的收获，期待自己能从这些古老的故事中汲取智慧。

"像星星似的漏了出来。"我重复了一遍。

"所以说，伤口是一种恩赐，你明白了吗？"他引导我。

是啊，伤口是一种恩赐。

"我们得让光重新变得完整。"他一脸真挚，语气中透露出一丝急迫。"这就是我们活着的原因。我们要找回那星星点点的光，让这个世界的光再次变得完整。"

我握着他的手。想必他也知道自己的日子所剩无几了吧。

第十二章　破裂的圣器

"你做得已经够好了。"他说,"现在,去吧,去找回那星星点点的光。"他指着病房外走廊的方向。

我虽然不太明白他究竟要我做什么,却能看出他的坚持。于是,我走出病房,感觉刚才发生的一切有些超现实。

放眼望向台下的观众,我好像看见了那星星点点的光。我不禁想,倘若每个人都相信这世间真有星星点点的光,真的相信我们活着是为了找回这些漏出去的光的话,这个世界将变成怎样一番景象呢?

然而,有没有可能我提出的问题从一开始就是错的呢?比方说,真正的问题或许不在于我们如何改变现状,而是我们以怎样的方式生活。我们究竟该采取怎样的生活方式,才能做到尊重各个领域内的知识?我说的"各个领域内的知识"不仅限于医学知识,还包括有关身心健康的知识,只有从患者视角才能体会的事实以及人们对彼此痛苦与身份的感同身受。倘若这些方面都可以说是"星星点点的光",我们要做的就是将它们汇聚起来。

随着演讲的进行,我也在头脑中实时修改着讲稿。不过这也没什么好奇怪的,毕竟教学相长的道理谁都明白。我们很早就有了这样的体会:老师从学生身上学到的东西与学生从老师身上学到的东西一样多。准备演讲的过程同样是一次学习之旅,因为演讲者不得不思考听众可能提出的问题,并试图从新的角度对既有问题形成新的认识。学习的过程也是一次与自我偏见较量的过程,结果,我们总发现自己其实还很无知。想要教会别人一件事，自己就必须先精通它。为了获得第一朵知识的火花，我们要全身心地沉浸其中，由此踏上一次自我发现之旅。在此过程中，我们即使还未真正站在学生面前，也已点燃了知识的第一个火种。尽管早有这些心理准备，但我仍未想到，就在发表精心准备的演讲当天，我竟然在中途又有了新的认识。我想将自己的经验与观点传达给听众，却在此过程中意外发现，听众竟然给出了我在无意中寻求的答案。是他们让我在漆黑一片的观众席中找到了新的体悟：黑暗的尽头，我们终将迎来光明。

我的演讲内容与败血症或血肿完全无关。疾病本身从来不是我的侧重点。相反，我的演讲关注的是如何让医学知识更好地为患者服务，以及如何让医患双方团结起来，形成一个互帮互助的大型社群，进而使我们生活的世界都获得疗愈。尽管客观上起治疗作用的仍然主要是医学知识，但只有医学知识显然不够。

我走下讲台，一排人在后台等着表扬我如何勇敢。但我并不觉得自己很勇敢。相反，我感觉战战兢兢、小心翼翼，不知自己想要传达的信息能否被听众接收。我觉得自己就像是一个遥远星球派来地球的使者，用着地球人的语言，却试图向他们介绍一些地球人从未到过的地方。

这次演讲过后，我经常会在病房外的走廊里遇见其他同事。他们乐于将自己的故事与我分享，有时甚至是通过递纸条的含蓄方式。曾有人神神秘秘地将纸条递给我，并小声叮嘱道："这个给你，你之后可以看一下。我只是希望你知道，你并不孤独。"

后来，我打开纸条，读到了这样一则故事。

  三年前，我的母亲被确诊为恶性乳腺癌晚期。当时，癌细胞已转移到全身，甚至连她的肝和骨髓也未能幸免。她很害怕，不知该问医生什么问题。于是，作为她的儿子兼医生，我陪她一起去见她的主治医生。我全程只是在一旁静静地听，不想让别人觉得我好像因为压力过大而显得咄咄逼人。最后，我问她的主治医生："所以你的结论是？我母亲的预后情况如何？"那位医生看着我说："开玩笑吗？你也是医生，没人比你更了解癌症晚期的预后情况。你真的要我亲口告诉你吗？"他的话音刚落，我母亲便哭出声来。我对天发誓，虽然她已去世一年，但直到现在，我一想起她，那位医生的话就会像魔咒般萦绕在我的耳边。

除此之外，我还收到了大量的电子邮件。这类邮件总以"你的演讲"或"败血症日"为标题。其中有一封信是这样写的。

  去年，我突发了一次心肌梗死。为我做导管检查的心脏病专家对我妻子说："我在他的冠状动脉里发现了血栓。我们给这种血栓取了个外号，叫'寡妇制造者'。"作为一个内科出身的医生，我大概已经听过一千遍这个词，却从未细想过它代表着什么。一定要说的话，以前的我可能只会想,'哈哈,这种致命疾病好发于青年男性人群,所以给它取这种外号还挺贴切的'。然而,当这位心脏病专家当着我妻子的面说出这个词时,她真的害怕极了。从某些方面来说,让她害怕的不是我的病,倒是心脏病专家的这番话。打那以后,她再也不让我去打高尔夫球了。

某天,还有一位年长的同事在走道里将我拦住,对我说了这样一番话。

这件事我还没对人说过。几周前,我因为肠梗阻进了急诊室。这种病非常痛苦,我害怕极了。你也知道,我年纪大了,哪天突然死去也没人会感到惊讶。我妻子不会开车,因此当天我是孤身一人去的医院。急诊科的一位医生坐在我旁边,握着我的手。我感到的宽慰无法言喻。正是这样一个小小的举动,却让我感动到无以复加。可你知道吗?我当时就在想,我做了这么多年医生,竟然从来没有一次坐在病人身边,握着他们的手!如果时光能够倒流,如果当初的我也能用小小的行动给病人支持,恐怕能改变不少坏结局吧?一瞬间,我觉得自己失败极了,甚至认为自己不配当一名医生。

我总喜欢把邮件正文打印出来细细阅读,并将它们归档保存好。如果有人与我分享他们的故事,我一定会在当天的日志中记下一笔。让心里隐形的痛苦变得可见,似乎有一种强大的

第十二章 破裂的圣器

力量。或许只有这样，痛苦才能更好地被人们知晓。而我，则愿意成为这些痛苦的见证人。

还有些故事来自一些知道自己做错了什么的同事。正是这些故事驱使我的这些同事产生了改变当前医疗体制的愿望。也正是这些故事使他们的内心一直被无处安放的愧疚感折磨。这些故事与我的亲身经历又是何其相似。

一位同事向我描述了在ICU的一次经历。当时，一位12岁女孩的父亲将突发哮喘的女儿送来抢救，并请医生动用生命支持系统。这位同事知道，女孩此时已经脑死亡，已经不可能恢复生理机能，于是只能无言地站在这位泪如雨下的父亲面前。

> 我看着他，就像看见了自己一样。这种感觉你能体会吗？我的女儿也有哮喘，她妈妈和我前些日子刚离婚。哮喘病发时，这个女孩正在骑自行车，但她爸爸完全不知情，还以为她只是在外面玩耍。等他赶到现场时，已经太迟了。他告诉我，他的前妻正在赶来的路上，而他现在只想知道情况究竟有多糟。当时我就在想，这恐怕是每个身为人父者所能经历的最可怕的事情了吧。我在他身上看见了自己，由衷地感到一种震撼。但在当时那种情况下，我只憋出了这么一句话："要多糟有多糟。"这位父亲点点头，吻了吻病床上的女儿，然后走出了ICU。我以为他只是不想和即将赶来的前妻共处一室，但后来我才从他前妻口中得知，原来他当天直接回了家，就在家里开枪自杀了。我从未和周围的人提起这件事，却知道这是我一手酿成的错。要是我

当初能够采用恰当的措辞,不要总是自私地想着自己,多给他一些关心,这位父亲或许就不会死。我没能救他的女儿,也间接地杀了他。一切都是我的错。

让我感到震惊的是,这些重新浮出水面的故事显示,当医生无视患者心声时,他们也在以同样的方式被医学无视。前辈教导我们,医生只能默默扛起肩头的重担,默默见证患者的痛苦。后来,我们又被教导要与患者保持距离,用身上的白大褂彰显我们维护健康的决心。这种刻意与患者疏离的做法,实则是医生为了自保而找的借口。在疏远患者的同时,医生也在疏远自己的内心。我们一直相信,医者必须将自己视为某种独立而客观的存在,这样才不至于使临床决策被情绪左右。倘若我们不与患者划清界限,将不得不面对我们自己也会成为患者的残酷现实。我们不想承认,今天发生在患者及其家庭身上的苦难,无论是疾病、死亡甚至是相应的依赖感,未来终将以某种形式降临于我们自身。然而,反观过去,我们为了稳定自身而抛出去的锚,实际上却会拖着我们向下坠。

我收到的邮件其实反映出一个共同的事实:大家都一样。虽然伤害的方式各不相同,但被伤害的医生都面对着同一片深渊。每个人孤独的心声、充满共鸣的坦诚邮件以及患者的话语,在黑暗中彼此互相补充,呼吁着当前的医疗体制做出改变。

一天,我在医院邮箱里收到一张卡片。读完这张卡片后,我立刻赶回ICU,去找那位拜托每位医护人员为她写张祝福卡片的患者。我清楚地记得和组员查房的情景,当时这位患者已等了几个月的肺移植配型。卡片上写着：

  奥迪什医生，我想告诉你，这张索引卡片我终于填好了。你把卡片给我的那天和第二天，我都没有填。虽然不知道为什么，但我就是下不了笔。对此，我非常抱歉。但当她做完肺移植手术后，我看见她重新下床走动的样子，终于有了提笔的勇气。我没脸亲自将卡片交给她，也不认为她还记得我。因此，我希望你能收下它，因为它在某种程度上也是为你写的。

随信附着那张3厘米宽、5厘米长的索引卡，上面只有简单的一句话："谢谢你让我懂得，只要活着，就有希望。"

我站在办公室里，盯着这句话，泪眼模糊。

我们都是漏出的光，凝聚在一起才可以治愈彼此的伤口。

这个世界上的人会因为各种各样的途径受伤，却又会通过各种各样的方式获得疗愈。就我个人而言，我的每处伤口都以不同的方式愈合了。其中一条伤疤又细又直，长20厘米，从胸骨一直开到肚脐。只要看到这条伤疤，我就会想起一位手术大夫用他的手术刀切除了我半块肝脏的事。手术刀留下的创口干净利落，能被完美缝合。这个伤口愈合得很好，医学上称之为"一期愈合"。

还有一些伤口创面太大，无法良好缝合。例如，一些外力导致的伤口没有整齐的边缘，深层组织受到大面积损伤，因而无法通过简单的缝合来处理。由于新组织需要一层层地长出，这类伤口的愈合速度很慢，留下的伤疤也更大、更粗糙，就像内战之后满目疮痍的城市。医学上将这类伤口称为"二期愈合"。促成这类愈合的与其说是外科手术，倒不如说是漫长而艰难的自然过程。伤者通常伤势惨重，甚至需要动用生命支持系统维生，而只有充分集结内外部资源，才能使这类伤口愈合。尽管在场的每个人都认为一己之力微不足道，但只要将这些点滴的力量集结在一起，就能为伤者提供必要的支持。这是一个重建的过程，而非简单的恢复。

一切重大的损伤，都是通过这种方式得到修复的。

"二期愈合"也是一种愈合。那些邮件和纸条背后的人，还有在病房过道里拦下我的人，都成了我的盟友和倡议支持者。他们携起手来，填补着目前医疗体制下的人性空缺。我们心系每位患者及其家属，在做出每个行动前注意倾听他们的心声。我们一起学习如何尊重各自的痛苦与巨大的伤口，学习将患者感受摆在首位的重要性。每天，我们都在努力长出一层新的组织，让越来越多的人看见希望，让那团光变得更完整。

几年前，我坚信治病是一个纯粹而直接的学术问题。但现在，浴火重生后的我踏上了一段比以往任何时候都要艰难的征程。它要求我以更加谦逊、诚实的方式面对海量的痛苦。尽管我们取得了一些进步，但我深知惊涛骇浪的力量，也知道看似平静的水面下其实暗潮汹涌。不仅是我，我周围的人都隐约有这种感受。尽管我们仿佛在一边航行一边造船，但重点是，我们确实开始造船了。没有人应该默默地沉入水底。

第十二章 破裂的圣器 | 261

附 录　让我们做得更好的沟通技巧

对任何一位医生而言，发生在医院办公室或病床边的对话都是最重要的。这些对话能够对患者的治疗结果产生重大而直接的影响。例如，即便是向患者提供新药信息等再简单不过的小事也是有用的，无论患者是否接受了这种药。我们都知道，积极配合并参与治疗过程的患者更有可能获得良好的治疗效果。然而，无论是医生还是患者，我们总是缺少必要的沟通工具，因此无法满足彼此的需求。医患双方甚至缺少一种能有效沟通的说话方式。医生花了很多年时间才学会如何用专业术语描述普通的症状，到头来却又肩负着用通俗易懂的语言向患者阐释医学问题的任务。在这方面，我们其实可以做得更好。

由于上述沟通实在太过重要，我们不能放任自己陷入被动。医患双方都需要在沟通中采取主动，积极参与到治疗过程中来。从患者入院前到出院后，我们能从许多方面来努力，以最大限度地提升沟通效果。

问诊前的医生行为指南

进入现场

医生的情绪状态影响着在场的每一个人。到达诊疗现场的医生不仅应该对当前的氛围做出大致判断,还应该注意自己究竟带入了怎样的情绪。医生不妨把自己想象成一台恒温器,其责任就是帮室内温度恢复正常,保持平衡,而非让自己的情绪对现状火上浇油。

自我检视

接触病人前,花点儿时间检查一下自己:渴吗?饿吗?累吗?注意力能集中吗?由于医生是一项劳累的职业,上述情况有可能同时发生。那你该做些什么才能让自己在一分钟之内迅速恢复状态呢?不妨来份零食,或看一眼家人的照片,甚至只是做个深而长的呼吸,让紧绷的神经安稳下来,重新集中注意力。这样一些小技巧能使医生从高度紧张、忙碌的状态中获得片刻缓解,进而使注意力重新集中在患者身上。请善用休息的力量,用饱满的精神更好地治病救人。

了解病史

在与患者建立信任关系的过程中,医生最重要的行为莫过于真正了解患者的病史。一位刚从 ICU 出院的年长患者无疑需要更密切的医护服务,并要求医生对其住院期间发生的各项问题具备深度认识。但对一位普通的门诊患者而言,了解其病史的作用同样不可小觑。即便只是快速浏览一下患者的用药记录，或是翻看一下自己之前的临床工作记录，就能为此次诊疗营造出一种积极的氛围，并借此展示你对患者发自内心的关怀。

就诊前的患者行为指南

带上帮手

对于非常重要的诊查，不妨带上一个人共同前往。事前为这个人布置一个任务，并明确表达你的需求或期望，如"请帮我尽可能详细地记下医生说的话，以便我日后反复阅读"，或"请提醒我务必要问医生这个问题"。

列个清单

务必事先列出你想问医生的所有问题、你的顾虑及你想妥善解决的事项，以最大限度地利用好这次就诊机会。还记得我们上学时是怎样做头脑风暴的吗？只需将脑中所想全部写出来，而不必担心列出的问题不够好。写完后，看看自己所列的清单中哪些问题最重要；哪些需要问医疗组里的其他人，比如护士；哪些问题你可能不太敢问。咀嚼这份清单上的问题，再以此为基础，列出一份新的清单，按重要性高低给问题排序，最终确定哪些问题必须在此次就诊后解决。

记录症状

一旦在自己身上发现新症状,建议你记在当天的日志中。为了排查出最有可能的病因,你的医生会问你一系列问题,这些问题在专业上被称为"OPQRST 患者评估工具"。你在日志中也可以按医生提问的框架来记录症状。

起始(Onset):你第一次注意到该症状是在什么时候?医生总是对急性症状敏感,因为就危害性大小而言,10 年前就存在的某项症状基本不大可能高于上周突发的某项症状。诚实地面对自己和医生。倘若某项症状 6 个月前就已出现,你却因为害怕或不好意思而没有向医生提及,那么现在告诉医生也不晚。这还将使你的医生意识到,这项症状真的令你难以启齿。

激发因素(Provocative Factors):当这项症状出现时,你在做什么?尽量描述得具体些。有时,细节能揭露很多重要事实。例如,静息状态下从未有过胸痛的人如果突然在上楼梯时感觉胸痛,或许意味着存在严重的冠状动脉堵塞,进而使心肌供血不足。与此类似,如果你在打垒球时突然感觉肩周痛,就代表你可能肩部有伤。

特征(Quality):你能描述一下这项症状让你有什么感觉吗?症状本身通常难以描述,因此不妨换个角度,转而描述症状的特征。如果你感觉疼痛,那么这种疼痛是锐痛还是钝痛?是压痛还是热辣辣的痛?如果要让别人了解你对症状的感受,你会使用哪些词来描述呢?

辐射性(Radiation):这项症状是否曾在你体内发生变化或移动位置?这一问题我们通常可以自行回答。找个安静的地

附 录 让我们做得更好的沟通技巧　265

方，静下心来，回顾细节。有时，我们将注意力完全放在主要症状上，却忽略了次要症状。胃部中央的灼烧感是否蔓延到喉部？身体右侧的钝痛是否偶尔游移至背部中央？某些身体部位是否出现明显的变化？躺下能否缓解症状？留心你的身体，不起眼的线索能为医生提供莫大的帮助。

严重性（Severity）：这项症状最严重时可以发展到什么程度？这个问题的答案可能随着时间的推移而不同，但时刻注意症状的严重性永远不是坏事。如果你发现这项症状的严重性难以量化，不妨改问自己此类的问题：它怎样影响我的日常生活？它让我无法完成哪些事？

时间因素（Temporal Factors）：哪些行为能让症状有所好转呢？比如不吃辛辣食物、服用非处方抗过敏药等。你已经试过哪些方法？哪些行为会让症状加重？哪些行为又会让症状完全消失？症状是否完全消失过？症状和时间与进食有关吗？你曾在夜间被症状折磨得醒过来吗？找出规律，写下来，告诉医生。

开始诊查时的医患行为指南

医生行为：确定流程

每个医生都有过制定问诊目标的经历。许多医生凭经验设定这类流程，或会以一些旨在改善某些人群健康水平的现有指南为根据。然而，这么做的坏处在于，医生很容易误以为仅凭一己之力就能主导就诊过程，而忽视了与患者沟通协商的必要性。为了使患者获得良好的治疗效果，我们必须首先找出患者看重什么，然后用这些信息制定一份高水平的问诊流程。不妨先设定一些开放式问题，听听患者的回答。我通常在寒暄过程中就覆盖了相关问题，比如"为了准备今天的会议，我事先看了你的病历，有几个问题想和你讨论一下。但在此之前，我想先请你谈谈你的想法。请问你是因为什么问题来看病的呢？"虽然这种问法或许会给医生一种无法掌控大局的感觉，好像会让患者滔滔不绝地说个不停，但研究显示，就算医生不打断患者，大多数患者也会将回答控制在 2 分钟以内。

医生行为：深入提问

别以为患者不说话就表示一切都清楚了。人们通常在最后关头才会道出最紧迫的问题。因此，当患者突然不说话时，不妨问"还有其他事吗"，以确保患者提供了完整的信息。这将帮助身为医生的你分清事情的轻重缓急。比如可以问："你的膝盖疼痛好像在很大程度上限制了你的自由活动能力，我很担心这一点，因此想在今天把这个问题理清楚。但我还想和你谈谈年度体检的问题，你看可以吗？"时刻注意以询问的口吻与患者交流，让他们觉得拥有自主选择权和决定权。

患者行为：确定流程

这时，之前制定的问题清单就派上用场了。你需要当着医生的面读出这些问题，尤其是那些排在最前面的重要问题。

几个开场白的示例可供参考。

- 今天我想深入了解一下近期的诊断结果。
- 我想请你告诉我,我在家能采取哪些行动,以减轻这种病对我日常生活的影响。
- 请问,该如何判断你建议的这种治疗方法有效呢?

需要注意的是,医生或许认为有更重要的事项需要先解决。如果医生发现了"警报"类症状,就可能完全改变本次就诊过程的走向。但请记住,医生这么做都是为了你的人身安全和治疗效果着想。不过,即使你的健康状况一直保持稳定,也需要让医生摸索出本次就诊过程的重点在哪里。倘若医生没有设定流程,不妨试着问对方,"目前我身体上的哪方面问题最让你担心呢?",或者"请问你认为我最需要从哪方面着手改善健康状况呢?"

诊查过程中的医生行为指南

保持同理心

情绪有时令人难以捉摸。即便是良性的症状,也可能引发患者的强烈焦虑。据我所知,任何一个医生自己出现严重头痛的症状时,偶尔也会怀疑自己是否得了脑瘤,或是动脉瘤破裂了。

探索：有必要询问患者在担心什么。例如，"基于你告诉我的信息，我有了一些初步的想法。但在你看来，现在是什么情况？"

确认：请注意，某些在医生看来无关紧要的信息却可能使患者感到惊慌。这时，可用这样的句子引导谈话："我希望我能明白你在想什么。对你来说目前存在什么问题？"

点出情绪：当患者确实表露出某些情绪时，试着描述这些情绪："你看上去好像有些焦虑。"然后用适合自己的方式找出情绪背后的动因。在这方面，每个人的沟通方式都有所不同。

提供支持：如果你不太擅长表达情绪，不妨真诚地向患者提供支持和信心。"我知道这些信息一时令你无法接受。但我希望你知道，我将和你一起找出解决方案。"

评估沟通效果

医患双方均有可能持有误解。为避免这个问题，建议采取以下步骤：

复述信息：有一种简单的方法可以用来确保医生的信息准确传达给了患者。"我刚才告诉过你回家后的注意事项了，能否请你复述一遍呢？"这种问法能使医生判断患者接收了哪些信息，并对哪些信息存在误解。

检查：患者对医生传达的信息持有怎样的观点？复述得是否准确？患者自身对诊断结果、化验结果或治疗计划有什么新观点吗？例如，你和某位主诉胸痛的患者正在就某项治疗程序（如心脏超声检查）进行讨论。你问患者对这项治疗程序有什么想法，患者回答说"我说不定该准备后事了"，这就表明这位患者与你在信息的理解上存在脱节。另一方面，如果患者答道"我觉得有必要积极采取行动了，毕竟我们已经浪费了这么长时间找胸痛的原因"，这就表明患者很好地接收了你给的信息。

尊重：无论说了什么，医生都应尊重患者的观点，并在必要时予以补充。例如，"你复述得很好，我能再补充一条我认为重要的细节吗？"

设定期望

设定治疗目标时，医生必须知道，自己理想中的终点可能与患者自身的目标大相径庭。不妨询问患者，"你最想达成什么目标？"例如，面对一位慢性心衰患者，医生理解的治疗目标可能只是简单的"排出体内多余水分，以减轻心脏负担"，但患者认为的终极目标却可能是"让脚消肿，能穿上鞋，重新去教堂做礼拜"。事实上，医患双方有着共同的目标，不过是以不同的方式表述罢了。理解这一点后，请用它促成积极的转变。

就诊过程中的患者行为指南

说出恐惧

如果你在担心什么，且认为医生没有注意到你的担心或认为你的担心无所谓时，请将内心的想法直接告诉医生。你可以这样说："我担心这种痛是一种很不好的征兆，比如是不是意味着肿瘤。"放任恐惧不管的话，恐惧将愈演愈烈。但如果将恐惧表达出来，人们就能很快平静下来。

复述信息

如果你对某事不太确定，请尽管开口向医生提问。倘若医生无意中使用了太多专业术语，不妨这样问："我能用自己的话复述一遍吗？你看我说得对不对。"或者直接复述你听到的内容："你说的是……对吗？"这么做会使医生了解沟通效果，并对沟通不畅之处进行弥补。

后续事项

确保你和医生就后续事项进行充分沟通。相关问题如："症状出现怎样的变化，我需要再来找你呢？"如果你刚做过检查，不妨问问如何与医生讨论检查结果："我该如何获知检查结果？医院会把检查报告寄给我还是会有人打电话通知我？检查结果什么时候能出来？"如果不这样问，你可能会产生焦虑。无论是门诊患者还是住院患者，都需要主动与医生确定下步工作。对住院患者来说，一种容易导致不必要的焦虑的感受就是缺乏对事物的控制。理想状态下，医疗组成员能预知患者可能存在的焦虑点，并主动将治疗计划告知患者，但如果你的医生并没有这样做，不妨问他们："请问我今天需要做哪些检查？你能从这些检查结果中看出什么？"

制定行动计划

如果你突然出现某项症状，或现有症状发生恶化，就该与医生合作，共同制定行动计划，以对某些反复出现的问题进行更好的自我管理。例如，一些心衰患者每天都会称体重，当医生发现他们的体重增加 1 千克时，就会让他们服用更大剂量的利尿药。一些哮喘患者知道，如果他们最近使用应急吸入器的频率上升，就该询问医生是否该开些类固醇口服片剂。有了这样预先制定的行动计划，你就能在问题出现之前防患于未然，并始终放心地进行疾病日常管理，因为你知道，你采取的每个举动都有医疗组的同意和支持。

充分利用资源：医患双方行动指南

技术资源

利用好手头的一切沟通渠道和平台。许多医院都为患者建立了电子病历综合平台，患者可在平台上直接与医生进行交流。你可以用这样的平台向医生询问就诊时忘记询问的问题，或向医生跟进检查结果。当然，你的医生或许偏爱使用电子邮件回复问题。无论如何，你都需要知道，沟通渠道并不会在就诊结束后就完全关闭。这样不仅能有效分担就诊过程中的压力，还能使医患双方得以建立长期、稳固的良好关系。

人力资源

一些医院的医疗组除医生外，还配备了专业的护士、社工甚至药剂师。建议广大患者提前了解目标医院提供的具体服务，并确定谁才是就诊前后应该询问的人。找到适合你的社群组织，比如加入一家本地的患者互助组织，或注册某种疾病（如一些罕见病）的网上论坛。医生们则应明确自己的患者究竟在向谁寻求帮助。例如，经常送患者前来就诊的是其某位家庭成员还是某个邻居？本地是否有一些可供利用的社区服务团体，以填补患者数次就诊期间的空白？只有建立起积极互助的社群，真正的改变才有可能发生。

致　谢

黑暗、阴影和失败是贯穿本书的主题。不言而喻，这本书今天之所以能够面世，完全要归功于医疗领域的各位专家，是他们一次又一次救了我的命。我永远欠他们一份恩情。但我希望他们知道，正是出于对其毕生事业和职业热情的崇敬，我才致力于在医生这一职业领域内促成积极的改变。我相信，我们有着共同的愿景，那就是不断做到更好。

感谢托尼，你是这本书的英雄。

感谢马尔万，你就是我渴望变成的样子：心理素质强、睿智、谦虚又慷慨。你身上汇集了我喜爱的一切特质。

感谢玛丽亚，是你让我真正看到了另一种可能。我们都知道医学是你的毕生事业，而你本身更是同理心的典范。我对你的崇拜之情溢于言表。

感谢戴夫，是你让我看到了真正的勇士。你每天风雨无阻地探视病人，并且总能精确地感知到合适的时间点推翻过去的条条框框，重新来过。

感谢杰奎琳，真不知你为什么如此笃定我能写书，但我感谢你找到了我。你发给我的电子邮件改变了我的人生。

感谢凯伦，谢谢你相信我能写书，不知疲倦地帮我联络各方资源，并最终帮我获得了几乎大半个世界的帮助！最后，谢谢你让我相信，我也可以力克内心的疑虑，成为一名作家。

感谢乔治神父，谢谢你无限地支持我。你不仅是我们一家人每次面临危机时的精神寄托，更是我们分享喜悦的第一个对象。

感谢医院呼吸及重症监护科的全体同僚（尤其是吉尼瓦、拉扎克、麦克、保罗、布鲁诺、简、丽莎、罗恩和乔伊），谢谢你们一路来的支持。当我在病床上垂死挣扎时，是你们救了我。我在你们身上看见了领导力和以身作则的示范作用。谢谢你们总是不厌其烦地为我提供专业建议、指导与治疗。你们不仅是我的朋友，也像我的家人。

感谢赫克托，你是我在医学领域的导师。不过，念在我总是用刀切香蕉逗你开心的份上，我俩算是扯平了。

感谢罗丝、凡妮莎、凯丽、薇琪和米歇尔（以及整个继续教育组的同事），谢谢你们与我携手，以实实在在的方式，努力为患者提供更好的医疗服务。我发自内心地为我们的共同事业而自豪。

感谢克里斯汀和艾琳，你们是我发起"清晰沟通"（CLEAR Conversations）医患沟通培训项目的灵感来源和帮手。你们发展的事业令我惊叹不已。克里斯汀，谢谢你将VitalTalk[①]的沟通模板引进我们医院。它对我们改善医患沟通效率起到了至关重要的作用。

[①] 美国一家致力于促进医患沟通的非营利组织。——译者注

感谢特里西娅、吉莉安、艾琳、凯尔西、埃普莉尔、苏珊、黛比、芭芭拉及医院全体护士,你们一直以来的陪伴对我和我的家人而言有着无法言喻的深意。我从你们身上学到了如何与患者同在,对此我感激不尽。

感谢罗丝玛丽,我永远也不会忘记那次在某个杂货店与你相遇的场景,正是那个偶然的机会让你进入了我的生活。因为你的存在,这本书才变得更好。是你让我有了写作序言的灵感,而在此之前,我一直感觉有很多话想说,却苦于无从提笔。你是我的写作老师,将自己在写作方面的技能对我倾囊相授。

感谢玛丽亚,你有无限的智慧和同理心,堪称我心目中的大师。在你亦师亦友的指导下,我才变得更加睿智和勇敢。真希望每个人都能像我一样有幸向你学习。

感谢卡拉,谢谢你教我如何信任读者。你是上天派来的天使,不仅是一名才华横溢的编辑,对事物也有超然的洞察力。除此以外,你还是我深夜学舞的舞伴,卡拉OK舞台上的明星。无论在哪方面,我都对你崇拜不已。希望我们约定的年度旅行能永远进行下去!

感谢吉姆,你对我的教诲是那么独一无二,而且你总是对的。如果没有你的建议,我可以毫不夸张地说,这本书几乎不可能具有可读性。谢谢你愿意读我最初的书稿,我知道它们有多青涩。

感谢米歇尔,谢谢你坚持让吉姆不要与我绝交,也谢谢你一如既往的鼓励。

感谢我信任的所有朋友,布莱恩、丽莎、莎拉、林恩和凯丽,谢谢你们为我的初稿提供指导,并鼓励我写下去。是你们帮我表达出了自己的心声。

感谢莎拉，你是我事业上的合伙人。没有你的奉献，我不可能孤身一人做这么多事。

感谢达娜，谢谢你自始至终的陪伴。你见证了我的痛苦、康复和我后来所做的一切努力。谢谢你总是敢于向我提出挑战性的问题，并总以"好吧，那我有一个问题"开启新一轮发问模式。谢谢你穿着Spanx塑形内衣，在我的婚礼上致辞（虽然大家都在自顾自地聊天），说我是你最喜欢的人。我俩一起外出爬山时，虽然你总是逼我爬到山顶，但我还是决定原谅你。

感谢曾来探望我的亲朋好友（尤其是奥迪什、阿尤布、寇扎、查毛特、沙拉克和沙雅家族），谢谢你们带来的丰盛食物和心理安慰。尽管我没能在当时加入你们之中，但我一直觉得，有你们在真好。

感谢卡莫尔，谢谢你放下手边的一切事情，开车来接我去医院。你总是在我需要的时候出现。我们之间拥有如此多只属于我俩的回忆。

感谢我的母亲奈丽，谢谢你教会我在任何情况下都要向光而行。你一直教育我，男性能做的事，女性也能做。我之所以能成为现在的我，都是因为你和父亲的谆谆教诲。

感谢我的丈夫兰迪，谢谢你为我付出的一切。谨以此书纪念你对我的爱，和你甘愿为我牺牲的热情。没错，我愿以这本书作为见证：如果以后我先离开，你大可自由地寻找下一个爱人。但我还是暗自希望这一天永远不要到来，因为和你在一起是我人生中最快乐的事。

© 民主与建设出版社，2020

图书在版编目（CIP）数据

从白大褂到病号服：探索医疗中的人性落差 /（美）拉娜·奥迪什著；郑澜译. -- 北京：民主与建设出版社，2020.11
书名原文：In Shock: My Journey from Death to Recovery and the Redemptive Power of Hope
ISBN 978-7-5139-3134-2

Ⅰ.①从… Ⅱ.①拉… ②郑… Ⅲ.①回忆录—美国—现代 Ⅳ.①I712.55

中国版本图书馆CIP数据核字(2020)第145631号

IN SHOCK
Text Copyright © 2017 by Rana Awdish.
Pulished by arrangement with St.Martin's Press, LLC. All rights reserved.
本书中文简体版权归属银杏树下（北京）图书有限责任公司。
版权登记号：01-2020-5920

从白大褂到病号服：探索医疗中的人性落差
CONG BAIDAGUA DAO BINGHAOFU: TANSUO YILIAO ZHONG DE RENXING LUOCHA

著　　者	[美]拉娜·奥迪什
译　　者	郑　澜
筹划出版	银杏树下
出版统筹	吴兴元
责任编辑	王　颂　郝　平
特约编辑	刘昱含
封面设计	观止堂_未氓
出版发行	民主与建设出版社有限责任公司
电　　话	（010）59417747　59419778
社　　址	北京市海淀区西三环中路10号望海楼E座7层
邮　　编	100142
印　　刷	北京天宇万达印刷有限公司
版　　次	2020年11月第1版
印　　次	2020年11月第1次印刷
开　　本	889毫米×1194毫米　1/32
印　　张	9.25
字　　数	192千字
书　　号	ISBN 978-7-5139-3134-2
定　　价	39.80元

注：如有印、装质量问题，请与出版社联系。